Diogenes Taschenbuch 24185

AF201813

F. SCOTT FITZGERALD, 1896 in St. Paul (Minnesota) geboren, wurde schon mit seinem ersten Roman, *Diesseits vom Paradies,* auf einen Schlag berühmt und stand mit seiner Frau Zelda im Mittelpunkt von Glanz und Glimmer. *Der große Gatsby,* sein heute meistgelesenes Buch, war jedoch ein finanzieller Flop. Um Geld zu verdienen, ging Fitzgerald 1937 als Drehbuchautor nach Hollywood, wo er 1940 starb.

F. Scott Fitzgerald

Drei Stunden zwischen zwei Flügen

*und andere
Meistererzählungen*

*Herausgegeben von Daniel Keel
und Daniel Kampa*

Mit einem Nachwort von Daniel Kampa

*Aus dem amerikanischen Englisch
von Bettina Abarbanell,
Mari von Bebenburg,
Renate Orth-Guttmann und
Walter Schürenberg*

Diogenes

Alle Rechte vorbehalten
Copyright © 2012
Diogenes Verlag AG Zürich
info@diogenes.ch · www.diogenes.ch
In Fragen zur Produktsicherheit (GPSR):
truepages UG (haftungsbeschränkt)
Westermühlstraße 29, 80469 München
info@truepages.de
ASR/25/852/2
ISBN 978 3 257 24185 3

Inhalt

Hundert Fehlstarts

Peng!, macht die Pistole, und der Läufer startet. Hin und wieder kriegt er das richtig gut hin, häufiger allerdings war es ein Fehlstart. Dann läuft er, wenn er Glück hat, zehn, zwölf Meter, schaut sich um und trottet verlegen zurück zum Start. Nur zu oft aber umrundet er einmal die ganze Bahn in der Meinung, dass er die Spitze hält, nur um beim Endspurt festzustellen, dass keiner hinterherkommt. Der Lauf muss wiederholt werden.

Trainieren Sie fleißiger, machen Sie einen langen Spaziergang, streichen Sie Ihren Schlaftrunk, verzichten Sie aufs Fleisch beim Dinner und belasten Sie sich nicht mehr mit politischen Fragen ...

So weit ein Interview mit einem Fehlstart-Champion der schreibenden Zunft – mit mir. Ich greife zu einem ledergebundenen Müllbehälter, von mir albernerweise »Notizbuch« genannt, und hole aufs Geratewohl ein dreieckiges Fetzchen Packpapier heraus. Auf einer Seite klebt eine abgestempelte Briefmarke, auf der anderen steht:

Mehr nicht. Kein Hinweis darauf, was auf diese absurde Feststellung hätte folgen sollen. Boopsie Dee – dass ich nicht lache! – konfrontiert mich mit dieser einen dogmatischen Aussage über ihre Person. Nie werde ich erfahren, was aus ihr geworden ist, wo und wann ihr dieser grässliche Name angehängt wurde und ob die Tatsache, dass sie pfiffig war, ihr viel Ärger gebracht hat.

Ich nehme einen anderen Zettel zur Hand:

Artikel – » Unerfreuliche Sachen, die Frauen anstellen« plus Artikel einer Frau als Gegenstück: » Unerfreuliche Sachen, die Männer anstellen.« Nr. 1: Bei Tisch Glasauge herausnehmen.

Mehr steht da nicht. Offenbar eine Idee, die sich in Gelächter aufgelöst hat, noch ehe sie richtig Gestalt angenommen hatte. Was sind das für unerfreuliche Sachen, die junge Frauen anstellen? Generell und heutzutage – meine ich. Oder was stellt eine große Mehrheit von ihnen an oder eine starke Minderheit? Ich hätte da schon ein paar vage Vorstellungen – aber nein, die Idee ist gestorben. Ich erinnere mich nur an einen Artikel, in dem es um eine Frau ging, die sich von ihrem Mann hatte scheiden lassen, weil es sie störte, wie er sein Kotelett anging, und dass ich damals überlegte, warum sie ihn nicht schon vor der Heirat ein Kotelett zur Probe hatte essen lassen. Nein, all das gehört in ein Goldenes Zeitalter, in dem sich die Leute einen Nervenzusammenbruch leisten konnten, weil Daddys Schuhe quietschten.

Es gibt Hunderte solcher Ideen – nicht alle haben mit Literatur zu tun. Mal ging es darum, eine Ouled-Naïl-Tanztruppe aus Afrika zu importieren, dann wieder, den Grand Guignol aus Paris nach New York zu bringen oder den Football in Princeton wiederzubeleben (ich hätte da zwei torreiche Spiele zu bieten, mit denen der Trainer sich innerhalb einer Saison einen Namen machen könnte); schließlich finde ich noch einen vergilbten Vermerk »D. W. Griffith klarmachen, dass Kostümstücke wiederkommen« sowie meinen Plan für eine Verfilmung von H. G. Wells' *Geschichte unserer Welt*.

Diese kurzen Geistesblitze belasteten mich nicht weiter – es waren die Träume eines Opiumessers, die gleichsam mit dem Rauch aus der Pfeife verflogen. Mich gedanklich mit ihnen zu beschäftigen kam dem Vergnügen gleich, sie in eine vollendete Form gebracht zu haben. Es sind vielmehr die sechsseitigen, zehnseitigen, dreißigseitigen Konvolute, die mir beruflich Kummer machen, als wären es erfolglose Ölbohrungen – sie sind meine eigentlichen Fehlstarts.

Da gibt es beispielsweise einen, den ich mindestens zehn-, zwölfmal hingelegt habe – eine Short Story oder vielmehr ein Text, der versucht, die Form einer Short Story anzunehmen. Im Lauf der Zeit habe ich so viele Worte davon zu Papier gebracht, dass man durchaus einen vorzeigbaren Roman daraus hätte machen können, die derzeitige Version aber umfasst nur an die zweitausendfünfhundert Worte und liegt seit zwei Jahren unberührt da. Der jetzige Titel – die Story lief schon unter mehreren Decknamen – lautet *Die Familie Barnaby*.

Von klein auf beschäftigt mich ein Tagtraum – was für ein Wort für einen Mann, der sein ganzes Leben damit verbringt, Tagträume aufzuschreiben! –, auf einer einsamen Insel bei null anzufangen und aus dem vorhandenen Material eine relativ hochstehende Zivilisation zu schaffen. Ich fand schon immer, dass Robinson Crusoe geschummelt hat, als er die Werkzeuge aus dem Schiffswrack rettete, und das Gleiche gilt für die *Schweizer Familie Robinson*, die *Zwei kleinen Wilden* und die mit dem Ballon Gestrandeten der *Geheimnisvollen Insel*. In meiner Geschichte würde es nicht nur keine praktischerweise an Land geschwemmten Weizenkörner, keine Winchesterbüchse, keinen 4000-PS-Dieselmotor oder technokratischen Butler geben, sondern meine Figuren würden hilflose Städter sein, die von der Holzbearbeitung nicht mehr Ahnung hätten als der Kuckuck in der Uhr.

Solche Figuren zu erfinden war ein Klacks, sie an Land zu schwemmen das Einfachste von der Welt.

Drei lange Stunden lagen sie erschöpft am Strand. Dann stand Donald auf.

»Da wären wir nun«, sagte er benommen.

»Wo?«, fragte seine Frau gespannt.

»Amerika kann es nicht sein, und die Philippinen sind es auch nicht, denn von dem einen Land sind wir aufgebrochen und in dem anderen noch nicht angekommen.«

»Ich habe Durst«, sagte das Kind.

Donalds Blick ging rasch zum Ufer.

»Wo ist das Floß?« Er sah Vivian einigermaßen vorwurfsvoll an. »Wo ist das Floß?«

»Als ich aufwachte, war es weg.«

»Typisch!«, sagte er erbittert. »Jemand hätte daran denken müssen, den Wasserkrug an Land zu bringen. Wenn ich mich nicht um alles kümmere, passiert in diesem Haus überhaupt nichts. In dieser Familie, meine ich.«

Und wie weiter? Freiwillige vor! Du da in der zehnten Reihe, aufstehen! Erzähl einfach die Geschichte weiter. Wenn du dich festfährst, kannst du immer noch die tropische Flora und Fauna im Lexikon nachschlagen – oder einen Nachbarn anrufen, der einen Schiffbruch hinter sich hat.

Genau an dieser Stelle beginnt meine Geschichte (und den Plot finde ich nach wie vor großartig), vor Unglaubwürdigkeit zu ächzen und zu knirschen. Nach einer Weile mache ich mit einem unbehaglichen Gefühl kehrt – wer soll einem den Unsinn von den Affen abnehmen, die mit Kokosnüssen schmeißen? –, trotte zurück zum Start und gehe wieder in die Hocke. Tagelang.

An solchen Tagen brüte ich manchmal über einem Packen von Blättern mit der Überschrift »Ideen für Storys«. Da finde ich dann unter anderem:

Badewasser in Princeton oder Florida.
Plot – Selbstmord, Luxus, Hass, Leber und besondere Umstände.
Brüskieren oder Brüskiertwerden.
Tänzerin merkt, dass sie fliegen kann.

Eigenartigerweise sind das für mich verständliche, wenn auch vielleicht nicht unbedingt erhellende Vorschläge. Aber sie sind alle uralt und ungefähr so aufregend wie meine Unterschrift oder der Klang meiner Schritte auf dem Fußboden. Einer gab mir

jahrelang Rätsel auf, er ist nicht weniger mysteriös
als Boopsie Dee.

Geschichte: DER WINTER WAR KALT
Figuren
Victoria Cuomo
Mark de Vinci
Alice Hall
Jason Tenweather
Notarzt
Stark, Wachmann

Worum ging es da? Wer waren diese Menschen mit
den finsteren Namen? Bestimmt sollte jemand er-
mordet werden beziehungsweise selbst einen Mord
begehen, ansonsten habe ich den Plot längst vergessen.

Ich blättere weiter und stoße auf einen Text, bei
dem ich ein wenig länger verweile: Ein vielverspre-
chender Ansatz, der mich womöglich sogar über
die volle Distanz hätte bringen können.

WORTE
Wenn man einen teureren Artikel in Betracht zieht,
um dann doch den billigeren zu nehmen, ist der
Verkäufer meist so nett, einen in der Wahl zu be-
stätigen. »Der ist bestimmt besonders haltbar«, sagt

er tröstend. Oder gar: »Den hätte ich auch genommen.«

So machten es die Trimbles – Experten in der Kunst, das Zweitbeste zum Besten hochzureden.

»Das kann man gut im Haus tragen«, pflegten sie zu sagen, oder: »Wir warten lieber, bis wir uns was wirklich Schönes kaufen können.«

Als ich so weit gekommen war, wurde mir klar, dass ich über die Trimbles nicht würde schreiben können. Es waren sympathische Leute, und eine Geschichte über ihr weiteres Schicksal hätte ich mit Vergnügen gelesen, aber ich selbst schaffte es nicht, unter die äußere Hülle ihres Lebens zu sehen, ich kam nicht dahinter, warum sie sich damit zufriedengaben, aus den Umständen das Beste zu machen, statt die Umstände zu ändern. Deshalb habe ich sie aufgegeben.

Ein anderes Thema sind Hundegeschichten. Ich mag Hunde und würde gern wenigstens eine Hundegeschichte im Stil von Mr. Terhune schreiben, aber sehen Sie mal, was passiert, wenn ich zur Feder greife:

DOG
Die Geschichte eines Hündchens

An der Ecke nur ein Zeitungsverkäufer mit verwittertem Gesicht, der seine Blätter feilbot. Ein großer Hundefreund am Straßenrand lachte verächtlich und schlug den Kragen seines Airedale-Mantels hoch. Ein anderer reicher Hundemensch ließ aus einem vorüberfahrenden Taxi ein kurzes abschätziges Bellen hören.

Doch den Zeitungsverkäufer interessierte der Vierbeiner, der sich ganz nah an ihn herangeschlichen hatte. Es war nur ein Straßenköter – das krause Fell hatte er von der Mutter, einer modischen Pudeldame, während er von der Figur her seinem Vater, einer Dänischen Dogge, nachschlug. Dass irgendwo auch ein Kanarienvogel mitgemischt hatte, verriet ein gelbes Federbüschel, das aus seinem Rücken spross...

So konnte das natürlich nicht weitergehen. Man denke nur an die Hundebesitzer aus allen Ecken des Landes, die Leserbriefe an die Redaktion schreiben und erklären würden, ich sei der falsche Mann für den Job.

Ich bin sechsunddreißig Jahre alt. Seit achtzehn Jahren ist – mit einer kurzen Unterbrechung während des Krieges – das Schreiben meine Hauptbeschäftigung, und ich bin in jedem Sinne ein Profi. Trotzdem überkommt mich auch jetzt noch, wenn wieder einmal der Ausruf »Das Baby braucht Schuhe!« ertönt und ich mich vor meine gespitzten Bleistifte und meinen Schreibblock setze, ein Gefühl grenzenloser Hilflosigkeit. Es kommt vor, dass ich meine Erzählung in drei Tagen herunterschreibe, häufiger aber dauert es sechs Wochen, bis ich etwas zustande bringe, das ich guten Gewissens abliefern kann. Manchmal schlage ich einen Band aus einer Sammlung von Strafrechtsfällen auf und finde tausend Plots. Manchmal streife ich über Straßen und Wege, durch Stube und Küche und höre mir private Enthüllungen an, die Schriftstellerkollegen für ein ganzes Leben reichen würden. Bei mir geht das alles ins Leere und langt nicht einmal für einen Fehlstart.

Meist wiederholen wir Schriftsteller uns – das ist nun einmal so. Wir machen zwei oder drei große, bewegende Erfahrungen im Leben, Erfahrungen, die so groß und bewegend sind, dass uns in diesem Augenblick scheint, kein Mensch habe je zuvor so in der Tinte gesessen, sei so geprügelt und geblendet und überrascht und besiegt und gebrochen und errettet und erleuchtet und belohnt und gedemütigt worden. Dann lernen wir unser Handwerk – ordentlich oder weniger ordentlich – und erzählen unsere zwei oder drei Geschichten – jedes Mal in neuem Gewand – zehnmal, hundertmal, so lange, wie man bereit ist, uns zuzuhören.

Verhielte es sich anders, müsste man sich dazu bekennen, dass es einem an Individualität fehlt. Ich bin jedes Mal ehrlich davon überzeugt, dass ich mich, weil ich eine neue Kulisse, eine neue, originelle Wendung gefunden habe, von meinen zwei oder drei Basisgeschichten gelöst habe, das Ergebnis aber ähnelt Ed Wynns berühmter Anekdote von dem Bootsmaler, der von einem Auftraggeber gebeten wurde, dessen Vorfahren zu malen. Die beiden wurden handelseinig, allerdings wies der Maler vorsorglich darauf hin, dass die Ahnen ihm vermutlich wie Boote geraten würden.

Wenn ich akzeptiere, dass meine Storys alle eine gewisse Familienähnlichkeit aufweisen, ist das ein Schritt zur Vermeidung von Fehlstarts. Behauptet ein Freund, er habe eine Geschichte für mich, und erzählt mir des Langen und Breiten, wie er von brasilianischen Piraten in einer schwankenden Strohhütte am Rand eines rauchenden Vulkans in den Anden überfallen wurde, während seine Braut gefesselt und geknebelt auf dem Dach lag, nehme ich ihm durchaus ab, dass dabei die verschiedensten menschlichen Emotionen im Spiel waren, aber da ich bisher Piraten, Vulkane und auf Dächern gefesselte und geknebelte Bräute tunlichst gemieden habe, kann ich sie nicht nachempfinden. Unabhängig davon, ob etwas vor zwanzig Jahren oder erst gestern passiert ist – ich muss immer von einer Empfindung ausgehen, die mir nahegeht und die ich nachvollziehen kann.

Im Sommer brachte man mich mit hohem Fieber und Verdacht auf Typhus ins Krankenhaus. Meine Angelegenheiten waren nicht besser geordnet als die Ihren, geschätzter Leser – ich hätte dringend eine Story schreiben müssen, um meine Schulden zu bezahlen, und dass ich kein Testament gemacht hatte, lag mir schwer auf der Seele. Hätte ich wirklich Typhus gehabt, hätte ich mir über derlei Dinge nicht den Kopf zerbrochen und auch nicht so ein Theater gemacht, als die Krankenschwestern versuchten, mich in ein Eisbad zu stecken. Sowohl der Typhus als auch das Eisbad sind mir erspart geblieben, trotzdem haderte ich mit dem Schicksal, dass ich gerade in dieser entscheidenden Phase meines Lebens zwei Wochen im Bett vertrödeln, mich auf die Babysprache der Schwestern einlassen musste und nichts erledigen konnte. Drei Tage nach meiner Entlassung aber hatte ich eine Krankenhausstory zu Ende geschrieben.

Langsam, ohne es zu merken, hatte ich den Stoff aufgesogen – ich war zutiefst bewegt von Angst,

Befürchtungen, Sorge, Ungeduld, alle Sinne waren hellwach, und das sind ideale Voraussetzungen, um Stoff für eine Story zu sammeln. Leider geht das nicht immer so mühelos. Ich sage mir (mit Blick auf den schaurig leeren Block): »Da gibt es doch diesen Swankins, den ich seit zehn Jahren kenne und schätze. Ich bin in alle seine Eskapaden eingeweiht, und manche sind echte Knaller. Ich habe ihm angedroht, über ihn zu schreiben, und er hat gesagt, ich soll tun, was ich nicht lassen kann.«

Leichter gesagt als getan. Ich habe mindestens so oft in der Klemme gesteckt wie Swankins, aber ich bin an die Sache anders herangegangen als er; nie wäre es mir in den Sinn gekommen, mich mit der von Swankins gewählten Methode der chinesischen Polizei oder den Klauen eines gewissen weiblichen Wesens zu entziehen. Ich könnte ein paar durchaus brauchbare Absätze über Swankins schreiben, aber eine Geschichte um ihn herumzubauen, in der auch nur ein Hauch von Gefühl steckt, wäre für mich ein Ding der Unmöglichkeit.

Oder nehmen wir eine junge Frau namens Elsa, deretwegen ich 1916 an Selbstmord dachte und die jetzt in meinen ratlosen Überlegungen auftaucht.

»Wie wär's mit mir?«, fragt Elsie. »Damals hast du doch hoch und heilig deine Gefühle für mich beschworen. Hast du das vergessen?«

»Nein, Elsie, ich habe es nicht vergessen.«

»Dann schreib eine Story über mich. Du hast mich vor zwölf Jahren zum letzten Mal gesehen und weißt deshalb nicht, wie dick ich geworden bin und wie sehr ich meinen Mann anöde.«

»Nein, Elsie, ich ...«

»Komm schon – für eine Story gebe ich doch bestimmt was her. Damals hast du beim Abschiednehmen nie ein Ende gefunden und dabei ein so unglückliches und drolliges Gesicht gemacht, dass ich fast verrückt geworden bin, bis ich dich endlich los war. Und jetzt traust du dich nicht mal, eine Story über mich auch nur anzufangen? Deine Gefühle müssen ziemlich halbherzig gewesen sein, wenn du sie nicht mal für ein paar Stunden wiederbeleben kannst.«

»Nein, Elsie, versteh doch. Ich habe bestimmt zehn-, zwölfmal über dich geschrieben. Dass du immer so lustig die Lippen hochgezogen hast wie ein Kaninchen – das habe ich vor sechs Jahren in einer Story verwendet; wie sich unmittelbar vor dem Lachen dein ganzes Gesicht veränderte, was so typisch für dich war – das habe ich auf die erste junge Frau übertragen, über die ich je geschrieben habe; wie ich beim Verabschieden nie die Kurve gekriegt habe und dabei genau wusste, dass du zum Telefon rennen würdest, sobald die Haustür hinter mir zugefallen war – all das steht in einem Buch, das ich vor langer, langer Zeit geschrieben habe.«

»Verstehe … Nur weil ich nicht auf dich geflogen bin, hast du mich auseinandergenommen und stückweise verarbeitet.«

»Tut mir leid, Elsie, aber so ist es. Du hast mir ja nie auch nur einen Kuss gegeben – bis auf das eine Mal, als du mich gleichzeitig weggeschubst hast, und das taugt nun mal nicht zu einer Story.«

Plots ohne Gefühle, Gefühle ohne Plots – so geht es manchmal. Aber nehmen wir an, ich sei losgelaufen – zweitausend Worte, die Arbeit von zwei Tagen, sind fertig und werden als erster Entwurf zum Tippen gegeben. Und plötzlich kommen die Zweifel.

Wenn das alles nun nichts als sinnloses Gelaber ist? Was spielt sich bei dieser Regatta überhaupt ab? Wen interessiert es, was einer jungen Frau widerfährt, aus der so sichtbar das Sägemehl rinnt? Wie habe ich es bloß fertiggebracht, die Handlungsstränge so hoffnungslos zu verheddern? Ich bin allein in meinem blassblauen Zimmer mit meiner kranken Katze, den kahlen Februarzweigen, die sich vor dem Fenster hin- und herbewegen, einem ironischen Briefbeschwerer mit der Aufschrift »Das Geschäft geht gut«, einem (in Minnesota herangereiften) Neuengland-Gewissen und meinem größten Problem: »Weiterlaufen? Oder umkehren?«

Soll ich sagen: »Ich weiß, dass ich etwas beweisen wollte, und im Lauf der Story könnte sich da noch etwas entwickeln!«

Oder:

»Sei kein Sturkopf – am besten wirfst du alles weg und fängst noch mal von vorn an.«

Letzteres ist eine der schwersten Entscheidungen, die ein Schriftsteller zu treffen hat; sie gelassen zu treffen, ehe er sich in einem hundertstündigen Versuch aufgerieben hat, eine Leiche wieder zum Leben zu erwecken oder zahllose nasse Knoten zu entwirren – daran zeigt sich, ob er ein echter Profi ist oder nicht. Oft ist so eine Entscheidung doppelt schwierig – in den letzten Phasen eines Romans etwa, wenn es nicht mehr darum gehen kann, das ganze Werk in den Papierkorb zu befördern, wohl aber, eine Lieblingsfigur bei den Füßen zu packen und unter Protestgeschrei herauszuzerren, auch wenn sie dabei fünf, sechs gute Szenen mitnimmt.

An dieser Stelle verbinden sich diese Geständnisse mit einem Problem, das nicht nur Schriftsteller beschäftigt, sondern das allgemeiner Natur ist. Wann es besser ist loszulassen, als sich abzuzappeln und seinen Mitmenschen auf die Nerven zu fallen – vor dieser Entscheidung steht jeder im Lauf seines Lebens oft genug. Wenn wir jung sind, bringt man uns als relativ simple Spielregel bei, nie aufzugeben, weil die Programme, die wir abspulen, von Menschen ersonnen wurden, die vermutlich klüger sind als wir. Ich persönlich bin zu dem Schluss gekommen, dass man, wenn der eingeschlagene Weg immer zweifelhafter wird und einen das Gefühl beschleicht, dass die Lebenskräfte zu versiegen drohen, am besten jemanden um Rat fragt, sofern ein vernünftiger Ratgeber greifbar ist. Columbus tat es nicht, Lindbergh konnte es nicht – weshalb meine Haltung auf den ersten Blick in ketzerischem Widerspruch zu jener Idee steht, mit der es sich am angenehmsten lebt – mit der Idee des Heroismus. Aber ich trenne hier scharf zwischen dem Berufsleben, in dem nach der Lehrzeit allenfalls zehn Prozent der Ratschläge, die man bekommt, noch etwas wert sind, und dem privaten und weltlichen Leben, in dem oftmals ein Außenstehender die Lage besser beurteilen kann als man selbst.

Vor nicht allzu langer Zeit, als meine Arbeit von so vielen Fehlstarts behindert wurde, dass ich dachte, nun sei endgültig alles aus, und es in meinem Privatleben noch trüber aussah, fragte ich einen alten Neger aus Alabama:

»Onkel Bob, wenn du so schlimm dran bist, dass du keinen Ausweg mehr siehst, was machst du dann?«

Die Hitze vom Küchenherd, an dem er sich

wärmte, kräuselte seinen weißen Backenbart. Wenn ich als alter Zyniker eine Platitude erwartet hatte, einen vielleicht aus *Uncle Remus* in Erinnerung gebliebenen Sinnspruch, wurde ich enttäuscht.

»Dann, Mr. Fitzgerald«, sagte er, »gibt's für mich nur eins – ich tu arbeiten.«

Es war ein guter Rat: Arbeit ist fast das Wichtigste von allem. Schön wäre es freilich, wenn es einem gelänge, nützliche Arbeit von bloßer aufgewandter Mühe zu unterscheiden. Vielleicht ist das Teil der Arbeit: den Unterschied zu erkennen. Womöglich sind meine häufigen einsamen Umrundungen der Aschenbahn etwas Konstruktives. Ich könnte Ihnen da noch eine Geschichte erzählen, von einer Idee, die ich hatte – aber wenn ich die Seiten zähle, stelle ich fest, dass meine Zeit abgelaufen ist und ich mein Buch der Irrwege weglegen muss. Ins Feuer damit? Nein, ich packe es brav zurück in die Schublade. Diese alten Fehler sind jetzt einfach Spielsachen, kostspielige Spielsachen. Gönne ihnen ein Spielzeugregal, und begib dich schleunigst wieder an das seriöse Geschäft deines Berufs, das kein anderer Zeitgenosse so klar und anschaulich formuliert hat wie Joseph Conrad:

»Meine Aufgabe ist es, euch durch die Macht des geschriebenen Wortes zum Hören zu bringen, zum Fühlen und vor allem zum Sehen.«

Es ist nicht sehr schwer, kehrtzumachen und noch einmal von vorn anzufangen, besonders wenn niemand zusieht. Das große Ziel aber ist es, ein, zwei gute Läufe hinzulegen, wenn Zuschauer auf der Tribüne sitzen.

Bernice' Bubikopf

I

Wer am Samstagabend nach Einbruch der Dunkelheit am ersten Abschlag des Golfplatzes stand, konnte die Fenster des Countryclubs als gelben Streifen über einem sehr schwarzen welligen Ozean leuchten sehen. Die Wellen dieses Ozeans bestanden sozusagen aus den Köpfen etlicher neugieriger Caddies, einiger besonders vorwitziger Chauffeure sowie der tauben Schwester des Golftrainers. Dazu kamen meist ein paar verirrte, zaudernde Wellen, die hätten hineinschwappen können, wenn ihnen danach gewesen wäre; das war der Balkon.

Der erste Rang war drinnen. Er bestand aus einem Kreis von Korbstühlen, die ringsherum die Wände des kombinierten Club- und Ballsaals säumten. Auf den Samstagabendbällen pflegte er überwiegend weiblich besetzt zu sein: ein großes Babel reiferer Damen mit scharfem Auge und eisigem Herzen hinter Lorgnon und stattlichem Busen. Der erste Rang hatte vorwiegend kritische Funktion.

Bisweilen bekundete er widerstrebend Bewunderung, niemals aber Beifall, denn unter Damen jenseits der fünfunddreißig gilt es als ausgemacht, dass das junge Volk, das sich im Sommer zum Tanzen versammelt, dies nur mit den schlechtesten Absichten der Welt tut, und wenn man es nicht mit steinernen Blicken bombardiert, wird so manches verirrte Paar in einer Ecke des Ballsaals seltsame, barbarische Intermezzi tanzen, und die attraktiveren, gefährlicheren Mädchen werden sich womöglich in den draußen geparkten Limousinen ahnungsloser ehrbarer Damen küssen lassen.

Und doch ist dieser Kreis von Kritikerinnen der Bühne nicht nah genug, um die Gesichter der Darsteller zu erkennen und die feiner gesponnene Nebenhandlung zu verfolgen. Er kann nur die Nase rümpfen und raunen, Fragen stellen und aus seinen Axiomen befriedigende Schlüsse ziehen, wie etwa jenen, dass jeder junge Mann mit hohem Einkommen das Leben eines gejagten Rebhuhns führt. Für die Dramatik der wechselvollen und oft grausamen Welt der Heranwachsenden hat er letzten Endes kein Verständnis. Nein; Logen, Orchestergraben, Hauptdarsteller und Chor werden von jenem Potpourri aus Gesichtern und Stimmen gebildet, die sich im wehmutsvollen afrikanischen Rhythmus von Dyers Tanzkapelle wiegen.

Von dem sechzehnjährigen Otis Ormonde, der noch zwei Jahre an der Hill School vor sich hat, bis zu G. Reece Stoddard, über dessen heimischem Schreibtisch ein Diplom der Harvard Law School hängt; von der kleinen Madeleine Hogue, der das hochgesteckte Haar oben auf ihrem Kopf immer noch komisch und nicht geheuer vorkommt, bis zu Bessie MacRae, die schon ein wenig zu lange – seit über zehn Jahren – der Herzschlag jeder Party ist, beherrscht dieses Potpourri nicht nur das Geschehen auf der Bühne, sondern schließt auch diejenigen ein, die allein eines unverstellten Blicks darauf fähig sind.

Mit Tusch und Paukenschlag endet die Musik. Die Paare tauschen ein gekünsteltes, leichtfertiges Lächeln, summen noch einmal spielerisch »la-di-da-da-dum-dum«, und schon übertönt das Geschnatter junger Frauenstimmen den Applaus.

Ein paar enttäuschte Herren, die noch mitten auf der Tanzfläche standen, wo sie eben ein Mädchen hatten abklatschen wollen, zogen lustlos von dannen, denn hier ging es nicht zu wie auf den wilden Weihnachtsbällen – diese sommerlichen Tanzereien, auf denen selbst die jüngeren Ehepaare sich zum nachsichtigen Amüsement ihrer jüngeren Geschwister erhoben und altmodische Walzer oder furchtbare Foxtrotts tanzten, galten bloß als angenehm lau und vergnüglich.

Warren McIntyre, der zwanglos in Yale studierte, war einer der glücklosen Herren, und so tastete er in seiner Jackentasche nach einer Zigarette und schlenderte hinaus auf die große schummrige Veranda, wo überall Pärchen an den Tischen saßen und die laternenbehängte Nacht mit vagen Wörtern und diesigem Gelächter füllten. Hier und da nickte er einem weniger versunkenen Pärchen zu, und alle naselang erstand ein halbvergessenes Fragment irgendeiner Geschichte in seinem Kopf, denn die Stadt war nicht groß, und jeder gehörte ins *Who's who* der Vergangenheit aller anderen. Dort zum Beispiel saßen Jim Strain und Ethel Demorest, die seit drei Jahren heimlich verlobt waren. Alle wussten, dass sie ihn heiraten würde, sobald es ihm gelänge, mehr als zwei Monate dieselbe Arbeitsstelle zu behalten. Aber wie gelangweilt sie beide aussahen und wie müde Ethel Jim manchmal anschaute, als fragte sie sich, warum sie die Ranken ihrer Zuneigung an einer so windzerzausten Pappel hochgezogen hatte.

Warren war neunzehn und bedauerte all seine Freunde, die nicht im Osten aufs College gingen. Doch wie die meisten jungen Männer gab er gewaltig mit den Mädchen seiner Heimatstadt an, solange er selber nicht dort war. Da war zum Beispiel Genevieve Ormonde, die regelmäßig bei den Bällen, Privatpartys und Footballspielen in Princeton,

Yale, Williams und Cornell auftauchte; oder die schwarzäugige Roberta Dillon, in ihrer Generation ähnlich berühmt wie Hiram Johnson oder Ty Cobb; und natürlich war da Marjorie Harvey, die nicht nur ein feengleiches Gesicht und ein sagenhaftes, verblüffendes Mundwerk hatte, sondern auch, ganz zu Recht, bewundert wurde, weil sie beim letzten Pumps- und Slipperball in New Haven fünf Räder hintereinander geschlagen hatte.

Warren, der als Junge Marjorie gegenüber gewohnt hatte, war lange Zeit »verrückt nach ihr« gewesen. Manchmal schien sie seine Gefühle mit einer gewissen Dankbarkeit zu erwidern, doch sie hatte ihn ihrem unfehlbaren Test unterzogen und ihm dann feierlich mitgeteilt, sie liebe ihn nicht. Der Test war, dass sie ihn vergaß und sich anderen Jungen zuwandte, sobald sie nicht in seiner Nähe war. Warren fand das entmutigend, zumal Marjorie den ganzen Sommer lang kleine Reisen unternommen hatte und er an den ersten zwei oder drei Tagen nach jeder Rückkehr auf dem Tisch in der Harvey'schen Eingangshalle stapelweise in diversen männlichen Handschriften an sie adressierte Briefe liegen sah. Zu allem Überfluss hatte sie den ganzen August über Besuch von ihrer Cousine Bernice aus Eau Claire, und es schien unmöglich, sich allein mit ihr zu treffen. Immer musste er erst jemanden auftreiben, der bereit war, sich mit Bernice abzugeben. Je weiter der August voranschritt, umso schwieriger wurde das.

Sosehr Warren Marjorie auch verehrte, Cousine Bernice fehlte, wenn er ehrlich war, der Pep. Mit ihrem dunklen Haar und der frischen Gesichtsfarbe war sie zwar ganz hübsch, doch auf Partys war nichts mit ihr anzufangen. Jeden Samstagabend tanzte er Marjorie zuliebe einen langen, anstrengenden Tanz mit ihr, aber er hatte sich in ihrer Gesellschaft immer nur gelangweilt.

»Warren« – eine leise Stimme dicht hinter ihm unterbrach ihn in seinen Gedanken. Er drehte sich um und blickte in Marjories Gesicht, lebhaft und strahlend wie immer. Sie legte ihm eine Hand auf die Schulter, und er begann fast unmerklich zu leuchten.

»Warren«, flüsterte sie, »tu mir einen Gefallen – tanz mit Bernice. Sie kommt schon seit einer Stunde nicht von dem kleinen Otis Ormonde los.«

Warrens Leuchten erlosch.

»Ja – natürlich«, sagte er halbherzig.

»Es macht dir doch nichts aus, oder? Ich passe auch auf, dass du nicht bei ihr hängenbleibst.«

»Schon in Ordnung.«

Marjorie lächelte – jenes Lächeln, das Dank genug war.

»Du bist ein Engel, tausend Dank.«

Seufzend schaute der Engel sich auf der Veranda

um, doch Bernice und Otis waren nicht in Sicht. Er schlenderte wieder hinein, und dort, vor der Damengarderobe, entdeckte er Otis inmitten einer Gruppe junger Männer, die sich vor Lachen bogen. Otis schwang ein Holzscheit, das er in der Hand hatte, und hielt flammende Reden.

»Sie ist da drinnen und richtet sich das Haar«, verkündete er aufgeregt. »Ich warte hier, um noch eine Stunde mit ihr zu tanzen.«

Erneutes Gelächter.

»Warum tanzt ihr nicht auch mal mit ihr?«, rief Otis empört. »Über etwas mehr Abwechslung würde sie sich freuen.«

»Wieso denn, Otis«, sagte einer seiner Freunde, »du bist doch gerade erst mit ihr warm geworden.«

»Wozu das Holzscheit, Otis?«, fragte Warren lächelnd.

»Das Holzscheit? Ach, das hier? Das ist ein Knüppel. Wenn sie rauskommt, zieh ich ihr eins über und prügel sie wieder rein.«

Warren ließ sich auf ein Kanapee fallen und johlte vor Vergnügen.

»Keine Sorge, Otis«, brachte er schließlich heraus. »Ich erlöse dich dieses Mal.«

Otis simulierte einen plötzlichen Ohnmachtsanfall und reichte Warren das Holzscheit.

»Falls du's brauchst, Alter«, sagte er heiser.

Wie schön oder blitzgescheit ein Mädchen auch sein mag, der Ruf, nicht oft abgeklatscht zu werden, bringt sie auf jedem Ball in eine schlechte Position. Vielleicht ist den jungen Männern ihre Gesellschaft sogar lieber als die der Schmetterlinge, mit denen sie im Laufe eines Abends ein halbes Dutzend Mal tanzen, doch die Jugend dieser vom Jazz genährten Generation hat ein rastloses Temperament, und der Gedanke, mehr als einen vollständigen Foxtrott mit demselben Mädchen aufs Parkett zu legen, ist ihnen unangenehm, um nicht zu sagen zuwider. Kommt es zu mehreren Tänzen, einschließlich der Pausen, kann das Mädchen ziemlich sicher sein, dass ihr der junge Mann, einmal erlöst, nie wieder auf den störrischen Zehen herumtrampeln wird.

Warren tanzte den ganzen nächsten Tanz mit Bernice und begleitete sie schließlich, dankbar für die Pause, an einen Tisch auf der Veranda. Ein kurzes Schweigen trat ein, während sie wenig überzeugend mit ihrem Fächer wedelte.

»Es ist heißer hier als in Eau Claire«, sagte sie.

Warren unterdrückte einen Seufzer und nickte. Selbst wenn das stimmte, was kümmerte es ihn. Er fragte sich gelangweilt, ob sie schlecht Konversation machte, weil sie wenig Aufmerksamkeit bekam, oder ob sie wenig Aufmerksamkeit bekam, weil sie schlecht Konversation machte.

»Bleiben Sie noch lange hier?«, fragte er und wurde ziemlich rot. Womöglich ahnte sie, warum er das wissen wollte.

»Eine Woche noch«, antwortete sie und starrte ihn an, als wollte sie sich auf seine nächste Bemerkung stürzen, sobald sie seine Lippen verließ.

Warren wurde unruhig. Dann beschloss er aus einer plötzlichen barmherzigen Laune heraus, es mit einem Teil seiner Masche bei ihr zu probieren. Er wandte sich ihr zu und schaute ihr in die Augen.

»Sie haben wirklich einen Mund zum Küssen«, begann er leise.

Das sagte er manchmal auf Collegebällen zu den Mädchen, mit denen er sich in genau solchem Halbdunkel wie hier unterhielt. Bernice zuckte sichtlich zusammen. Sie wurde ganz ohne Charme rot und hantierte linkisch mit ihrem Fächer. So etwas hatte noch nie jemand zu ihr gesagt.

»Frechheit!« – das Wort rutschte ihr so heraus, und sie biss sich auf die Lippen. Zu spät versuchte sie, amüsiert zu tun und ihm ein verwirrtes Lächeln zu schenken.

Warren ärgerte sich. Er war es gewohnt, dass seine Bemerkung nicht ernst genommen wurde, doch meistens erntete er ein Lachen oder ein paar Sätze gefühlsseliger Plänkelei. Und er mochte es überhaupt nicht, wenn man ihn frech nannte, außer, es war scherzhaft gemeint. Seine barmherzige Laune verflog, und er wechselte das Thema.

»Jim Strain und Ethel Demorest hocken wieder mal zusammen«, sagte er.

Das lag schon mehr auf Bernice' Linie, doch in ihre Erleichterung mischte sich ein leises Bedauern, als die Unterhaltung eine neue Wendung nahm. Männer sprachen mit ihr gemeinhin nicht über Münder, die zum Küssen waren, aber dass sie mit anderen Mädchen so oder ähnlich sprachen, das wusste sie durchaus.

»O ja«, sagte sie und lachte. »Angeblich krebsen sie seit Jahren ohne einen roten Heller herum. Ist das nicht albern?«

Warrens Ärger wuchs. Jim Strain war ein enger Freund seines Bruders, und er hielt es ohnedies für schlechten Stil, sich über Leute lustig zu machen, weil sie wenig Geld hatten. Aber Bernice hatte gar nicht die Absicht gehabt, sich lustig zu machen. Sie war nur nervös.

II

Als Marjorie und Bernice gegen halb eins nach Hause kamen, wünschten sie sich oben an der Treppe gute Nacht. Sie waren zwar Cousinen, aber keine Freundinnen. Genau genommen hatte Marjorie keine einzige Freundin – sie fand Mädchen dumm. Bernice dagegen hatte sich während ihres ganzen von den Eltern arrangierten Besuchs durchaus danach gesehnt, jene mit Gekicher und Tränen gewürzten Vertraulichkeiten auszutauschen, die sie für einen unverzichtbaren Bestandteil allen weiblichen Miteinanders hielt. In dieser Hinsicht erschien ihr Marjorie jedoch eher kalt; irgendwie fiel es Bernice genauso schwer, mit ihr zu reden wie mit Männern. Marjorie kicherte nie, hatte nie Angst, war selten verlegen und besaß überhaupt wenige jener Eigenschaften, die Bernice bei einer Frau als geziemend und segensreich erachtete.

Während sie mit Zahnbürste und Zahnpasta hantierte, fragte sie sich zum hundertsten Mal, warum man ihr nie Beachtung schenkte, wenn sie von zu Hause fort war. Darauf, dass ihre Familie die reichste in Eau Claire war; dass ihre Mutter als großartige Gastgeberin galt, vor jedem Ball ein kleines Abendessen für ihre Tochter gab und ihr ein eigenes Auto gekauft hatte, hätte sie ihren gesellschaftlichen Erfolg daheim nie zurückgeführt. Wie die meisten Mädchen war sie mit der warmen Milch Annie Fellows Johnstons großgezogen worden und mit Romanen, in denen die weibliche Hauptperson geliebt wurde, weil sie gewisse geheimnisvolle frauliche Eigenschaften besaß, die stets erwähnt, aber nie zur Schau getragen wurden.

Bernice verspürte einen leisen Schmerz, weil sie gegenwärtig alles andere als umschwärmt war. Sie wusste nicht, dass sie ohne Marjories Fürsprache den ganzen Abend mit ein und demselben Mann getanzt hätte; wohl aber, dass sich selbst in Eau Claire Mädchen von geringerer Stellung und Schönheit eines stürmischeren Andrangs erfreuten als sie. Ihrer Meinung nach lag das an einer subtilen Gewissenlosigkeit, die diesen Mädchen eigen war. Es hatte ihr nie Sorgen bereitet, und wäre es anders gewesen, hätte ihre Mutter ihr versichert, solche Mädchen würdigten sich selbst herab, und die Männer würden eigentlich Mädchen wie Bernice viel mehr Achtung entgegenbringen.

Sie löschte das Licht im Bad und beschloss aus einer Laune heraus, zu ihrer Tante Josephine hineinzugehen, bei der noch Licht brannte. Ihre weichen Pantoffeln trugen sie lautlos über den mit Teppich ausgelegten Flur, doch als sie hinter der halb geöffneten Tür Stimmen hörte, blieb sie stehen. Dann schnappte sie ihren eigenen Namen auf, und ohne es vorgehabt zu haben, lauschte sie an der Tür – und der Gesprächsfaden wirkte sich in ihr Bewusstsein, als zöge ihn jemand mit der Nadel hindurch.

»Sie ist ein vollkommen hoffnungsloser Fall!« Das war Marjories Stimme. »Ja, ja, ich weiß schon, was du sagen willst! Etliche Leute haben dir erzählt, wie hübsch sie sei und wie lieb und wie gut sie kochen könne! Na und? Sie amüsiert sich kein bisschen. Die Männer mögen sie nicht.«

»Was zählt schon ein bisschen billige Beliebtheit?« Mrs. Harvey klang verärgert.

»Alles, wenn man achtzehn ist«, sagte Marjorie entschieden. »Ich habe mein Bestes gegeben. Ich war nett zu ihr, ich habe die Männer gebeten, mit ihr zu tanzen, aber sie haben einfach keine Lust, sich zu langweilen. Wenn ich bloß an diesen schönen Teint denke, der an so eine graue Maus verschwendet ist, und daran, was Martha Carey daraus machen könnte – ach!«

»Es gibt heutzutage keinen Anstand mehr.« Mrs. Harveys Stimme ließ erkennen, dass ihr die heutigen Zustände nicht in den Kopf wollten. Als sie jung war, hatten sich alle jungen Damen, die aus guten Familien stammten, prächtig amüsiert.

»Also«, sagte Marjorie, »kein Mädchen kann einer lahmen Ente von einem Gast ständig auf die Sprünge helfen. Heutzutage muss jedes Mädchen allein zurechtkommen. Ich habe ja sogar versucht, ihr kleine Tipps zu geben, für ihre Kleidung und so, aber da ist sie wütend geworden und hat mich ganz

38

komisch angeguckt. Sie ist feinfühlig genug, um zu merken, dass sie hier nicht gut abschneidet, aber ich wette, sie tröstet sich damit, dass sie ja ach so tugendhaft ist, während ich viel zu leichtlebig und oberflächlich bin und es böse mit mir enden wird. Alle unbeliebten Mädchen denken so. Saure Trauben! Sarah Hopkins nennt Genevieve und Roberta und mich die Gardenienmädchen! Ich wette, sie würde zehn Jahre ihres Lebens und ihre europäische Ausbildung dafür geben, ein Gardenienmädchen zu sein, in das drei oder vier Männer gleichzeitig verliebt sind und das alle paar Schritte von einem anderen aufgefordert wird!«

»Mir scheint«, unterbrach Mrs. Harvey sie ziemlich müde, »du müsstest imstande sein, etwas für Bernice zu tun. Ich weiß wohl, dass sie nicht sehr lebhaft ist.«

Marjorie stöhnte auf.

»Lebhaft! Du liebe Zeit! Ich habe sie noch nie etwas anderes zu einem Jungen sagen hören, als dass es ja so heiß sei oder die Tanzfläche so voll oder dass sie nächstes Jahr in New York aufs College gehen werde. Manchmal fragt sie sie auch, was für einen Wagen sie fahren, und erzählt ihnen, was sie für einen hat. Wie aufregend!«

Ein kurzes Schweigen trat ein, ehe Mrs. Harvey ihren Refrain wieder anstimmte:

»Ich weiß nur, dass nicht halb so liebenswerte und reizvolle Mädchen wie sie auch Erfolg haben. Martha Carey zum Beispiel ist stämmig und laut, und ihre Mutter ist entschieden gewöhnlich. Und Roberta Dillon sieht dieses Jahr so mager aus, als müsste sie mal zur Kur nach Arizona. Sie tanzt sich noch zu Tode.«

»Aber Mutter«, entgegnete Marjorie gereizt, »Martha ist fröhlich und wahnsinnig schlagfertig und sieht wahnsinnig schick aus, und Roberta ist eine phantastische Tänzerin. Sie wird schon seit Ewigkeiten von allen umschwärmt!«

Mrs. Harvey gähnte.

»Ich glaube, es ist dieses komische indianische Blut in Bernice' Adern«, fuhr Marjorie fort. »Vielleicht kommen bei ihr die Gattungsmerkmale wieder durch. Indianerfrauen haben auch immer nur dagesessen und nichts gesagt.«

»Jetzt aber ab ins Bett mit dir, du dummes Kind«, lachte Mrs. Harvey. »Wenn ich geahnt hätte, dass du dir so etwas merkst, hätte ich's dir nicht erzählt. Und das meiste von dem, was du sagst, halte ich für baren Unsinn«, fügte sie schläfrig hinzu.

Wieder trat ein Schweigen ein, während Marjorie sich fragte, ob es einen Versuch wert war, ihre Mutter von ihrer Ansicht zu überzeugen. Leute über vierzig lassen sich selten dauerhaft von etwas überzeugen. Mit achtzehn sind unsere Überzeugungen Anhöhen, von denen wir herabblicken; mit fünfundvierzig sind es Höhlen, in denen wir uns verstecken.

Nachdem sie zu diesem Schluss gelangt war, sagte Marjorie ihrer Mutter gute Nacht. Als sie auf den Flur hinaustrat, war er ganz leer.

III

Während Marjorie am nächsten Morgen spät beim Frühstück saß, kam Bernice herein, sagte förmlich guten Morgen, setzte sich ihr gegenüber, schaute sie aufmerksam an und befeuchtete sich ein wenig die Lippen.

»Was hast du denn?«, fragte Marjorie verwirrt.

Bernice zögerte, bevor sie ihre Handgranate warf.

»Ich habe gehört, was du gestern Abend zu deiner Mutter über mich gesagt hast.«

Marjorie erschrak, doch ihre Wangen röteten sich nur leicht, und als sie antwortete, war ihre Stimme ganz ruhig.

»Wo warst du denn?«, fragte sie.

»Im Flur. Ich wollte nicht lauschen – zuerst.«

Nachdem sie ihr unwillkürlich einen verächtlichen Blick zugeworfen hatte, schlug Marjorie die Augen nieder und schien auf einmal sehr damit beschäftigt, einen einzelnen Cornflake auf dem Finger zu balancieren.

»Ich fahre wohl besser wieder nach Eau Claire zurück – wenn ich so lästig bin.« Bernice' Unterlippe zitterte heftig, und sie fuhr mit bebender Stimme fort: »Ich habe mir Mühe gegeben, nett zu sein, aber – aber erst hat man mich nicht beachtet und dann auch noch beleidigt. Keiner, der bei mir zu Gast war, ist je so behandelt worden.«

Marjorie schwieg.

»Aber ich sehe ja, dass ich hier im Weg bin. Ich störe dich. Deine Freunde mögen mich nicht.« Sie schwieg einen Moment; dann fiel ihr eine weitere Kränkung ein. »Natürlich war ich wütend, als du letzte Woche angedeutet hast, mein Kleid sei unvorteilhaft. Meinst du denn, ich wüsste nicht, wie man sich anzieht?«

»Nein«, murmelte Marjorie kaum hörbar.

»Was?«

»Ich habe nichts angedeutet«, sagte Marjorie knapp. »Wenn ich mich recht entsinne, habe ich gesagt, es sei besser, ein vorteilhaftes Kleid dreimal hintereinander anzuziehen, als es abwechselnd mit zwei schrecklichen zu tragen.«

»Findest du, das war besonders nett?«

»Es sollte ja gar nicht nett sein.« Nach einer kleinen Pause fragte sie: »Wann reist du ab?«

Bernice zog scharf die Luft ein.

»Oh!«, entfuhr es ihr.

Marjorie blickte überrascht auf.

»Hast du nicht gesagt, du wolltest abreisen?«

»Ja, aber –«

»Ach so, du hast nur gebluft!«

Einen Moment lang starrten sie einander über den Frühstückstisch hinweg an. Vor Bernice' Augen zogen kleine Schleierwolken vorbei, während Marjories Miene jenen harten Ausdruck annahm, den sie aufsetzte, wenn leicht berauschte junge Collegestudenten ihr den Hof machten.

»Du hast also gebluft«, wiederholte sie, als wäre das zu erwarten gewesen.

Bernice gestand es ein, indem sie in Tränen ausbrach. Marjorie blickte sie gelangweilt an.

»Du bist meine Cousine«, schluchzte Bernice. »Ich bin dein Ga-hast. Ich wollte einen Monat hierbleiben, und wenn ich jetzt nach Hause fahre, weiß meine Mutter sofort Bescheid und wird sich frahagen –«

Marjorie wartete ab, bis der Schwall gebrochener Wörter sich in kleine Schnieflaute auflöste.

»Ich gebe dir mein Taschengeld für diesen Monat«, sagte sie kalt, und: »Du kannst die letzte Woche verbringen, wo du willst. Es gibt da ein sehr schönes Hotel…«

Bernice' Schluchzer kletterten auf Flötentonhöhe, dann stand sie unvermittelt auf und flüchtete aus dem Zimmer.

Eine Stunde später, als Marjorie in der Bibliothek damit beschäftigt war, einen jener unverbindlichen, sagenhaft vagen Briefe aufzusetzen, wie nur ein junges Mädchen sie schreiben kann, tauchte Bernice ziemlich rotäugig und bemüht ruhig wieder auf. Sie würdigte Marjorie keines Blickes, sondern nahm ein beliebiges Buch aus dem Regal und setzte sich hin, um darin zu lesen. Marjorie schien in ihren Brief vertieft und schrieb weiter. Als die Uhr zwölf schlug, klappte Bernice mit einem Knall ihr Buch zu.

»Ich besorge mir jetzt wohl besser meine Fahrkarte.«

Das war nicht der Anfang der Rede, die sie oben auf ihrem Zimmer einstudiert hatte; doch da Marjorie all ihre Einsätze verpasste – sie nicht drängte, vernünftig zu sein; es sei alles ein Missverständnis –, war es die beste Eröffnung, die ihr einfiel.

»Warte kurz, bis ich den Brief fertig habe«, sagte Marjorie, ohne sich umzublicken. »Ich möchte, dass er mit der nächsten Post mitgeht.«

Nach einer weiteren Minute, in der ihr Füller eifrig über das Papier kritzelte, drehte sie sich um und lehnte sich mit einer ›Zu-Diensten‹-Miene entspannt zurück. Erneut musste Bernice das Wort ergreifen.

»Möchtest du, dass ich nach Hause fahre?«

»Na ja –«, sagte Marjorie und überlegte. »Wenn du dich nicht amüsierst, wäre es doch wohl besser. Was bringt es schon, unglücklich zu sein.«

»Findest du nicht, es wäre ein Gebot der Höflichkeit …«

»Ach, bitte zitiere nicht aus *Betty und ihre Schwestern*!«, rief Marjorie gereizt. »Das ist Schnee von gestern.«

»Meinst du?«

»Ja, natürlich! Welches Mädchen könnte heute noch so leben wie diese albernen Weibsbilder?«

»Für unsere Mütter waren sie Vorbilder.«

Marjorie lachte. »Ja, das waren sie – nicht! Im Übrigen waren unsere Mütter ja auf ihre Art völlig in Ordnung, aber über die Probleme ihrer Töchter wissen sie sehr wenig.«

Bernice richtete sich auf. »Bitte rede nicht über meine Mutter.«

Marjorie lachte. »Ich glaube nicht, dass ich sie erwähnt habe.«

Bernice hatte das Gefühl, dass sie von ihrem Anliegen abgelenkt wurde. »Findest du, du hast mich gut behandelt?«

»Ich habe getan, was ich konnte. Du bist ein ziemlich harter Brocken.«

Bernice' Augenlider röteten sich.

»Ich finde, du bist hart und selbstsüchtig, und du hast keine einzige weibliche Tugend in dir.«

»O mein Gott!«, rief Marjorie voller Verzweiflung. »Du dummes Ding! Mädchen wie du sind schuld an all diesen langweiligen, farblosen Ehen; all diese scheußlichen Unzulänglichkeiten, die als weibliche Tugenden durchgehen! Was für ein Schlag für einen Mann mit Phantasie, wenn er das hübsche Kleiderbündel heiratet, um das er seine Ideale gerankt hat, und merkt, dass es bloß eine schwache, wehleidige, feige Anhäufung von Posen ist!«

Bernice' Mund stand mittlerweile halb offen.

»Die frauliche Frau!«, fuhr Marjorie fort. »Verbringt ihre ganze frühe Jugend mit wehleidiger Kritik an Mädchen wie mir, die sich wirklich gut amüsieren.«

Bernice' Unterkiefer klappte weiter herunter, während Marjories Stimme anstieg.

»Ein hässliches Mädchen kann ja von mir aus wehleidig sein. Wenn ich hässlich gewesen wäre, richtig hässlich, dann hätte ich meinen Eltern nie verziehen, dass sie mich auf die Welt gebracht haben. Aber du trittst dein Leben ohne jedes Handicap an –« Marjorie ballte ihre kleine Faust. »Wenn du von mir erwartest, dass ich in dein Gejammer einstimme, muss ich dich enttäuschen. Geh oder bleib, ganz wie du willst.« Darauf nahm sie ihre Briefe vom Tisch und verließ den Raum.

Bernice schützte Kopfschmerzen vor und erschien nicht zum Mittagessen. Sie hatten am Nachmittag eine Verabredung fürs Theater, doch da die Kopfschmerzen anhielten, entschuldigte Marjorie ihre Cousine bei einem nicht allzu niedergeschlagenen jungen Mann. Als sie jedoch am späten Nachmittag heimkam, fand sie Bernice mit seltsam gefasster Miene in ihrem Schlafzimmer vor, wo sie auf Marjorie gewartet hatte.

»Ich bin zu dem Schluss gekommen«, sagte Bernice ohne Umschweife, »dass du vielleicht recht hast – sicher bin ich mir nicht. Aber wenn du mir sagen könntest, warum deine Freunde sich nicht – sich nicht für mich interessieren, würde ich eventuell tun, was du für richtig hältst.«

Marjorie stand vor dem Spiegel und schüttelte ihr Haar aus.

»Meinst du das ernst?«

»Ja.«

»Ohne Einschränkungen? Bist du bereit, genau das zu tun, was ich dir sage?«

»Na ja, ich –«

»Nichts ›na ja‹! Bist du bereit, genau das zu tun, was ich sage?«

»Wenn es vernünftig ist.«

»Das ist es nicht! Vernunft ist das Letzte, was du brauchst.«

»Wirst du mich – wirst du mir empfehlen –«

»Ja, alles. Wenn ich sage, du sollst Boxen lernen, lernst du Boxen. Schreib deiner Mutter, dass du zwei Wochen länger bleibst.«

»Und wenn du sagst –«

»Also gut – ich gebe dir schon mal ein paar Beispiele. Erstens hast du kein unbefangenes Auftreten. Warum? Weil du dir deiner nicht sicher bist. Ein Mädchen, das sich perfekt frisiert und gekleidet fühlt, kann diesen Teil von sich vergessen. Das ist Charme. Je mehr von dir du vergessen kannst, umso größer dein Charme.«

»Sehe ich denn nicht gut aus?«

»Nein; zum Beispiel pflegst du deine Augenbrauen nicht. Sie mögen schwarz und glänzend sein, aber wenn sie in alle Richtungen abstehen, sind sie ein Makel. Sie wären sehr hübsch, wenn du dir für ihre Pflege ein Zehntel der Zeit nehmen würdest, die du mit Nichtstun verbringst. Du wirst sie bürsten, damit sie alle in eine Richtung wachsen.«

Bernice runzelte besagte Brauen.

»Heißt das etwa, dass Männer auf Augenbrauen achten?«

»Ja – unbewusst. Und wenn du wieder zu Hause bist, solltest du dir die Zähne ein wenig richten lassen. Es fällt kaum auf, aber –«

»Ich dachte«, unterbrach Bernice sie verwirrt, »du verachtest solche kleinen weiblichen Geziertheiten.«

»Ich verachte geziertes Denken«, antwortete Marjorie. »Aber äußerlich muss ein Mädchen geziert sein. Wer umwerfend aussieht, kann sich auch erlauben, über Russland, Pingpong oder den Völkerbund zu reden.«

»Was noch?«

»Oh, ich fange gerade erst an! Als Nächstes kommt die Art, wie du tanzt.«

»Tanze ich denn nicht gut?«

»Nein. Du stützt dich auf den Mann; doch, doch – ein ganz klein wenig. Es ist mir aufgefallen, als wir gestern zusammen beim Tanzen waren. Und du hältst dich vollkommen gerade, anstatt dich ein wenig vorzuneigen. Wahrscheinlich hat dir mal eine alte Dame vom Rand des Parketts aus zugeschaut und gesagt, du sähst so vornehm dabei aus. Aber wenn das Mädchen nicht zufällig sehr klein ist, hat der Mann es auf die Weise viel schwerer, und er ist schließlich derjenige, auf den es ankommt.«

»Weiter.« Bernice schwirrte der Kopf.

»Du musst lernen, auch zu den armen Teufeln nett zu sein. Du siehst immer aus, als hätte man dich beleidigt, sobald du an einen gerätst, der nicht zu den meistumschwärmten Jungen gehört. Aber, Bernice, ich werde alle paar Schritte abgeklatscht – und von wem wohl am häufigsten? Von besagten armen Teufeln natürlich. Kein Mädchen kann es sich leisten, sie zu übergehen. Sie bilden den größten Teil jeder Menge. Unreife, schüchterne Jungen, die den Mund nicht aufkriegen, sind das beste Konversationstraining. Ungeschickte Jungen sind die besten Tanzlehrer. Wenn du ihren Schritten folgen kannst und trotzdem graziös aussiehst, kannst du einem Panzer durch einen Wolkenkratzer aus Stacheldraht folgen.«

Bernice seufzte tief, doch Marjorie war noch nicht fertig.

»Wenn du auf einem Ball bist und vielleicht drei arme Teufel, die mit dir tanzen, richtig gut unterhältst; wenn du so amüsant mit ihnen plauderst, dass sie nicht merken, wie lange sie bei dir hängenbleiben, hast du schon einiges erreicht. Sie werden dich das nächste Mal wieder auffordern, und nach und nach werden so viele arme Teufel mit dir tanzen, dass die attraktiven Jungen keine Angst mehr haben müssen hängenzubleiben – und dann fordern sie dich auf.«

»Ja«, sagte Bernice matt. »Ich glaube, ich verstehe allmählich, was du meinst.«

»Und irgendwann«, sagte Marjorie abschließend, »werden sicheres Auftreten und Charme sich von selbst einstellen. Eines Morgens wirst du aufwachen und wissen, dass du beides hast, und auch die Männer werden es wissen.«

Bernice stand auf. »Das war furchtbar nett von dir – aber so hat noch nie jemand mit mir geredet; ich bin ein bisschen durcheinander.«

Marjorie gab keine Antwort, sondern betrachtete nachdenklich ihr eigenes Spiegelbild.

»Wie lieb, dass du mir hilfst, du bist ein Schatz«, fuhr Bernice fort.

Marjorie antwortete immer noch nicht, und Bernice fürchtete schon, sie habe zu dankbar gewirkt. »Ich weiß, du magst keine Gefühlsduselei«, sagte sie schüchtern.

Marjorie drehte sich rasch zu ihr um. »Ach, das ist es nicht. Ich habe gerade überlegt, ob wir dir nicht einen Bubikopf schneiden lassen sollten.«

Bernice fiel rückwärts aufs Bett.

Am folgenden Mittwochabend fand im Countryclub ein Ball mit gesetztem Essen statt. Als die Gäste hereinschlenderten, suchte Bernice ihre Tischkarte und verspürte leisen Unmut. Zwar saß rechts von ihr G. Reece Stoddard, ein höchst begehrenswerter und vornehmer Junggeselle, doch den alles entscheidenden Platz zu ihrer Linken nahm nur Charley Paulson ein. Charley mangelte es an Körpergröße, gutem Aussehen und gesellschaftlicher Raffinesse, und das Einzige, was ihn nach Bernice' neuem Wissensstand als ihren Partner qualifizierte, war die Tatsache, dass er noch nie bei ihr hängengeblieben war. Doch mit den letzten Suppentellern verschwand auch ihr Unmut, und Marjories präzise Lektionen fielen ihr wieder ein. Sie schluckte ihren Stolz hinunter, wandte sich Charley Paulson zu und sprang.

»Finden Sie, ich sollte mir einen Bubikopf schneiden lassen, Mr. Charley Paulson?«

Charley blickte überrascht auf. »Warum?«

»Weil ich es erwäge. Es ist eine so einfache und sichere Art, Aufmerksamkeit zu erregen.«

Charley lächelte liebenswürdig. Er konnte nicht ahnen, dass dies einstudiert war. Er antwortete, er wisse nicht viel über Bubiköpfe. Aber Bernice konnte es ihm erklären.

»Ich möchte ein Vamp sein, verstehen Sie«, verkündete sie frech und erklärte ihm dann, der Bubikopf sei der notwendige Auftakt dazu. Sie fügte hinzu, sie wolle seinen Rat einholen, weil sie gehört habe, dass er, was Mädchen betreffe, über ein so gutes Urteilsvermögen verfüge.

Charley, der von der Psychologie der Frauen so viel verstand wie vom Geisteszustand buddhistischer Mönche, fühlte sich vage geschmeichelt.

»Deshalb habe ich beschlossen«, fuhr sie fort und hob ein wenig die Stimme, »Anfang nächster Woche in den Herrensalon im Sevier Hotel zu gehen, dort auf dem ersten Stuhl Platz zu nehmen und mir einen Bubikopf schneiden zu lassen.«

Sie stockte, als sie bemerkte, dass die Leute um sie herum ihre Gespräche unterbrochen hatten und zuhörten; nach einer Sekunde der Verunsicherung jedoch verfing Marjories Nachhilfe wieder, und sie richtete den Rest ihrer Ausführungen an ein größeres Publikum.

»Natürlich verlange ich Eintritt, aber wenn Sie alle kommen und mir Beistand leisten wollen, verteile ich gerne Karten für die Logenplätze.«

Beifälliges Gelächter brandete auf, unter dessen Deckung G. Reece Stoddard sich rasch zu ihr herüberbeugte und ihr ins Ohr flüsterte: »Ich reserviere jetzt schon eine Loge.«

Sie begegnete seinem Blick und lächelte, als hätte er etwas unübertrefflich Geistreiches gesagt.

»Glauben Sie an den Bubikopf?«, fragte G. Reece mit dem gleichen Unterton.

»Ich finde ihn unmoralisch«, antwortete Bernice ernst. »Aber schließlich muss man die Leute entweder unterhalten, bewirten oder schockieren.« Das hatte Marjorie von Oscar Wilde geklaut. Es erntete wohlgefälliges Gelächter von den Männern und eine Reihe rascher, aufmerksamer Blicke von den Mädchen. Und als hätte sie nichts weiter Witziges oder Bedeutsames gesagt, wandte Bernice sich wieder Charley zu und sprach ihm vertraulich ins Ohr. »Ich würde Sie gern nach Ihrer Meinung zu einigen Leuten fragen. Ich stelle mir vor, dass Sie ein hervorragender Menschenkenner sind.«

Charley erbebte leicht – und machte ihr indirekt ein Kompliment, indem er ihr Wasserglas umstieß.

Als Warren McIntyre zwei Stunden später untätig in der Riege der Herren stand, gedankenverloren den Tanzpaaren zuschaute und sich fragte, wohin und mit wem Marjorie verschwunden war, stahl sich nach und nach eine ganz andere Wahrnehmung in sein Bewusstsein – nämlich die, dass Bernice, Marjories Cousine, in den letzten fünf Minuten mehrere Male abgeklatscht worden war. Er schloss die Augen, öffnete sie und schaute erneut hin. Vor ein paar Minuten hatte sie mit einem Jungen von außerhalb getanzt, was leicht zu erklären war; ein Junge von außerhalb wusste es nicht besser. Doch jetzt tanzte sie mit einem anderen, und dort steuerte mit enthusiastischer Entschlossenheit im Blick schon Charley Paulson auf sie zu. Merkwürdig – Charley Paulson tanzte selten mit mehr als drei Mädchen pro Abend.

Warren war doch sehr erstaunt, als er – nach vollzogenem Wechsel – sah, dass der erlöste Mann kein anderer war als G. Reece Stoddard persönlich. Und G. Reece schien von seiner Erlösung keineswegs begeistert. Als Bernice das nächste Mal in seiner Nähe tanzte, betrachtete Warren sie aufmerksam. Ja, sie war hübsch, ausgesprochen hübsch sogar; und heute Abend wirkte ihr Gesicht richtig lebhaft. Sie hatte jenes Aussehen, das keine Frau, und sei sie eine noch so begabte Schauspielerin, erfolgreich vortäuschen kann – sie sah aus, als amüsiere sie sich. Ihm gefiel die Art, wie sie sich die Haare frisiert hatte, und er überlegte, ob es Brillantine war, die es so glänzen ließ. Und das Kleid stand ihr gut – ein dunkles Rot, das ihre schattigen Augen und rosigen Wangen hervorhob. Ihm fiel wieder ein, dass er sie am Anfang, als sie in die Stadt gekommen war, hübsch gefunden und erst später gemerkt hatte, wie langweilig sie war. Schade – langweilige Mädchen waren unerträglich –, aber hübsch war sie schon.

Seine Gedanken wanderten im Zickzack zu Marjorie zurück. Mit ihrem Verschwinden würde es sein wie so oft. Wenn sie wieder auftauchte, würde er sie fragen, wo sie gewesen sei – und sie würde ihm mit aller Deutlichkeit erwidern, das gehe ihn überhaupt nichts an. Wie dumm, dass sie sich seiner so sicher war! Sie sonnte sich in dem Wissen, dass kein anderes Mädchen in der ganzen Stadt ihn interessierte; sie forderte ihn dazu heraus, sich in Genevieve oder Roberta zu verlieben.

Warren seufzte. Der Weg zu Marjories Gefühlen war wirklich ein Labyrinth. Er blickte auf. Bernice tanzte erneut mit dem Jungen von außerhalb. Halb unbewusst tat er einen Schritt aus der Herrenriege heraus in ihre Richtung und zögerte. Dann sagte er sich, es sei ein Akt der Barmherzigkeit. Er ging auf sie zu – und stieß plötzlich mit G. Reece Stoddard zusammen.

»Verzeihung«, sagte Warren.

Doch G. Reece blieb nicht stehen, um sich zu entschuldigen. Er hatte schon wieder Bernice aufgefordert.

Nachts um ein Uhr drehte sich Marjorie, die Hand am Lichtschalter in der Diele, um und schaute noch ein letztes Mal in Bernice' blitzende Augen. »Es hat also funktioniert?«

»Oh, Marjorie, ja!«, rief Bernice.

»Ich habe gesehen, dass du dich gut amüsiert hast.«

»Das habe ich auch! Das einzige Problem war, dass mir gegen Mitternacht der Gesprächsstoff ausging. Ich musste mich wiederholen – natürlich vor anderen Männern. Ich hoffe, sie tauschen sich nicht aus.«

»Das tun Männer nicht«, sagte Marjorie und gähnte, »und selbst wenn sie es täten – sie würden dich nur für noch raffinierter halten.«

Sie knipste das Licht aus, und als sie die Treppe hinaufstiegen, griff Bernice dankbar nach dem Geländer. Zum ersten Mal in ihrem Leben war sie müde getanzt worden.

»Siehst du«, sagte Marjorie, als sie oben waren, »ein Mann sieht, wie ein anderer dich abklatscht, und denkt, da muss wohl irgendwas dran sein. Also, morgen lassen wir uns was Neues einfallen. Gute Nacht.«

»Gute Nacht.«

Als Bernice ihre Haare löste, ließ sie den Abend noch einmal Revue passieren. Sie hatte sich genau an die Anweisungen gehalten. Selbst als Charley Paulson sie zum achten Mal abklatschte, hatte sie getan, als sei sie hocherfreut, und sich so interessiert wie geschmeichelt gegeben. Sie hatte weder über das Wetter in Eau Claire noch über Autos noch über ihre Schule geredet, sondern die Unterhaltung auf mich, dich und uns beschränkt.

Doch ein paar Minuten bevor sie einschlief, wühlte ein rebellischer Gedanke schlaftrunken in ihrem Kopf – sie war diejenige, die all das vollbracht hatte. Gewiss, Marjorie hatte ihr erklärt, was sie sagen sollte, doch Marjorie hatte das meiste, was sie selber sagte, auch nur irgendwo gelesen. Bernice hatte das rote Kleid gekauft, obwohl es ihr nie besonders schön erschienen war, ehe Marjorie es aus ihrem Koffer ausgrub – ihre Stimme hatte die Sätze gesagt, ihre Lippen hatten gelächelt, ihre Füße getanzt. Marjorie nettes Mädchen – aber eitel – netter Abend – nette Jungen – wie Warren – Warren – Warren – wie hieß er gleich – Warren –

Sie schlief ein.

v

Für Bernice war die nächste Woche eine Offenbarung. Mit dem Gefühl, dass es den Leuten wirklich Freude bereitete, sie anzuschauen und ihr zuzuhören, kam das Selbstvertrauen. Natürlich unterliefen ihr am Anfang zahlreiche Fehler. Sie wusste zum Beispiel nicht, dass Draycott Deyo für das Pfarramt studierte; ihr war nicht klar, dass er sie aufforderte, weil er sie für ein stilles, zurückhaltendes Mädchen hielt. Wäre es ihr bewusst gewesen, hätte sie ihn nicht mit dem Spruch »Hallo, Granatenwerfer!« beglückt und nahtlos die Badewannengeschichte angeschlossen: »Im Sommer kostet es mich schrecklich viel Kraft, mir die Haare zu frisieren – ich habe so viele davon –, deshalb frisiere ich sie mir immer zuerst, pudere mir das Gesicht und setze meinen Hut auf; dann steige ich in die Badewanne und kleide mich hinterher an. Meinen Sie nicht auch, das ist die beste Methode?«

Obgleich Draycott Deyo sich gerade mit schwierigen, die Immersionstaufe betreffenden Fragen herumquälte und hier eventuell einen Zusammenhang hätte entdecken können, müssen wir zugeben, dass dem nicht so war. Er betrachtete weibliches Baden als unsittlichen Gesprächsgegenstand und ließ Bernice an einigen seiner Gedanken zur Verkommenheit der modernen Gesellschaft teilhaben.

Doch zum Ausgleich dieses unseligen Zwischenfalls verzeichnete Bernice auf der Habenseite ein paar beachtliche Erfolge. Der kleine Otis Ormonde verzichtete auf eine Reise an die Ostküste und beschloss stattdessen, sich mit welpenhafter Ergebenheit an ihre Fersen zu heften, zum Amüsement seiner Freunde und zur Verärgerung G. Reece Stoddards, dessen nachmittägliche Aufwartungen durch die widerlich zärtlichen Blicke, die Otis auf Bernice richtete, mehrmals vollkommen verdorben wurden. Ja, zum Beweis, wie entsetzlich er und alle anderen sich in ihrem ersten Urteil über sie getäuscht hatten, erzählte er ihr sogar die Geschichte mit dem Holzscheit und der Damengarderobe. Bernice tat den Vorfall mit einem Lachen ab, obwohl es ihr einen kleinen Stich versetzte.

Von allem, was Bernice an Konversationskunst aufbot, war der bekannteste und mit dem größten Beifall aufgenommene Spruch der, dass sie sich einen Bubikopf schneiden lassen würde.

»Ach, Bernice, wann lassen Sie sich endlich einen Bubikopf schneiden?«

»Übermorgen vielleicht«, antwortete sie lachend. »Kommen Sie und schauen es sich an? Ich zähle nämlich auf Sie, müssen Sie wissen.«

»Ob wir kommen? Und ob! Aber beeilen Sie sich lieber.«

Bernice, deren Tonsurabsichten vollkommen unaufrichtig waren, lachte erneut.

»Es ist bald so weit. Sie werden staunen.«

Doch das bedeutsamste Zeichen ihres Erfolgs war womöglich der graue Wagen des über die Maßen kritischen Warren McIntyre, der täglich vor dem Harvey'schen Haus parkte. Zuerst war das Dienstmädchen richtig erschrocken, als er nach Bernice fragte und nicht nach Marjorie; nachdem das eine Woche so gegangen war, erzählte sie der Köchin, Miss Bernice hätte sich doch Miss Marjories besten Fisch geangelt.

Und das hatte Miss Bernice. Vielleicht fing es damit an, dass Warren Marjories Eifersucht wecken wollte; vielleicht war es Marjories vertrauter, wenn auch von ihm nicht erkannter Zungenschlag in Bernice' Konversationskunst; vielleicht war es beides und ein Quentchen ernsthaftes Interesse dazu. In jedem Fall hatte das kollektive Bewusstsein der jungen Leute innerhalb einer Woche bemerkt, dass Marjories treuester Verehrer eine erstaunliche Kehrtwendung vollzogen hatte und ohne jeden Zweifel Marjories Gast umwarb. Die brennende Frage war, wie Marjorie das aufnehmen würde. Warren rief Bernice zweimal am Tag an, er schickte ihr Nachrichten, und häufig sah man sie zusammen in seinem Roadster sitzen, augenscheinlich in eines jener intensiven, bedeutungsvollen Gespräche darüber vertieft, ob er es ernst meine oder nicht.

Marjorie lachte nur, wenn man sie damit aufzog. Sie sagte, sie freue sich riesig, dass Warren endlich jemanden gefunden habe, der ihn schätze. Daraufhin stimmten die jungen Leute in ihr Lachen ein, nahmen an, dass es Marjorie nicht weiter kümmere, und ließen es dabei bewenden.

Eines Nachmittags – drei Tage vor ihrer Abreise – wartete Bernice in der Diele auf Warren, mit dem sie zu einer Bridgeparty eingeladen war. Sie fühlte sich großartig, und als Marjorie, die zu derselben Party wollte, neben ihr auftauchte und beiläufig vor dem Spiegel ihren Hut zurechtzurücken begann, war Bernice auf so etwas wie einen Streit nicht im Allergeringsten vorbereitet. Marjorie erledigte die Arbeit sehr kalt und rasch mit drei Sätzen.

»Du kannst dir Warren aus dem Kopf schlagen«, sagte sie knapp.

»Was?« Bernice war vollkommen verblüfft.

»Hör lieber auf, dich wegen Warren McIntyre lächerlich zu machen. Du bist ihm vollkommen schnuppe.«

Einen angespannten Augenblick lang schauten sie einander an – Marjorie trotzig und arrogant, Bernice verblüfft und halb ärgerlich, halb ängstlich. Dann fuhren zwei Wagen vor dem Haus vor, und wildes Hupen ertönte. Die beiden Mädchen keuchten leise, wandten sich um und eilten Seite an Seite hinaus.

Die ganze Bridgeparty hindurch bemühte Bernice sich vergebens, ihr wachsendes Unbehagen zu unterdrücken. Sie hatte Marjorie beleidigt, die Sphinx der Sphinxe. Mit den besten und arglosesten Absichten der Welt hatte sie Marjories Eigentum gestohlen. Auf einmal fühlte sie sich entsetzlich schuldig. Nach dem Bridge, als sie in lockerer Runde beisammensaßen und sich unterhielten, brach der Sturm allmählich los. Es war der kleine Otis Ormonde, der ihn unbeabsichtigt auslöste.

»Wann gehst du wieder in den Kindergarten, Otis?«, hatte ihn irgendjemand gefragt.

»Ich? Sobald Bernice sich einen Bubikopf schneiden lässt.«

»Dann ist deine Ausbildung bereits zu Ende«, sagte Marjorie schnell. »Sie hat nur geblufft. Das hättest du eigentlich merken müssen.«

»Tatsache?«, fragte Otis und bedachte Bernice mit einem vorwurfsvollen Blick.

Bernice bekam glühend rote Ohren, während sie nach einer wirkungsvollen Replik sann. Angesichts dieses Frontalangriffs war ihre Phantasie wie gelähmt.

»Es wird viel geblufft in der Welt«, fuhr Marjorie ganz freundlich fort. »Du bist eigentlich jung genug, um das zu wissen, Otis.«

»Na ja«, sagte Otis. »Mag sein. Aber wirklich – so ein Spruch wie der von Bernice –«

»Ach ja?«, gähnte Marjorie. »Was ist denn ihr neustes Bonmot?«

Niemand schien es zu wissen. Genau genommen hatte Bernice in letzter Zeit, während sie mit dem Verehrer ihrer Muse spielte, nichts Bemerkenswertes mehr von sich gegeben.

»War das wirklich nur ein Spruch?«, wollte Roberta wissen.

Bernice zögerte. Sie spürte, dass irgendetwas Geistreiches von ihr erwartet wurde, doch unter den plötzlich so kalten Augen ihrer Cousine fühlte sie sich dazu vollends außerstande. »Ich weiß nicht«, sagte sie, um Zeit zu gewinnen.

»Na los!«, sagte Marjorie. »Gib's zu!«

Bernice sah, dass Warrens Blick sich von der Ukulele, an der er herumgezupft hatte, löste und sich fragend auf sie heftete.

»Ach, ich weiß es nicht!«, wiederholte sie. Ihre Wangen glühten.

»Na los!«, rief Marjorie noch einmal.

»Geben Sie sich einen Ruck, Bernice«, drängte Otis sie. »Zeigen Sie ihr, wo Schluss ist.«

Bernice schaute erneut in die Runde – unfähig, sich Warrens Blick zu entziehen.

»Mir gefällt kurzes Haar«, sagte sie rasch, als hätte er ihr eine Frage gestellt, »und ich werde mir einen Bubikopf schneiden lassen.«

»Wann?«, fragte Marjorie.

»Egal.«

»Am besten sofort«, schlug Roberta vor.

Otis sprang auf. »Tolle Idee!«, rief er. »Wir veranstalten eine Bubikopf-Sommerparty! Im Herrensalon des Sevier Hotels, richtig?«

Augenblicklich waren alle auf den Beinen. Bernice' Herz hämmerte wie wild. »Was?«, keuchte sie.

Mitten aus der Gruppe ertönte, sehr klar und verächtlich, Marjories Stimme. »Keine Sorge – sie macht noch einen Rückzieher.«

»Kommen Sie schon, Bernice!«, rief Otis und lief zur Tür.

Vier Augen – Warrens und Marjories – starrten sie an, provozierten sie, forderten sie heraus. Eine weitere Sekunde lang schwankte sie heftig. »Na gut«, sagte sie rasch. »Dann mach ich's eben.«

Als sie eine Ewigkeit von Minuten später neben Warren durch den Spätnachmittag gen Stadt fuhr, von den anderen in Robertas Wagen dicht gefolgt, fühlte Bernice sich ganz und gar wie Marie Antoinette im Schinderkarren auf dem Weg zur Guillotine. Benommen fragte sie sich, warum sie nicht laut hinausschrie, dass dies alles ein Irrtum sei. Es fehlte nicht viel, und sie hätte sich mit beiden Händen ins Haar gegriffen, um es vor einer schlagartig feindlich gewordenen Welt zu beschützen. Doch sie tat beides nicht. Selbst der Gedanke an ihre Mutter war keine Abschreckung mehr. Hier stand ihr Sportgeist auf dem Prüfstand; ihr Recht, unbehelligt in den Sternenhimmel der umschwärmten Mädchen aufzusteigen.

Warren verharrte in mürrischem Schweigen, und als sie beim Hotel ankamen, hielt er am Bordstein und gab Bernice mit einem Nicken zu verstehen, sie solle vor ihm aussteigen. Robertas Wagen entließ eine lachende Meute in das Geschäft, das der Straße zwei kühne Glasfenster präsentierte.

Bernice stand am Bordstein und blickte auf das Schild, Sevier Herrensalon. Es war in der Tat eine Guillotine, und der Henker war der erste Barbier, der, in eine weiße Jacke gekleidet und eine Zigarette rauchend, lässig am ersten Stuhl lehnte. Er hatte bestimmt schon von ihr gehört; hatte bestimmt die ganze Woche gewartet und neben jenem unheilvollen, zu oft erwähnten ersten Stuhl eine Zigarette nach der anderen geraucht. Würde man ihr die Augen verbinden? Nein, aber man würde ihr einen weißen Umhang um den Hals legen, damit kein Blut – Unsinn: Haar – auf ihre Kleider kam.

»Also gut, Bernice«, sagte Warren rasch.

Mit gerecktem Kinn schritt sie über den Gehweg, drückte die Schwingtür auf und hielt, ohne die aufgekratzte, lärmende Meute, die jetzt die Wartebank in Beschlag nahm, eines Blickes zu würdigen, auf den ersten Barbier zu.

»Ich möchte, dass Sie mir einen Bubikopf schneiden.«

Der Mund des Barbiers öffnete sich einen Spaltbreit. Seine Zigarette fiel zu Boden.

»Wie?«

»Meine Haare – schneiden Sie sie ab!«

Ohne sich auf weiteres Vorgeplänkel einzulassen, nahm Bernice hoch oben Platz. Ein Mann auf dem Stuhl neben ihr wandte den Kopf zur Seite und warf ihr einen Blick zu, halb Rasierschaum, halb Erstaunen. Einer der Barbiere erschrak und ruinierte den monatlichen Haarschnitt des kleinen Willy Schuneman. Mr. O'Reilly, der im letzten Stuhl saß, grunzte und fluchte sehr musikalisch in altem Gälisch, als das Rasiermesser ihn in die Wange biss. Zwei Stiefelputzer bekamen große Augen und stürzten auf ihre Füße zu. Nein. Bernice wollte ihre Schuhe nicht poliert haben.

Draußen blieb einer stehen und starrte herein; ein Paar gesellte sich zu ihm; ein halbes Dutzend kleiner Jungensnasen blitzten auf, platt gegen die Fensterscheibe gedrückt; und durch die Fliegengittertür wehte die Sommerbrise den einen oder anderen Gesprächsfetzen herein.

»Guck mal, 'n Junge mit so langen Haaren!«

»Blödsinn! Das ist 'ne bärtige Frau, die er grad fertig rasiert hat.«

Doch Bernice sah nichts und hörte nichts. Ihr einziger noch lebendiger Sinn sagte ihr, dass der Mann in der weißen Jacke ihr erst einen Schildpattkamm und dann einen zweiten aus dem Haar genommen hatte; dass seine Finger sich linkisch an den ungewohnten Haarnadeln zu schaffen machten; dass dieses Haar, ihr wunderschönes Haar, gleich verschwunden sein würde – nie wieder würde sie seine sinnliche Schwerkraft spüren, wenn es ihr in seiner dunkelbraunen Pracht den Rücken herabhing. Eine Sekunde lang war sie kurz davor, klein beizugeben, und dann schwamm ein Bild mechanisch in ihr Gesichtsfeld – Marjories Mund, der sich zu einem leisen, ironischen Lächeln verzog, als wollte sie sagen: »Gib auf und steig da runter! Du wolltest mich übers Ohr hauen, und ich habe dich gezwungen, Farbe zu bekennen. Du siehst, du hast keine Chance.«

Ein letzter Rest Energie regte sich in Bernice, sie ballte unter dem weißen Umhang die Fäuste, und ihre Augen verengten sich auf eine so eigentümliche Weise, dass Marjorie noch lange Zeit danach davon erzählte.

Zwanzig Minuten später schwang der Barbier sie herum, damit sie sich im Spiegel betrachten konnte, und sie zuckte zusammen, als sie das ganze Ausmaß des Schadens erfasste, der hier angerichtet worden war. Sie hatte kein lockiges Haar, und jetzt hing es in strähnigen, leblosen Blöcken zu beiden Seiten ihres erbleichten Gesichts herab. Es war hässlich wie die Sünde – sie hatte es vorher gewusst. Der besondere Charme ihres Gesichts war eine madonnenhafte Schlichtheit gewesen. Davon war nichts mehr übrig, und sie sah – nun ja, entsetzlich mittelmäßig aus, nicht exzentrisch, sondern bloß lächerlich, wie eine Intelligenzbestie aus Greenwich Village, die ihre Brille zu Hause vergessen hatte.

Als sie vom Stuhl hinunterstieg, versuchte sie zu lächeln – was kläglich scheiterte. Sie sah zwei der Mädchen Blicke wechseln, nahm wahr, dass Marjories Mund sich in verhaltenem Spott verzog – und dass Warrens Augen auf einmal sehr kalt waren.

»Sehen Sie« – ihre Worte fielen mitten in ein betretenes Schweigen hinein –, »ich hab's getan.«

»Ja – das haben Sie«, gab Warren zu.

»Gefällt es Ihnen?«

Zwei oder drei Stimmen brachten ein halbherziges »Klar« hervor, dann herrschte erneut betretenes Schweigen. Schließlich wandte Marjorie sich rasch und mit schlangenhafter Intensität Warren zu.

»Könntest du mich vielleicht bei der Reinigung vorbeifahren?«, fragte sie. »Ich muss vor dem Abendessen unbedingt noch ein Kleid dort hinbringen. Roberta fährt direkt nach Hause, sie kann die anderen mitnehmen.«

Warren blickte geistesabwesend auf irgendeinen unbestimmten Punkt draußen vor dem Fenster. Dann ruhte sein Blick einen Moment lang kalt auf Bernice, ehe er zu Marjorie wanderte.

»Aber gern«, sagte er langsam.

VI

Was für eine abscheuliche Falle man ihr gestellt hatte, wurde Bernice vollends klar, als sie kurz vor dem Abendessen dem fassungslosen Blick ihrer Tante begegnete.

»Aber Bernice!«

»Ich hab's mir abschneiden lassen, Tante Josephine.«

»Aber Kind!«

»Gefällt es dir?«

»Aber Bernice!«

»Jetzt habe ich dich wohl schockiert.«

»Nein, aber was wird Mrs. Deyo morgen Abend denken? Bernice, du hättest bis nach dem Tanzfest bei den Deyos warten sollen – du hättest noch warten sollen, wenn du so etwas machen wolltest.«

»Es war eine spontane Idee, Tante Josephine. Außerdem – warum sollte es gerade Mrs. Deyo etwas ausmachen?«

»Ach Kind«, rief Mrs. Harvey, »beim letzten Treffen des Donnerstagsclubs hat sie in ihrem Vortrag über ›Die Schwächen der jüngeren Generation‹ dem Bubikopf volle fünfzehn Minuten gewidmet. Es ist das Thema, über das sie sich am allerliebsten entrüstet. Und sie gibt dieses Tanzfest für dich und Marjorie!«

»Es tut mir leid.«

»Oh, Bernice, was wird bloß deine Mutter sagen? Sie wird glauben, ich hätte es dir erlaubt.«

»Es tut mir leid.«

Das Abendessen war eine Qual. Sie hatte hastig mit dem Lockenstab experimentiert und sich dabei den Finger und viel Haar verbrannt. Sie sah, dass ihre Tante besorgt und bekümmert war, und ihr Onkel sagte in gekränktem und leicht feindseligem Ton wieder und wieder: »Wie ist das bloß zu fassen.« Und Marjorie saß, hinter einem leichten, einem leicht spöttischen Lächeln verschanzt, ganz still da.

Irgendwie überstand Bernice den Abend. Drei Jungen kamen vorbei; Marjorie verschwand mit einem davon, und Bernice unternahm den lustlosen, vergeblichen Versuch, die beiden anderen zu unterhalten – und seufzte dankbar auf, als sie gegen halb elf hinaufging, um sich in ihr Zimmer zurückzuziehen. Was für ein Tag!

Während sie sich auszog, öffnete sich die Tür und

Marjorie kam herein. »Bernice«, sagte sie. »Das mit dem Tanzfest bei den Deyos tut mir schrecklich leid. Ich hatte es völlig vergessen, Ehrenwort.«

»Schon gut«, gab Bernice knapp zurück. Sie stand vor dem Spiegel und zog mit langsamen Strichen den Kamm durch ihr kurzes Haar.

»Lass uns morgen zusammen in die Stadt gehen«, fuhr Marjorie fort. »Der Friseur wird sich was einfallen lassen, damit du toll aussiehst. Ich hätte nicht gedacht, dass du es machen würdest. Es tut mir wirklich furchtbar leid.«

»Ach, schon gut!«

»Wenigstens ist es dein letzter Abend, da macht es wohl nicht so viel aus.«

Dann zuckte Bernice zusammen, als Marjorie sich das eigene Haar über die Schulter warf und es langsam zu zwei langen blonden Zöpfen zu flechten begann, bis sie in ihrem cremefarbenen Négligé dem zarten Bildnis einer sächsischen Prinzessin glich. Fasziniert sah Bernice die Zöpfe wachsen. Schwer und üppig bewegten sie sich unter den biegsamen Fingern wie unruhige Schlangen – und Bernice blieben nur diese Reste und der Lockenstab und die Aussicht auf einen Tag voller Blicke. Sie sah es schon vor sich, wie G. Reece Stoddard, der sie mochte, sein Harvard-Gebaren annahm und seiner Tischdame erklärte, man hätte Bernice nicht erlauben sollen, so viel ins Kino zu gehen; sie sah Draycott Deyo Blicke mit seiner Mutter wechseln und sich dann pflichtschuldig ihrer annehmen. Doch vielleicht würde die Neuigkeit ja bis morgen schon an Mrs. Deyos Ohr gedrungen sein; vielleicht würde sie eine eisige kleine Nachricht schicken, Bernice möge bitte davon absehen, bei ihr zu erscheinen – und alle würden hinter ihrem Rücken lachen und wissen, dass Marjorie sie zum Gespött gemacht hatte; dass ihre aufblühende Schönheit der eifersüchtigen Laune eines selbstverliebten Mädchens geopfert worden war. Sie setzte sich plötzlich vor den Spiegel und biss sich auf die Innenseite ihrer Wange.

»Mir gefällt es«, sagte sie nach einiger Überwindung. »Ich glaube, man wird sagen, dass es mir steht.«

Marjorie lächelte. »Es sieht nicht schlecht aus. Zerbrich dir um Himmels willen nicht den Kopf deswegen!«

»Nein, nein.«

»Gute Nacht, Bernice.«

Doch als die Tür zufiel, zerriss etwas in Bernice. Voller Elan sprang sie auf, ballte die Fäuste und ging rasch und geräuschlos zu ihrem Bett hinüber, um ihren Koffer darunter hervorzuzerren. Sie warf ihre Toilettenartikel und Kleidung zum Wechseln hinein. Dann drehte sie sich zum Schrank um und kippte zwei Schubladen voller Unterwäsche und

Sommerkleider in den Koffer. Sie bewegte sich leise, aber mit tödlicher Effizienz, und innerhalb einer Dreiviertelstunde war ihr Koffer verschlossen und verschnürt, und sie selbst hatte ein kleidsames neues Reisekostüm an, das auszusuchen Marjorie ihr geholfen hatte.

Sie setzte sich an ihren Schreibtisch und verfasste einen knappen Brief an Mrs. Harvey, in dem sie kurz die Gründe ihrer Abreise skizzierte. Sie versiegelte ihn, adressierte ihn und legte ihn auf ihr Kissen. Dann schaute sie auf ihre Armbanduhr. Der Zug fuhr um eins, und sie wusste, dass sie beim Marlborough Hotel, das nur zwei Querstraßen entfernt war, ohne weiteres ein Taxi bekommen würde.

Plötzlich zog sie scharf die Luft ein, und in ihren Augen blitzte ein Ausdruck auf, den ein im Charakterstudium geübter Beobachter mit jener entschlossenen Miene in Verbindung hätte bringen können, die sie auf dem Friseurstuhl gezeigt hatte – quasi eine Weiterentwicklung derselben. Für Bernice war es ein ganz neuer Ausdruck – und er hatte Folgen.

Sie schlich zu ihrer Kommode, nahm einen dort liegenden Gegenstand in die Hand, löschte alle Lichter und blieb stehen, bis ihre Augen sich an die Dunkelheit gewöhnt hatten. Behutsam drückte sie die Tür zu Marjories Zimmer auf. Sie hörte den leisen, gleichmäßigen Atem eines Menschen, der mit ruhigem Gewissen schläft.

Einen Augenblick später stand sie sehr besonnen und beherrscht am Bettrand. Sie handelte rasch. Beugte sich vor, fand einen von Marjories geflochtenen Zöpfen und tastete sich mit der Hand daran entlang, bis sie so nah wie möglich am Kopf war, und während sie das Haar möglichst locker hielt, damit die Schlafende kein Ziehen verspürte, fuhr sie mit der Schere nach unten und trennte es ab. Den Zopf in der Hand, hielt sie den Atem an. Marjorie hatte im Schlaf gemurmelt. Bernice amputierte flink und geschickt den anderen Zopf, hielt einen Moment inne und huschte dann rasch und leise wieder in ihr Zimmer.

Unten öffnete sie die große Haustür, zog sie vorsichtig hinter sich ins Schloss und trat, den schweren Koffer wie eine Einkaufstasche schwenkend, mit einem sonderbar freudigen, überschwenglichen Gefühl von der Veranda hinunter ins Mondlicht. Nachdem sie eine Minute forsch vorangeschritten war, stellte sie fest, dass sie die beiden blonden Zöpfe noch in der Hand hielt. Sie lachte unvermittelt auf – musste die Lippen fest zusammenkneifen, um nicht in schallendes Gelächter auszubrechen. Jetzt kam sie an Warrens Haus vorbei, und einer spontanen Eingebung folgend, stellte sie ihren Koffer ab, schwang die Zöpfe wie Taue und schleuderte sie auf die Holzveranda, wo sie mit einem leichten, dumpfen Schlag landeten. Sie lachte erneut, diesmal ohne sich zu bezähmen.

»Hihi!«, kicherte sie wildvergnügt. »Das selbstsüchtige Ding hätten wir skalpiert!«

Dann nahm sie ihren Koffer und setzte, halb im Laufschritt, ihren Weg auf der mondbeschienenen Straße fort.

Winterträume

I

Manche Caddies waren arm wie die Sünde und wohnten in Einzimmerhäusern mit einer neurasthenischen Kuh im Vorgarten, doch Dexter Greens Vater gehörte das zweitbeste Lebensmittelgeschäft in Black Bear – das beste war *The Hub* mit seiner reichen Kundschaft aus Sherry Island –, und Dexter verdiente sich als Caddie nur sein Taschengeld.

Im Herbst, wenn die Tage frisch und grau wurden und der lange Winter Minnesotas sich wie der weiße Deckel einer Schachtel über dem Land schloss, glitten Dexters Skier über den Schnee, der die Fairways des Golfplatzes verbarg. In dieser Jahreszeit stimmte das Land ihn zutiefst melancholisch – es kränkte ihn, dass die Rasenflächen zum Brachliegen verurteilt und für lange Monate von zerzausten Spatzen heimgesucht wurden. Trostlos war es auch, dass dort, wo im Sommer fröhliche Farben flatterten, jetzt nur die tristen, knietief mit verharschtem Schnee gefüllten Bunker zu sehen waren. Auf den Hügeln blies der Wind kalt wie die Not, und wenn die Sonne herauskam, stapfte Dexter mit zusammengekniffenen Augen gegen den flachen grellen Schein an.

Im April ging der Winter jäh zu Ende. Der Schnee rann in den Black Bear Lake hinab und ließ den frühen Golfern kaum Zeit, dem Wetter mit roten und schwarzen Bällen zu trotzen. Ohne Jubel, ohne eine Zwischenphase feuchter Pracht war die Kälte vorüber.

Dexter wusste, dass dieser nordische Frühling etwas Trübseliges hatte, so wie dem Herbst etwas Herrliches eigen war. Der Herbst ließ ihn die Fäuste ballen, ließ ihn erbeben und immer dieselben blödsinnigen Sätze an sich selber richten und mit jäher, forscher Gebärde imaginären Zuschauern und Armeen Befehle erteilen. Der Oktober erfüllte ihn mit Hoffnung, die der November zu regelrecht ekstatischem Triumph steigerte, und in dieser Stimmung waren die flüchtigen Glanzpunkte des Sommers auf Sherry Island Wasser auf seine Mühlen. Er wurde Golfmeister und schlug Mr. T. A. Hedrick in einer fabelhaften Partie, die auf den Fairways seiner Einbildung an die hundert Mal nachgespielt wurde, eine Partie, deren Details er unermüdlich variierte – mal gewann er mit geradezu lachhafter Leichtigkeit, mal holte er einen anfänglichen Rückstand grandios wieder auf. Oder er stieg wie Mr. Mortimer Jones aus einem Pierce-Arrow-Automobil und schlenderte mit kühler Miene in die Lounge des Sherry Island Golfclubs, und vielleicht gab er sogar, von einer Gruppe Bewunderer umringt, eine extravagante Vorstellung vom Sprungbrett des Clubstegs aus … Im Publikum, das ihm mit offenem Mund zuschaute, befand sich auch Mr. Mortimer Jones.

Eines Tages geschah es, dass Mr. Jones – er selbst, nicht sein Geist – mit Tränen in den Augen vor Dexter hintrat und ihm sagte, er sei der … der beste Caddie im Club, und ob er sich nicht entschließen könne weiterzumachen, wenn Mr. Jones es ihm lohne, denn alle anderen … alle anderen Caddies im Club verlören regelmäßig einen Ball pro Loch.

»Nein, Sir«, sagte Dexter entschieden, »ich möchte kein Caddie mehr sein.« Und dann, nach einer Pause: »Ich bin zu alt dafür.«

»Du bist nicht älter als vierzehn. Warum zum Teufel hast du gerade heute Morgen beschlossen aufzuhören? Du hast mir versprochen, mich nächste Woche auf das staatliche Turnier zu begleiten.«

»Ich habe beschlossen, dass ich dafür zu alt bin.«

Dexter gab seine A-Klassen-Plakette ab, bat den Caddiemeister um das Geld, das ihm noch zustand, und ging zu Fuß heim nach Black Bear Village.

»Der beste … Caddie, der mir je begegnet ist«, rief Mr. Mortimer Jones am selben Nachmittag bei einem Drink. »Hat nie einen einzigen Ball verloren! Aufmerksam! Intelligent! Ruhig! Ehrlich! Dankbar!«

Das kleine Mädchen, das dies angerichtet hatte, war elf und so schön hässlich, wie es bei kleinen Mädchen häufig vorkommt, die dazu ausersehen sind, ein paar Jahre später unaussprechlich hübsch zu sein und eine große Anzahl Männer grenzenlos unglücklich zu machen. Aber den Funken trug sie schon in sich. In der Art und Weise, wie ihre Lippen sich beim Lächeln nach unten bogen, lag etwas Gottloses, ebenso wie – der Himmel stehe uns bei! – in dem fast leidenschaftlichen Ausdruck ihrer Augen. Das Temperament erwacht bei diesen Frauen früh zum Leben. Hier trat es bereits überdeutlich zutage, als eine Art Leuchten, das ihre zarte Gestalt durchglühte.

Sie war um neun Uhr früh mit einem weißleinenen Kindermädchen und fünf kleinen neuen Golfschlägern in einem weißen Segeltuchbag, den das Kindermädchen trug, eifrig auf dem Platz erschienen. Als Dexter auf sie aufmerksam wurde, stand sie beim Caddiehaus und fühlte sich sichtlich unwohl, was sie zu verbergen suchte, indem sie das Kindermädchen in ein offenkundig gekünsteltes Gespräch verwickelte und dabei verblüffende und unsinnige Grimassen schnitt, die sie noch reizvoller erscheinen ließen.

»Also, es ist wirklich ein schöner Tag heute, Hilda«, hörte er sie sagen. Sie bog die Mundwinkel nach unten, lächelte und schaute sich flüchtig um, so dass ihr Blick im Vorbeigleiten auch Dexter streifte.

Dann zum Kindermädchen: »Also, heute Morgen sind ja nicht gerade viele Leute unterwegs, oder?«

Erneut dieses Lächeln – strahlend, unverschämt künstlich – überzeugend.

»Ich weiß gar nicht, was wir jetzt tun sollen«, sagte das Kindermädchen, ohne in eine bestimmte Richtung zu schauen.

»Ach, das macht nichts. Ich kümmere mich schon darum.«

Dexter stand mit leicht geöffnetem Mund vollkommen reglos da. Hätte er nur einen Schritt nach vorn getan, so wäre er mit seinem neugierigen Blick in ihr Sichtfeld geraten – wäre er hingegen einen Schritt zurückgetreten, hätte er ihr Gesicht nicht mehr ganz sehen können. Im ersten Moment hatte er nicht erkannt, wie jung sie war. Jetzt fiel ihm wieder ein, dass er sie im Jahr zuvor ein paarmal gesehen hatte – im Spielanzug.

Er musste unwillkürlich lachen, ein kurzes, jähes Lachen – dann wandte er sich, von sich selber erschreckt, um und ging rasch davon.

»Boy!«

Dexter blieb stehen.

»Boy…!«

Zweifellos war er gemeint. Und nicht nur das, sondern ihm wurde auch jenes absurde, spöttische Lächeln zuteil – an welches sich mindestens ein Dutzend Männer bis ins mittlere Alter hinein erinnern sollten.

»Weißt du, wo der Golflehrer ist?«

»Er gibt gerade eine Stunde.«

»Und der Caddiemeister?«

»Er ist noch nicht da.«

»Oh.« Das verwirrte sie. Sie trat von einem Bein auf das andere.

»Wir hätten gerne einen Caddie«, sagte das Kindermädchen. »Mrs. Mortimer Jones hat uns zum Golfspielen geschickt, aber wir wissen gar nicht, wie, so ohne Caddie.«

Hier gebot ihr ein drohender Blick aus Miss Jones' Augen, auf den sofort wieder jenes Lächeln folgte, Einhalt.

»Es gibt hier außer mir keine Caddies«, sagte Dexter zu dem Kindermädchen, »und ich kann nicht weg – ich muss Aufsicht führen, bis der Caddiemeister kommt.«

»Oh.«

Miss Jones und ihr Gefolge zogen sich nun zurück und führten in angemessener Entfernung von Dexter ein hitziges Gespräch, das Miss Jones beendete, indem sie einen der Golfschläger ergriff und heftig damit auf den Boden schlug. Um ihrem Standpunkt weiteren Nachdruck zu verleihen, holte sie erneut aus und wollte dem Kindermädchen gerade einen tüchtigen Schlag über den Busen verpassen, als dieses den Schläger packte und ihn ihr entwand.

»Du dummes kleines gemeines altes *Ding!*«, rief Miss Jones außer sich.

Der Streit ging weiter. Dexter, der fand, dass die Szene einer gewissen Komik nicht entbehrte, fing ein paarmal an zu lachen, beherrschte sich jedoch stets, bevor das Lachen hörbar geworden wäre. Er konnte sich der grotesken Überzeugung nicht erwehren, dass die Kleine ihr Kindermädchen völlig zu Recht schlug.

Das Problem löste sich, als zufällig der Caddiemeister herbeikam, dem das Kindermädchen augenblicklich ihr Anliegen vortrug: »Miss Jones soll einen kleinen Caddie bekommen, und der hier sagt, er hat keine Zeit.«

»Mr. McKenna hat gesagt, ich soll hier warten, bis Sie kommen«, erklärte Dexter rasch.

»Nun ist er ja hier.« Miss Jones lächelte den Caddiemeister fröhlich an. Dann ließ sie ihren Golfbag fallen und trippelte hochmütig zum ersten Tee.

»Also?« Der Caddiemeister wandte sich Dexter zu. »Was stehst du hier rum wie 'ne Schaufensterpuppe? Geh schon los und heb die Schläger der jungen Dame auf.«

»Ich glaube, ich gehe heute nicht über den Platz«, sagte Dexter.

»Du gehst nicht …«

»Ich glaube, ich kündige.«

Die Ungeheuerlichkeit seines Entschlusses erschreckte ihn selbst. Er war ein begehrter Caddie, und die dreißig Dollar im Monat, die er den Sommer über verdiente, waren sonst rund um den See nirgends zu holen. Aber er hatte einen schweren emotionalen Schock erlitten und musste seiner Erschütterung heftig und unverzüglich Luft machen.

Ganz so einfach ist es allerdings auch nicht. Denn wie in Zukunft noch so oft, hörte Dexter unbewusst auf seine Winterträume.

II

Natürlich variierte die Art dieser Winterträume je nach Jahreszeit, doch ihr Stoff blieb sich immer gleich. Sie bewogen Dexter einige Jahre später, ein

Wirtschaftsstudium an der State University abzulehnen – sein Vater, der inzwischen zu Wohlstand gelangt war, hätte es ihm bezahlt –, um einer älteren und berühmteren Universität im Osten, für die seine spärlichen Mittel kaum reichten, den zweifelhaften Vorzug zu geben. Doch gewinnen Sie daraus, dass seine Winterträume sich zuerst um die Reichen rankten, nicht den Eindruck, der Junge sei lediglich ein Snob gewesen. Er wollte nicht mit glänzenden Dingen und glänzenden Menschen in Verbindung sein – er wollte die glänzenden Dinge selbst. Oft strebte er nach dem Besten, ohne zu wissen, warum er das tat – und stieß sich bisweilen an den rätselhaften Versagungen und Verboten, die das Leben so liebt. Von einer dieser Versagungen, und nicht von seinem Werdegang insgesamt, handelt diese Geschichte.

Er machte Geld. Es war schon erstaunlich. Nach dem College ging er in die Stadt, aus der Black Bear seine vermögenden Stammgäste bezieht. Als er kaum dreiundzwanzig und noch nicht zwei Jahre dort war, sagten manche Leute bereits: »Na, *das* ist mal ein Kerl ...« Wo er hinschaute, handelten die Söhne reicher Männer mit unsicheren Wertpapieren oder investierten in unsichere Immobilien oder ackerten sich durch die zwei Dutzend Bände von George Washingtons *Wirtschaftslehre*, doch Dexter borgte sich mit Hilfe seines Collegeabschlusses und seines selbstbewussten Mundwerks eintausend Dollar und erwarb einen Anteil an einer Wäscherei.

Es war eine kleine Wäscherei, als er sich dort einkaufte, doch Dexter spezialisierte sich auf die englische Kunst, feine wollene Golfkniestrümpfe zu waschen, ohne sie einlaufen zu lassen, und binnen Jahresfrist war er ganz auf die Zunft der Knickerbockerträger ausgerichtet. Männer bestanden darauf, dass ihre Shetlandstrümpfe und -pullover in seine Wäscherei gebracht wurden, wie sie auf jenem Caddie bestanden hatten, der Golfbälle finden konnte.

Wenig später wusch er auch die Spitzenunterwäsche ihrer Ehefrauen – und betrieb fünf Geschäfte in verschiedenen Vierteln der Stadt. Noch nicht ganz siebenundzwanzig, besaß er die größte Wäschereikette der Region. Daraufhin verkaufte er seinen Anteil und zog nach New York. Doch die Geschichte, die uns interessiert, reicht in die Zeit zurück, als er seinen ersten großen Erfolg landete.

Mit dreiundzwanzig gab ihm Mr. Hart – einer jener grauhaarigen Männer, die gerne sagten: »Na, *das* ist mal ein Kerl« – für ein Wochenende eine Gästekarte des Sherry Island Golfclubs. Also setzte Dexter eines Tages seinen Namen auf die Liste und spielte noch am selben Nachmittag einen Vierer mit Mr. Hart, Mr. Sandwood und Mr. T. A. Hedrick.

Er hielt es nicht für nötig anzumerken, dass er einst Mr. Harts Bag über ebendiese Bahnen getragen hatte und jeden Bunker und jeden Teich mit geschlossenen Augen wiedererkannte, ertappte sich jedoch dabei, wie er sich dann und wann nach den vier Caddies umschaute, in der Hoffnung, dass irgendein Schimmer oder eine Geste ihn an ihn selbst erinnern und die Kluft verkleinern würde, die seine Gegenwart von seiner Vergangenheit trennte.

Es war ein merkwürdiger Tag, von flüchtigen, vertrauten Eindrücken jäh zerschnitten. Eben noch fühlte er sich wie ein Eindringling – dann wieder überwog das Gefühl der ungeheuren Überlegenheit, die er Mr. T. A. Hedrick gegenüber empfand, einem Langweiler, der nicht einmal mehr gut Golf spielte.

Irgendwann geschah wegen eines Balles, den Mr. Hart in der Nähe des fünfzehnten Greens verlor, etwas Unglaubliches. Während sie das harte Gras des Roughs absuchten, ertönte jenseits eines Hügels hinter ihnen der deutliche Ruf »Vorsicht!«. Und als sie sich, die Ballsuche unterbrechend, allesamt ruckartig umdrehten, kam ein leuchtender neuer Ball leicht angeschnitten über den Hügel geflogen und traf Mr. T. A. Hedrick in den Unterleib.

»Herrje!«, rief der. »Ein paar von diesen verrückten Frauen gehören vom Platz geworfen. Das wird ja wirklich immer schlimmer!«

Ein Kopf und eine Stimme tauchten zusammen hinter dem Hügel auf. »Würden Sie uns wohl vorlassen?«

»Sie haben mich in den Bauch getroffen!«, vermeldete Mr. Hedrick wütend.

»Habe ich das?« Die junge Dame näherte sich der Gruppe von Männern. »Das tut mir leid. Ich habe doch laut ›Vorsicht!‹ gerufen.«

Ihr Blick fiel beiläufig auf jeden von ihnen – dann suchte sie den Fairway nach ihrem Ball ab.

»Bin ich im Rough gelandet?«

Es war unmöglich festzustellen, ob das eine arglose oder eine boshafte Frage war. Einen Moment später jedoch räumte die junge Dame alle Zweifel aus, indem sie ihrer Partnerin, die gerade über den Hügel kam, fröhlich zurief: »Hier bin ich! Ich wäre auf dem Green gelandet, wenn ich nicht etwas anderes getroffen hätte.«

Während sie in Position ging, um einen kurzen Schlag mit Eisen fünf zu machen, betrachtete Dexter sie genauer. Sie trug ein Kleid aus blauem Gingan mit einem weißen Saum an Hals und Schultern, der ihre Bräune hervorhob. Was an ihr vordem so übertrieben und dünn gewirkt und ihren leidenschaftlichen Augen und herabgezogenen Mundwinkeln mit elf etwas Albernes verliehen hatte, war fort. Sie war atemberaubend schön. Die Farbe ihrer Wangen iri-

sierte wie die Farbe auf einem Bild – es war keine
›tiefe‹ Röte, sondern eine Art changierender, fieb-
riger Wärme, so abgedämpft, dass es schien, als
würde sie jeden Augenblick weichen und ganz verschwinden. Diese Röte und ihr Mund, der ständig
in Bewegung war, vermittelten den Eindruck von
Wechselhaftigkeit, von höchster Lebendigkeit und
leidenschaftlicher Vitalität – ein Eindruck, dem die
traurige Pracht ihrer Augen nur teilweise entgegen-
wirkte.

Jetzt schwang sie ungeduldig und desinteressiert
ihr Eisen fünf und beförderte den Ball in einen Bunker jenseits des Greens. Mit einem raschen, unaufrichtigen Lächeln und einem unbekümmerten
»Danke schön!« folgte sie ihm.

»Diese Judy Jones!«, bemerkte Mr. Hedrick
beim nächsten Tee, während sie – ein paar Augen-
blicke – warteten, bis sie weitergespielt hatte. »Sie
müsste sechs Monate lang übers Knie gelegt und
dann mit einem altmodischen Hauptmann der Ka-
vallerie verheiratet werden.«

»Mein Gott, sieht sie gut aus!«, sagte Mr. Sandwood, der knapp über dreißig war.

»Gut?«, rief Mr. Hedrick verächtlich. »Sie sieht
immer aus, als wollte sie geküsst werden! So wie
sie ihre großen Kuhaugen auf jedes Kalb in der Stadt
richtet!«

Es war zweifelhaft, ob Mr. Hedrick damit auf mütterliche Instinkte anzuspielen beabsichtigte.

»Sie könnte ziemlich gut Golf spielen, wenn sie sich Mühe geben würde«, meinte Mr. Sandwood.

»Sie hat keinen Stil«, sagte Mr. Hedrick feierlich.

»Sie hat eine gute Figur«, sagte Mr. Sandwood.

»Danken wir Gott, dass sie keinen härteren Schlag hat«, sagte Mr. Hart und zwinkerte Dexter zu.

Später ging in einem turbulenten Wirbel aus Gold und wechselnden Blau- und Scharlachrottönen die Sonne unter, und zurück blieb der trockene, knisternde Abend eines Sommers im Mittleren Westen. Dexter schaute von der Veranda des Golfclubs aus zu, schaute zu, wie die Wellen im sachten Wind gleichmäßig eine über die andere schwappten, silberne Melasse unter dem Erntemond. Dann legte der Mond einen Finger auf den Mund, und der See wurde zu einem klaren Teich, bleich und still. Dexter zog sich einen Badeanzug an, schwamm weit hinaus bis zum letzten Floß und streckte sich auf der nassen Segeltuchbespannung des Sprungbretts aus.

Ein Fisch sprang hoch, und ein Stern funkelte, und die Lichter um den See herum glitzerten. Drüben auf einer dunklen Halbinsel wurden auf einem Klavier die Schlager des letzten Sommers und der Sommer davor intoniert – Schlager aus *Chin-Chin* und *Der Graf von Luxemburg* und *Der Schokola-*

densoldat –, und weil Dexter Klaviermusik über dem Wasser schon immer wunderschön gefunden hatte, lag er vollkommen ruhig da und lauschte.

Die Melodie, die gerade erklang, war fünf Jahre zuvor, in Dexters zweitem Jahr auf dem College, neu und populär gewesen. Sie war damals auf einem Collegeball gespielt worden, als er sich den Luxus solcher Bälle nicht leisten konnte, und er hatte draußen vor der Aula gestanden und gelauscht. Der Klang der Melodie versetzte ihn in eine Art Taumel, und in diesem Taumel erlebte er, was jetzt geschah. Es war eine Stimmung tiefer Dankbarkeit, ein Gefühl, dass er sich ausnahmsweise einmal in schönstem Einklang mit der Welt befand und alles um ihn herum eine Helligkeit und einen Glanz verströmte, wie er es vielleicht nie wieder erleben würde.

Ein blasses Rechteck löste sich plötzlich aus der Dunkelheit der Insel und spuckte das widerhallende Knattern eines über den See rasenden Motorboots aus. Zwei weiße Banner geteilten Wassers entrollten sich hinter ihm, und kaum einen Moment später war das Boot bei Dexter und übertönte das heiße Klaviergeklimper mit dem Donner seiner Gischt. Als Dexter sich auf seine Ellbogen stützte, konnte er hinter dem Steuer eine Gestalt ausmachen, zwei dunkle Augen, die ihn über das schon wieder länger werdende Stück Wasser hinweg anschauten – dann war das Boot an ihm vorbei und sauste in einem großen, völlig beliebigen Gischtkreis auf dem See herum. Einer der Kreise verflachte schließlich genauso willkürlich, und das Boot kehrte zum Floß zurück.

»Wer ist da?«, rief sie, während sie den Motor ausschaltete. Sie war jetzt so dicht bei ihm, dass Dexter ihre Badebekleidung sehen konnte, die aus einem pinkfarbenen Einteiler zu bestehen schien.

Die Bootsschnauze stieß gegen das Floß, und als Letzteres sich abenteuerlich neigte, wurde er zu ihr hingeworfen. Mit unterschiedlich starkem Interesse erkannten sie einander wieder.

»Sind Sie nicht einer von den Männern, an denen wir heute Nachmittag vorbeigespielt haben?«, erkundigte sie sich.

O ja.

»Können Sie Motorboot fahren? Also, falls ja, dann tun Sie mir doch den Gefallen und fahren Sie dieses hier, damit ich mich auf dem Surfbrett hinterherziehen lassen kann. Ich heiße Judy Jones« – sie schenkte ihm ein albernes Grinsen, oder etwas, das wohl ein Grinsen sein sollte, denn sosehr sie ihren Mund auch verzog, es sah nicht fratzenhaft, sondern einfach wunderschön aus –, »und ich wohne in einem Haus drüben auf der Insel, und dort wartet ein Mann auf mich. Als er vorne vor der Tür hielt, bin ich hinten vom Steg weggefahren, weil er behauptet hat, ich sei sein Ideal.«

Ein Fisch sprang hoch, und ein Stern funkelte, und die Lichter um den See herum glitzerten. Dexter setzte sich neben Judy Jones, und sie erklärte ihm, wie man ihr Boot fuhr. Dann war sie im Wasser und schwamm mit geschmeidigen Kraulzügen zu ihrem Surfbrett. Das Auge folgte ihr mühelos, wie einem schaukelnden Ast oder dem Flug einer Möwe. Ihre butternussbraunen Arme glitten wendig durch die kleinen platingrauen Wellen – zuerst tauchte der Ellbogen auf, dann holte in einem weiten Bogen, eine wasserfallartige Kadenz erzeugend, der Unterarm aus, schnellte vor, stach hinein und bahnte sich einen Weg.

Sie fuhren mitten auf den See hinaus; Dexter drehte sich um und sah, dass sie auf dem tiefen hinteren Ende des Surfbretts kniete, das jetzt schräg aus dem Wasser ragte.

»Fahren Sie schneller«, rief sie, »so schnell, wie's geht.«

Gehorsam drückte er den Gashebel nach vorn, und am Bug stieg die weiße Gischt hoch. Als er sich erneut umdrehte, stand das Mädchen aufrecht auf dem dahinrasenden Brett, die Arme weit ausgebreitet, die Augen zum Mond gerichtet.

»Es ist ganz schön kalt«, rief sie. »Wie heißen Sie?«

Er sagte es ihr.

»Wollen Sie nicht morgen zum Abendessen kommen?«

Sein Herz wirbelte herum wie das Schwungrad des Boots, und zum zweiten Mal gab ihre zufällige Laune seinem Leben eine neue Richtung.

III

Während Dexter am folgenden Abend darauf wartete, dass sie herunterkam, bevölkerte er den von weichem Sommerlicht erfüllten Raum und die Glasveranda davor mit den Männern, die Judy Jones schon geliebt hatten. Er wusste, welche Sorte Männer das war – die Männer, die bei seinem Eintritt ins College mit eleganter Kleidung und tiefer, gesunder Sommerbräune von den großen Privatschulen kamen. In einer Hinsicht war er ihnen offensichtlich überlegen. Er war frischer und stärker als sie. Indem er sich jedoch zu dem Wunsch bekannte, seine Kinder möchten werden wie sie, gab er zu, dass er nur der gleiche grobe, starke Stoff war, aus dem sie zu allen Zeiten entstanden.

Als er selbst es sich schließlich leisten konnte, gute Kleider zu tragen, hatte er gewusst, wer die besten Schneider in Amerika waren, und die besten

Schneider in Amerika hatten ihm auch den Anzug gemacht, den er an diesem Abend trug. Er hatte sich jene besondere Zurückhaltung angeeignet, die für seine Universität charakteristisch war und sie von anderen Universitäten abhob. Er begriff, von welchem Wert ein solcher Manierismus für ihn war, deshalb hatte er ihn angenommen; Sorglosigkeit in puncto Kleidung und Manieren, das wusste er, setzte größeres Selbstvertrauen voraus als Sorgfalt. Doch Sorglosigkeit sollte seinen Kindern vorbehalten bleiben. Seine Mutter hatte Krimslich geheißen. Sie stammte aus einer böhmischen Bauernfamilie und hatte bis zum Ende ihrer Tage nur gebrochen Englisch gesprochen. Ihr Sohn musste sich darum an die althergebrachten Formen halten.

Kurz nach sieben kam Judy Jones herunter. Sie trug ein Nachmittagskleid aus blauer Seide, und zuerst war er ein wenig enttäuscht, weil sie nichts Aufwendigeres gewählt hatte. Dieses Gefühl verstärkte sich noch, als sie nach knapper Begrüßung zur Tür des Anrichteraums ging, sie aufstieß und rief: »Sie können das Essen servieren, Martha.« Er hatte eigentlich erwartet, dass ein Butler zum Essen bitten, dass es einen Cocktail geben würde. All diese Gedanken ließ er jedoch hinter sich, als sie sich Seite an Seite auf ein Sofa setzten und einander anschauten.

»Vater und Mutter sind nicht da«, sagte sie versonnen.

Er erinnerte sich an das letzte Mal, als er ihren Vater gesehen hatte, und war froh, dass die Eltern an diesem Abend nicht anwesend sein würden – sie hätten sich womöglich gefragt, wer er sei. Er war in Keeble geboren, einer Kleinstadt in Minnesota fünfzig Meilen nördlich von hier, und wenn er gefragt wurde, woher er komme, nannte er stets Keeble und nicht Black Bear Village. Kleinstädte auf dem Land taugten ganz gut als Herkunftsort, solange sie einen nicht mit ihrem Anblick behelligten und als Fußschemel für schicke Badeseen herhielten.

Sie sprachen über seine Universität, die sie in den letzten zwei Jahren häufig besucht hatte, und über die nahe gelegene Stadt, die Sherry Island mit seinen Stammgästen versorgte, und darüber, ob Dexter am nächsten Tag zu seinen florierenden Wäschereien zurückkehren würde.

Während des Essens glitt sie in eine düstere Stimmung ab, und Dexter wurde unbehaglich zumute. Jede Nörgelei, die sie in ihrer kehligen Stimme vorbrachte, beunruhigte ihn. Was sie auch anlächelte – ihn, ein Stück Hühnerleber, nichts –, es irritierte ihn, dass ihr Lächeln nicht der Fröhlichkeit, ja nicht einmal der Belustigung entsprang. Wenn ihre scharlachroten Mundwinkel nach unten wanderten, war es weniger ein Lächeln als eine Einladung zum Kuss.

Dann, nach dem Essen, führte sie ihn auf die dunkle Glasveranda und änderte bewusst die Atmosphäre. »Macht es Ihnen etwas aus, wenn ich ein bisschen weine?«, fragte sie.

»Ich scheine Sie zu langweilen«, antwortete er rasch.

»O nein, ich mag Sie. Aber ich habe einen scheußlichen Nachmittag hinter mir. Es gab da einen Mann, der mir etwas bedeutet hat, und heute Nachmittag hat er mir aus heiterem Himmel eröffnet, er sei arm wie eine Kirchenmaus. Er hatte nie auch nur die leiseste Andeutung gemacht. Klingt das schrecklich prosaisch?«

»Vielleicht hatte er Angst, es Ihnen zu sagen.«

»Mag sein«, antwortete sie. »Er hat es falsch angefangen. Wissen Sie, wenn ich ihn für arm gehalten hätte – also, ich war schon nach Unmengen armer Männer verrückt und wild entschlossen, sie alle zu heiraten. Doch ihn hatte ich nicht so angesehen, und mein Interesse reichte nicht aus, um den Schock zu verwinden. Als würde ein Mädchen ihrem Verlobten seelenruhig mitteilen, sie sei Witwe. Vielleicht hat er nichts gegen Witwen, aber – fangen wir es richtig an«, unterbrach sie sich auf einmal selbst. »Wer sind Sie eigentlich?«

Einen Moment lang zögerte Dexter. »Ich bin niemand«, antwortete er dann. »Meine Karriere ist im wesentlichen Zukunftsmusik.«

»Sind Sie arm?«

»Nein«, antwortete er freimütig. »Ich verdiene wahrscheinlich mehr Geld als sonst irgendein Mann meines Alters im gesamten Nordwesten. Das ist eine geschmacklose Bemerkung, ich weiß, aber Sie haben mir ja geraten, es richtig anzufangen.«

Eine Pause trat ein. Dann lächelte sie, ihre Mundwinkel fielen herab, und mit einem fast unmerklichen Schwanken war sie näher bei ihm und schaute zu ihm auf. Ein Kloß wuchs in Dexters Hals, und er wartete atemlos auf das Experiment, auf jene unvorhersehbare Verbindung, welche die Elemente ihrer Lippen gleich auf geheimnisvolle Weise eingehen würden. Dann geschah es – sie teilte ihm ihre Erregung mit, verschwenderisch, leidenschaftlich, mit Küssen, die nicht bloß Verheißung, sondern Erfüllung waren. Sie weckten in ihm keinen Hunger, der erneuert werden wollte, vielmehr eine Übersättigung, die nach immer mehr Übersättigung heischte ... Küsse wie Almosen, die Verlangen erzeugten, indem sie nicht das Geringste zurückhielten.

Er brauchte nicht lange, um zu der Auffassung zu gelangen, dass er Judy Jones schon begehrt hatte, als er noch ein stolzer, lebenshungriger kleiner Junge gewesen war.

IV

So fing es an – und in derselben Tonart ging es, mit wechselnden Schattierungen der Intensität, bis zur Auflösung weiter. Dexter lieferte einen Teil seiner selbst dem direktesten und prinzipienlosesten Wesen aus, mit dem er jemals in Berührung gekommen war. Was immer Judy wollte, sie verfolgte es mit dem gesamten Nachdruck ihres Charmes. Es gab keine Variation der Methoden, kein Positionsgerangel und kein Kalkül – überhaupt lag in all ihrem Tun nur wenig Vernunft. Sie machte den Männern bloß in höchstem Maße ihren körperlichen Liebreiz bewusst. Dexter hätte nichts an ihr ändern wollen. Die leidenschaftliche Energie, die in ihre Mängel hineingewebt war, transzendierte und rechtfertigte sie. Als Judys Kopf an jenem ersten Abend an seiner Schulter ruhte, flüsterte sie: »Ich weiß nicht, was mit mir los ist. Gestern Abend dachte ich noch, ich sei in einen anderen Mann verliebt, und heute denke ich, ich bin in dich verliebt ...«, und das schien ihm eine wunderschöne, romantische Bemerkung zu sein. Es war ihre köstliche Erregbarkeit, über die er für den Moment gebot, ja die sein war. Eine Woche später jedoch war er gezwungen, dieselbe Qualität in einem anderen Licht zu sehen. Judy nahm ihn in ihrem Roadster mit zu einem Abendpicknick, und nach dem Essen verschwand sie, ebenfalls in dem Roadster, mit einem anderen Mann. Dexter war außer sich und kaum in der Lage, den anderen Anwesenden gegenüber einigermaßen höflich zu bleiben. Als sie ihm versicherte, sie habe den anderen Mann nicht geküsst, wusste er, dass sie log – und war doch froh, dass sie sich wenigstens die Mühe gemacht hatte, ihn zu belügen.

Er gehörte, wie er noch vor dem Ende des Sommers herausfand, zu einer wechselnden Schar von Männern, die sie umkreisten. Jeden hatte sie einmal allen anderen vorgezogen; ungefähr die Hälfte schwelgte noch im Trost gelegentlicher sentimentaler Wiederbelebungen. Sooft einer aufgrund längerer Vernachlässigung Anstalten machte auszusteigen, gewährte sie ihm eine kurze, honigsüße Stunde – die ihn ermutigte, vielleicht noch ein weiteres Jahr am Ball zu bleiben. Judy unternahm diese Überfälle auf die Hilflosen und Besiegten ohne Arglist, ja sie war sich kaum bewusst, dass in ihrem Verhalten etwas Niederträchtiges lag.

Sobald ein neuer Mann in die Stadt kam, stiegen alle aus – jedes Rendezvous galt automatisch als abgesagt.

Wer etwas dagegen zu tun versuchte, musste sich machtlos vorkommen, weil alles immer nur von ihr ausging. Sie war kein Mädchen, das im eigentlichen Sinne ›erobert‹ werden konnte – sie war immun gegen Cleverness, immun gegen Charme; wenn eins von beidem sie zu stark bestürmte, löste sie die Affäre sofort ins Körperliche auf, und unter dem Zauber ihrer körperlichen Schönheit spielten die Starken wie die Klugen nicht mehr das eigene, sondern Judys Spiel. Einzig die Erfüllung ihrer Wünsche und die direkte Ausübung ihres eigenen Charmes vermochten sie bei Laune zu halten. Vielleicht hatte sie durch so viel jugendliche Liebe, so viele jugendliche Liebhaber gelernt, sich – aus Notwehr – ganz und gar von innen zu nähren.

Auf Dexters anfängliches Hochgefühl folgten Unruhe und Unzufriedenheit. Die hilflose Verzückung, mit der er sich in ihr verlor, war eher ein Opiat als ein Tonikum. Für seine Arbeit in jenem Winter war es ein Glück, dass diese Momente selten waren. Am Anfang ihrer Bekanntschaft hatte es eine Weile den Anschein gehabt, als gebe es eine tiefe und spontane gegenseitige Anziehung – zu Beginn des Monats August, zum Beispiel: drei Tage mit ausgedehnten Abenden auf ihrer dämmerigen Veranda, ganzen Spätnachmittagen voll seltsamer matter Küsse in schattigen Alkoven oder hinter den schützenden Spalieren der Gartenlauben, und Morgenstunden, in denen sie frisch wie ein Traum war und ihm in der Klarheit des erwachenden Tages beinahe schüchtern begegnete. Es lag die ganze köstliche Erregung eines Heiratsversprechens darin, umso mehr, als er begriff, dass es keines gab. Irgendwann während dieser drei Tage bat er sie auch zum ersten Mal, ihn zu heiraten. Sie sagte: »Eines Tages vielleicht«, sie sagte: »Küss mich«, sie sagte: »Ich möchte dich heiraten«, sie sagte: »Ich liebe dich«, sie sagte – nichts.

Die Gemeinsamkeit dieser drei Tage brach jäh ab, als ein Mann aus New York eintraf, der den halben September über bei ihr wohnte. Dexter litt Qualen, weil von Verlobung gemunkelt wurde. Der Mann war der Sohn des Direktors einer großen Treuhandgesellschaft. Doch gegen Ende des Monats hörte man, Judy langweile sich. Auf einem Tanzfest saß sie den ganzen Abend mit einem lokalen Verehrer im Motorboot, während der New Yorker panisch den ganzen Club nach ihr absuchte. Dem lokalen Verehrer erklärte sie, ihr Besucher öde sie an; zwei Tage später reiste er ab. Sie wurde mit ihm am Bahnhof gesehen, und es hieß, er habe ausgesprochen betrübt gewirkt.

Damit endete der Sommer. Dexter war vierundzwanzig und zunehmend in der Lage zu tun, was ihm beliebte. Er trat zwei Clubs in der Stadt bei und wohnte in einem davon. Obwohl er keinesfalls zum harten Kern der Junggesellenriege dieser Clubs gehörte, gelang es ihm doch, bei Tanzfesten, wo Judy Jones mit einiger Wahrscheinlichkeit auftauchen würde, verfügbar zu sein. Er hätte so viele Rendezvous haben können, wie er wollte – er war jetzt ein ungebundener, von den Vätern der Stadt geschätzter junger Mann. Seine Verehrung für Judy Jones, zu der er sich offen bekannte, hatte seine Position noch gestärkt. Doch er hegte keinerlei gesellschaftliche Ambitionen und verachtete im Grunde jene tanzenden Männer, die für alle Donnerstags- oder Samstagspartys bereitstanden und sich bei Tischgesellschaften zwischen die jüngeren verheirateten Paare setzten. Schon spielte er mit dem Gedanken, an die Ostküste zu ziehen, nach New York. Und Judy Jones wollte er mitnehmen. Sosehr die Welt, aus der sie stammte, ihn auch desillusionieren mochte – von seiner Illusion, die sie ihm so überaus begehrenswert erscheinen ließ, konnte ihn nichts heilen.

Behalten wir diese Tatsache im Gedächtnis – denn nur in ihrem Licht lässt sich verstehen, was er für sie tat.

Achtzehn Monate, nachdem er Judy Jones kennengelernt hatte, verlobte er sich mit einem anderen Mädchen. Ihr Name war Irene Scheerer, und ihr Vater gehörte zu jenen Männern, die stets an Dexter geglaubt hatten. Irene war hellhaarig, lieb und ehrenwert, auch ein bisschen mollig, und sie hatte zwei Verehrer, von denen sie sich freundlich verabschiedete, als Dexter sie offiziell bat, seine Frau zu werden.

Sommer, Herbst, Winter, Frühling, noch ein Sommer, noch ein Herbst – so viel von seinem tätigen Leben hatte er Judy Jones' unfügsamen Lippen gewidmet. Sie hatte ihn mit Interesse, mit Ermutigung, mit Boshaftigkeit, mit Gleichgültigkeit, mit Verachtung traktiert, ihn den unzähligen kleinen Kränkungen und Demütigungen ausgesetzt, die in einem solchen Fall möglich sind – wie zur Rache dafür, dass sie überhaupt je etwas für ihn empfunden hatte. Sie hatte ihn herbeigewunken, ihn angegähnt, ihn erneut herbeigewunken, und oft hatte er mit Bitterkeit und Unmut darauf reagiert. Er verdankte ihr allerhöchstes Glück und unerträgliche Seelenpein. Sie hatte ihm unsägliche Unannehmlichkeiten und nicht wenig Ärger bereitet. Sie hatte ihn beleidigt und mit Füßen getreten, hatte sein Interesse an ihr gegen sein Interesse an seiner Arbeit ausgespielt – aus Spaß. Sie hatte ihm alles Mögliche angetan, außer Kritik an ihm zu üben – darauf hatte sie verzichtet, aber nur, so schien ihm, weil es die vollkommene Gleichgültigkeit befleckt hätte, die sie ihm gegenüber an den Tag legte und aufrichtig empfand.

Nachdem der Herbst gekommen und wieder gegangen war, dämmerte ihm, dass er Judy Jones nicht haben konnte. Er musste es seinem Verstand regelrecht einbleuen, doch am Ende schaffte er es, sich selbst davon zu überzeugen. Nachts lag er wach und dachte darüber nach. Er vergegenwärtigte sich, wie viel Ärger und Schmerz sie ihm bereitet hatte, er zählte ihre eklatanten Mängel als Ehefrau auf. Dann sagte er sich, dass er sie trotzdem liebe, und kurz darauf schlief er ein. Damit er sich nicht ihre heisere Stimme am Telefon oder ihre Augen beim gemeinsamen Mittagessen vorstellte, arbeitete er eine Woche lang hart und viel, und abends ging er in sein Büro und plante seine Zukunft.

Am Ende dieser Woche ging er auf ein Clubfest und forderte sie zum Tanzen auf. Vielleicht zum ersten Mal, seit sie sich kannten, bat er sie nicht, sich draußen mit ihm hinzusetzen, und sagte ihr nicht, wie hübsch sie sei. Es schmerzte ihn, dass sie es nicht vermisste – mehr nicht. Er war nicht eifersüchtig, als er sah, dass es an diesem Abend einen neuen Mann gab. Gegen Eifersucht war er längst gefeit.

Er blieb lange. Eine Stunde saß er mit Irene Scheerer zusammen und unterhielt sich mit ihr über Bücher und Musik. Von beidem verstand er wenig. Doch er konnte zunehmend frei über seine Zeit verfügen und hegte die etwas dünkelhafte Vorstellung, dass er – der junge, bereits sagenhaft erfolgreiche Dexter Green – mehr von solchen Dingen verstehen sollte.

Das war im Oktober, als er fünfundzwanzig war. Im Januar verlobten sich Dexter und Irene. Die Verlobung sollte im Juni bekanntgegeben werden, die Hochzeit drei Monate später stattfinden.

Der Winter zog sich endlos in die Länge, und es war schon fast Mai in Minnesota, als die Winde mild wurden und der Schnee endlich in den Black Bear Lake floss. Zum ersten Mal seit über einem Jahr empfand Dexter eine gewisse Gemütsruhe. Judy Jones war in Florida gewesen und danach in Hot Springs, irgendwo hatte sie sich verlobt und irgendwo die Verlobung wieder gelöst. Nachdem Dexter sie endgültig aufgegeben hatte, stimmte es ihn zuerst noch traurig, wenn die Leute sie weiterhin für ein Paar hielten und ihn nach ihr fragten, doch als er bei Tisch immer häufiger neben Irene Scheerer platziert wurde, fragten sie ihn nicht mehr nach Judy, sondern erzählten ihm von ihr. Er war keine Autorität mehr, was ihre Person betraf.

Endlich Mai. Am Abend, wenn die Dunkelheit feucht war wie Regen, lief Dexter durch die Straßen und wunderte sich, dass ihm so schnell mit so wenig eigenem Zutun so viel rauschhaftes Glücksgefühl abhandengekommen war. Der letzte Mai hatte ganz im Zeichen von Judys mitreißendem, unverzeihlichem und doch verziehenem Übermut gestanden – es war einer jener seltenen, kurzen Momente gewesen, in denen er sich eingebildet hatte, sie empfinde etwas für ihn. Er hatte seinen Glückspfennig für einen Scheffel Zufriedenheit ausgegeben. Irene, das wusste er, würde nicht mehr sein als ein Vorhang, der sich hinter ihm ausbreitete, eine Hand zwischen glänzenden Teetassen, eine Stimme, die nach Kindern rief … Feuer und Schönheit waren vergangen, der Zauber der Nächte und das Wunder der wechselnden Tages- und Jahreszeiten … zarte Lippen, die sich nach unten bogen, auf seine Lippen niederfielen und ihn in einen Himmel aus Augen emporhoben … Es saß tief. Er war zu stark und lebendig, als dass es einfach so vergangen wäre.

Eines Tages Mitte Mai, als das Wetter ein paar Tage lang auf jener schmalen Brücke balancierte, die in den Sommer hineinführte, begab er sich zu Irenes Haus. Ihre Verlobung sollte nun in einer Woche bekanntgegeben werden – niemand würde überrascht sein. Und heute Abend wollten sie zusammen auf dem Sofa im University Club sitzen und eine Stunde lang den Tanzenden zuschauen. Er fühlte sich solide, wenn er mit ihr zusammen war – sie war so unverwüstlich beliebt, so ganz und gar ›großartig‹.

Er stieg die Stufen zu ihrem Backsteinhaus hinauf und trat ein. »Irene«, rief er.

Mrs. Scheerer kam aus dem Wohnzimmer und begrüßte ihn. »Dexter«, sagte sie. »Irene ist nach oben gegangen, sie hat rasende Kopfschmerzen. Sie wollte mit Ihnen kommen, aber ich habe sie ins Bett geschickt.«

»Nichts Ernstes, hoff–«

»O nein. Morgen früh wird sie mit Ihnen Golf spielen. Sie kommen doch einen Abend ohne sie aus, nicht wahr, Dexter?«

Ihr Lächeln war freundlich. Sie und Dexter mochten einander. Er unterhielt sich eine Weile mit ihr im Wohnzimmer, ehe er sich verabschiedete.

Als er in den University Club zurückkehrte, wo er zur Miete wohnte, stellte er sich einen Augenblick in die Tür und schaute den Tanzenden zu. Er lehnte sich gegen den Türrahmen, nickte dem einen oder anderen Mann zu – und gähnte.

»Hallo, Liebster.«

Die vertraute Stimme neben ihm schreckte ihn auf. Judy Jones hatte auf der anderen Seite des Raumes einen Mann stehen lassen und war zu ihm gekommen – Judy Jones, eine schlanke goldgewandete Emaillepuppe; Gold im Band an ihrer Stirn, Gold in zwei Slipperspitzen unter dem Kleidersaum. Das fragile Leuchten ihres Gesichts schien zu erblühen, als sie ihn anlächelte. Eine Brise Wärme und Licht wehte durch den Raum. Seine Hände verkrampften sich in den Taschen seiner Smokingjacke. Er war von jäher Freude erfüllt.

»Seit wann bist du wieder da?«, fragte er beiläufig.

»Komm mit, und ich erzähl's dir.«

Sie wandte sich um, und er folgte ihr. Sie war fort gewesen – er hätte weinen können über das Wunder ihrer Wiederkehr. Sie war durch verzauberte Straßen gelaufen und hatte Dinge getan, die wie kühne Musik waren. Alles geheimnisvolle Geschehen, alle jungen und belebenden Hoffnungen waren mit ihr verschwunden gewesen und kamen jetzt mit ihr zurück.

In der Tür drehte sie sich um.

»Hast du einen Wagen hier? Falls nicht, können wir meinen nehmen.«

»Ich habe ein Coupé.«

Also hinein, mit einem Geraschel goldenen Stoffs. Er schlug die Tür zu. In wie viele Wagen war sie schon eingestiegen – so – oder so –, hatte sich mit dem Rücken ans Leder gelehnt, so – den Ellbogen auf die Tür gestützt – gewartet. Sie wäre längst beschmutzt gewesen, hätte irgendetwas sie beschmutzen können – außer sie selbst –, doch hier verströmte sie ihr innerstes Wesen.

Er schaffte es mit Mühe, den Wagen anzulassen und auf die Straße zurückzusetzen. Dies hatte nichts zu sagen, ermahnte er sich. Sie hatte sich schon oft so benommen, und er hatte sie aus seinem Leben gestrichen wie einen faulen Posten aus seinen Büchern.

Er fuhr langsam in Richtung Innenstadt, tat, als sei er in Gedanken versunken, während er die menschenleeren Straßen des Geschäftsviertels durchquerte, nur ein paar Leute hier und da, wo ein Kino gerade seine Besucher entließ oder teils schwindsüchtige, teils streitlustige Jugendliche vor Billardhallen herumlungerten. Aus den Kneipen, Klöstern gleich mit beschlagenen Scheiben und schmutzigem, gelbem Licht, drang das Geklirr von Gläsern, und manchmal hörte man, wie jemand mit der flachen Hand auf den Tresen schlug.

Sie beobachtete ihn die ganze Zeit, und das Schweigen war peinlich, doch ihm wollte in diesem kritischen Moment kein beiläufiges Wort einfallen, das die Stunde entweiht hätte. Bei der nächsten Gelegenheit wendete er und fuhr im Zickzackkurs zum University Club zurück.

»Hast du mich vermisst?«, fragte sie plötzlich.

»Alle haben dich vermisst.«

Er fragte sich, ob sie von Irene Scheerer wusste. Sie war erst seit einem Tag zurück – war ungefähr so lange fort gewesen, wie seine Verlobung andauerte.

»Was für eine Bemerkung!«, lachte Judy traurig – ohne Traurigkeit. Sie schaute ihn forschend an. Er konzentrierte sich ganz auf das Armaturenbrett.

»Du siehst besser aus als früher«, sagte sie versonnen. »Dexter, du hast die allerunvergesslichsten Augen.«

Er hätte darüber lachen können, doch er tat es nicht. So etwas wurde normalerweise zu Collegestudenten gesagt. Aber es gab ihm einen Stich.

»Ich habe alles so schrecklich satt, Liebster.« Sie nannte jeden Liebster, so dass in dem Kosewort etwas unbedacht und eigenwillig Kameradschaftliches mitschwang.

»Ich wünschte, du würdest mich heiraten.«

Die Unverblümtheit, mit der sie das sagte, verwirrte ihn. Er hätte ihr jetzt erzählen sollen, dass er im Begriff war, ein anderes Mädchen zu heiraten, doch das konnte er nicht. Genauso gut hätte er schwören können, er habe sie nie geliebt.

»Ich glaube, wir würden miteinander auskommen«, fuhr sie im selben Ton fort, »es sei denn, du hättest mich vielleicht vergessen und dich in ein anderes Mädchen verliebt.«

Ihr Selbstvertrauen war ganz offensichtlich enorm. Im Grunde hatte sie gesagt, etwas Derartiges könne sie unmöglich glauben, und wenn es doch wahr sei, habe er lediglich eine kindische Unbesonnenheit begangen – vermutlich, um aufzuschneiden. Sie würde ihm verzeihen, weil es nicht von Bedeutung war, sondern leicht beiseitegewischt werden konnte.

»Natürlich könntest du nie eine andere Frau lieben als mich«, fuhr sie fort. »Ich mag die Art, wie du mich liebst. Ach, Dexter, hast du letztes Jahr vergessen?«

»Nein, das habe ich nicht.«

»Ich auch nicht!«

War sie aufrichtig bewegt – oder ließ sie sich nur von der Woge ihrer eigenen Schauspielkunst davontragen?

»Ich wünschte, so könnte es wieder mit uns sein«, sagte sie, und er zwang sich zu antworten: »Ich glaube, das geht nicht.«

»Anscheinend nicht… Ich habe gehört, du bist ganz wild hinter Irene Scheerer her.«

Sie legte keinerlei Betonung auf den Namen, und doch schämte Dexter sich auf einmal.

»Oh, bitte bring mich nach Hause!«, rief Judy plötzlich. »Ich möchte nicht zu dem idiotischen Ball zurück – mit all diesen Kindern.«

Und als er in die Straße einbog, die zum Villenviertel führte, begann Judy, still vor sich hinzuweinen. Er hatte sie noch nie weinen sehen.

Die dunkle Straße wurde heller, die Anwesen der Reichen ragten links und rechts von ihnen auf, und er parkte das Coupé vor dem großen weißen Klotz des Hauses der Familie Mortimer Jones, das verschlafen, majestätisch, in den Glanz des feuchten Mondlichts getränkt dastand. Die Solidität des Hauses erschreckte ihn. Die starken Mauern, der Stahl seiner Träger, seine Breite und Wucht und Pracht dienten nur dazu, den Kontrast zu der jungen Schönheit an seiner Seite zu betonen. Es war robust, um ihre Zartheit hervorzuheben – als wolle es zeigen, was für eine Brise ein Schmetterlingsflügel erzeugen konnte.

Seine Nerven waren in wildem Aufruhr, doch er saß ganz und gar reglos da, voller Angst, sie bei der geringsten Bewegung unweigerlich in seinen Armen wiederzufinden. Zwei Tränen waren ihr über das nasse Gesicht gerollt und zitterten auf ihrer Oberlippe.

»Ich bin schöner als irgendwer sonst«, sagte sie mit brüchiger Stimme, »warum kann ich nicht glücklich sein?« Ihre feuchten Augen zerrten an seiner Standhaftigkeit – ihr Mund bog sich, wunderbar traurig, langsam nach unten: »Ich heirate dich gerne, wenn du mich haben willst, Dexter. Wahrscheinlich denkst du, ich sei es nicht wert, aber ich werde dir all meine Schönheit schenken, Dexter.«

Eine Million Antworten, wütende, stolze, leidenschaftliche, hasserfüllte, zärtliche, rangen miteinander auf seinen Lippen. Dann wurde er von einer wahren Welle des Gefühls überschwemmt, die den Bodensatz aus Klugheit, Konvention, Zweifel und Ehre mit sich forttrug. Es war sein Mädchen, das da sprach, sein Eigen, seine Schöne, sein Stolz.

»Willst du nicht mit hineinkommen?« Er hörte sie scharf die Luft einziehen.

Warten.

»Gut.« Seine Stimme zitterte. »Ich komme mit.«

V

Es war merkwürdig, doch weder, als es vorbei war, noch lange Zeit danach bereute er diese Nacht. Als er zehn Jahre später darauf zurückblickte, schien die Tatsache, dass Judys wieder aufflackernde Leidenschaft für ihn nur einen Monat gewährt hatte, kaum von Belang. Es machte auch nichts, dass er sich, indem er ihr nachgab, letztlich noch tieferen Qualen aussetzte und Irene Scheerer sowie ihren Eltern, die ihm gewogen waren, ernsthafte Schmerzen zufügte. Irenes Kummer war einfach nicht bildhaft genug, um sich seiner Seele einzuprägen.

Dexter war im Grunde hart im Nehmen. Wie die Stadt über sein Verhalten dachte, spielte keine Rolle für ihn, nicht weil er sie ohnehin verlassen wollte, sondern weil ihm alles, was Außenstehende über die Situation denken mochten, oberflächlich schien. Die öffentliche Meinung war ihm vollkommen gleichgültig. Und als er begriff, dass es keinen Sinn hatte, dass er einfach nicht die Kraft besaß, Judy Jones im Innersten zu berühren oder sie zu halten, hegte er auch keinen Groll gegen sie. Er liebte sie, und er würde sie lieben, bis er zum Lieben zu alt wäre – nur haben konnte er sie nicht. Und so kostete er den tiefen Schmerz, den die Liebe den Starken vorbehält, so wie er eine Weile das tiefe Glück gekostet hatte.

Selbst die gänzlich unaufrichtigen Gründe, aus denen Judy die Verbindung beendete: sie wolle ihn Irene nicht ›wegnehmen‹ – Judy, die nichts anderes gewollt hatte als das –, weckten keinen Abscheu in ihm. Er war über allen Abscheu und alle Belustigung hinaus.

Im Februar zog er an die Ostküste, um seine Wäschereien zu verkaufen und sich in New York niederzulassen – doch im März kam der Krieg nach Amerika und änderte seine Pläne. Er kehrte in den Mittleren Westen zurück, übertrug seinem Partner die Leitung der Geschäfte und meldete sich Ende April zur Offiziersausbildung. Er gehörte zu jenen Tausenden junger Männer, die den Krieg mit einem gewissen Grad der Erleichterung willkommen hießen, weil er sie aus einem Gespinst verworrener Gefühle befreite.

VI

Dies ist nicht seine Lebensgeschichte, vergessen wir das nicht, auch wenn sich hier und da etwas in die Erzählung hineinschleicht, das mit den Träumen seiner jungen Jahre nichts zu tun hat. Wir sind mit ihnen und ihm jetzt beinahe durch. Es gibt nur noch einen Vorfall, von dem hier zu berichten ist, und der trug sich sieben Jahre später zu.

Der Schauplatz war New York, wo er es inzwischen weit gebracht hatte – so weit, dass keine Hürde ihm zu hoch erschien. Er war zweiunddreißig, und abgesehen von einem kurzen Abstecher unmittelbar nach dem Krieg war er sieben Jahre nicht mehr im Mittleren Westen gewesen. Ein Mann namens Devlin aus Detroit kam zu ihm ins Büro, um etwas Geschäftliches mit ihm zu besprechen, und bei der Gelegenheit ereignete sich besagter Vorfall und blendete, wenn man so will, diese spezielle Seite seines Lebens endgültig aus.

»Sie sind also aus dem Mittelwesten«, sagte der Mann, Devlin, mit unbekümmerter Neugier. »Das ist komisch – ich dachte, Männer wie Sie müssten an der Wall Street geboren und aufgewachsen sein. Wissen Sie – die Frau eines meiner besten Freunde in Detroit stammt aus Ihrer Heimatstadt. Ich war Brautführer auf ihrer Hochzeit.«

Dexter saß da, ohne eine Ahnung, was nun kam.

»Judy Simms«, sagte Devlin beiläufig. »Judy Jones hieß sie früher.«

»Ja, ich kannte sie.« Dumpfer Unmut breitete sich in ihm aus. Er hatte natürlich gehört, dass sie geheiratet hatte – vielleicht hatte er absichtlich nicht weiter hingehört.

»Ausgesprochen nettes Mädchen«, sinnierte Devlin nichtssagend. »Tut mir irgendwie leid.«

»Wieso das?« Etwas in Dexter wurde sofort aufmerksam, hellwach.

»Ach, Lud Simms scheint vor die Hunde zu gehen. Ich will nicht sagen, dass er sie misshandelt, aber er trinkt und treibt sich ständig herum …«

»Treibt sie sich denn nicht auch herum?«

»Nein. Sie bleibt zu Hause bei den Kindern.«

»Oh.«

»Sie ist ein bisschen zu alt für ihn«, sagte Devlin.

»Zu alt!«, rief Dexter. »Du meine Güte, sie ist doch erst siebenundzwanzig.«

Er war plötzlich von der verrückten Idee besessen, sofort auf die Straße zu laufen und einen Zug nach Detroit zu nehmen. Ruckartig stand er auf.

»Ich nehme an, Sie haben viel zu tun«, entschuldigte Devlin sich rasch. »Ich wusste ja nicht …«

»Nein, ich habe nicht viel zu tun«, sagte Dexter und bezwang seine Stimme. »Ich habe überhaupt nicht viel zu tun. Überhaupt nicht viel. Haben Sie gerade gesagt, sie sei – siebenundzwanzig? Ach nein, ich habe das gesagt.«

»Richtig«, antwortete Devlin trocken.

»Dann erzählen Sie weiter. Erzählen Sie.«

»Was meinen Sie denn?«

»Von Judy Jones.«

Devlin schaute ihn ratlos an.

»Nun ja, das ist – ich habe Ihnen schon alles erzählt. Er behandelt sie miserabel. Oh, sie werden sich nicht scheiden lassen oder dergleichen. Wenn er sich besonders abscheulich benimmt, verzeiht sie ihm. Ja, ich glaube beinahe, dass sie ihn liebt. Sie war ein hübsches Mädchen, als sie nach Detroit kam.«

Ein hübsches Mädchen! Die Formulierung erschien Dexter lächerlich.

»Ist sie denn kein – hübsches Mädchen mehr?«

»Na ja, sie sieht ganz passabel aus.«

»Hören Sie«, sagte Dexter und setzte sich plötzlich wieder hin. »Ich verstehe das nicht. Erst sagen Sie, sie war ein ›hübsches Mädchen‹, und dann, sie sehe ›ganz passabel‹ aus. Ich weiß nicht, wovon Sie reden – Judy Jones war keineswegs ein hübsches

Mädchen. Sie war eine große Schönheit. Ich kannte sie, ich kannte sie gut. Sie war …«

Devlin lachte gutmütig.

»Ich möchte keinen Streit anfangen«, sagte er. »Ich finde, Judy ist ein nettes Mädchen, und ich mag sie. Ich verstehe zwar nicht, wie ein Mann wie Lud Simms sich so rasend in sie verlieben konnte, aber so war es nun einmal.« Dann fügte er hinzu: »Die meisten Frauen haben sie gern.«

Dexter musterte Devlin genau und dachte erregt, dass es irgendeinen Grund geben musste, warum der Mann so redete, einen Mangel an Sensibilität vielleicht oder einen geheimen Groll.

»Viele Frauen verblühen *im Handumdrehen*.« Devlin schnippte mit den Fingern. »Das müssen Sie doch auch schon beobachtet haben. Vielleicht habe ich ja vergessen, wie hübsch sie auf ihrer Hochzeit war. Ich habe sie seitdem so oft gesehen, wissen Sie. Sie hat nette Augen.«

Eine Art Dumpfheit kam über Dexter. Zum ersten Mal in seinem Leben hatte er Lust, sich richtig zu betrinken. Er merkte, dass er laut über eine Bemerkung von Devlin lachte, wusste jedoch weder, was dieser gesagt, noch, warum er es komisch gefunden hatte. Als Devlin ein paar Minuten später gegangen war, legte Dexter sich aufs Sofa, blickte aus dem Fenster auf die New Yorker Skyline und sah die Sonne in matten schönen Rosarot- und Goldtönen darin versinken.

Er hatte geglaubt, er sei endlich unverletzbar geworden, weil es für ihn nichts mehr zu verlieren gab – doch nun wusste er, dass er noch mehr verloren hatte, wusste es so genau, als hätte er Judy Jones geheiratet und ihre Schönheit vor seinen Augen dahinwelken sehen.

Der Traum war vorbei. Etwas war ihm genommen worden. In einer Art Panik drückte er sich die Handflächen in die Augenhöhlen und versuchte, ein Bild von dem Wasser heraufzubeschwören, das ans Ufer von Sherry Island schwappte, und von der mondbeschienenen Veranda, vom Gingan auf den Golfbahnen, von der trockenen Sonne, der goldenen Farbe des weichen Flaums an ihrem Hals. Und von ihrem Mund, feucht unter seinen Küssen, dem elegischen Blick ihrer traurigen Augen und ihrer Frische, die wie neues, feines Leinen am Morgen war. All diese Dinge existierten nun nirgends mehr auf der Welt! Es hatte sie gegeben und gab sie nicht mehr.

Zum ersten Mal seit Jahren strömten ihm die Tränen über das Gesicht. Doch er weinte um sich selbst. Für Mund und Augen und Hände, die sich hier- und dorthin bewegten, empfand er nichts mehr. Er wollte etwas empfinden, aber er konnte es nicht.

Denn er war fortgegangen, und es gab keinen Weg zurück. Das Tor war verschlossen und die Sonne untergegangen, und es gab keine Schönheit mehr außer der grauen Schönheit des Stahls, die aller Zeit widersteht. Selbst die Trauer, die er hätte tragen können, blieb im Land der Illusion, der Jugend und der Fülle des Lebens zurück, in dem seine Winterträume geblüht hatten.

»Vor langer Zeit«, sagte er, »vor langer Zeit war etwas in mir, doch jetzt ist es nicht mehr da. Es ist nicht mehr da, es ist einfach nicht mehr da. Ich kann nicht weinen. Ich kann nichts empfinden. Es wird nie mehr wiederkommen.«

Die letzte Schöne des Südens

I

Nachdem Atlanta ein so vollendetes Schauspiel südlichen Charmes geboten hatte, neigten wir alle dazu, Tarleton zu unterschätzen. Es war ein wenig heißer hier als überall sonst, wo wir gewesen waren – ein Dutzend Rekruten kollabierten gleich am ersten Tag unter dieser Sonne Georgias –, und wer Kuhherden durch die Geschäftsstraßen ziehen sah, von farbigen Treibern lauthals angespornt, der spürte, wie sich aus dem heißen Licht heimlich eine Trance auf ihn herabsenkte – man war versucht, eine Hand oder einen Fuß zu bewegen, um sich zu vergewissern, dass man noch am Leben war.

Also blieb ich draußen im Lager und bat Lieutenant Warren, mir von den Mädchen zu erzählen. Das ist fünfzehn Jahre her, und ich weiß nicht mehr, wie mir damals zumute war, außer dass die Tage einer nach dem anderen vergingen, besser, als sie es heute tun, und dass mein Herz leer war, weil die Frau, deren Bild ich drei Jahre lang geliebt hatte, oben im Norden einen anderen heiratete. Ich sah die Berichte und Fotos davon in der Zeitung. Es war eine »romantische Kriegshochzeit«, alles sehr prunkvoll und traurig. Lebhaft spürte ich das dunkle Leuchten des Himmels, unter dem sie stattfand, und da ich ein junger Snob war, empfand ich mehr Neid als Kummer.

Es kam ein Tag, an dem ich mich nach Tarleton begab, um mir die Haare schneiden zu lassen, und einem sympathischen Kerl namens Bill Knowles über den Weg lief, der zur gleichen Zeit wie ich in Harvard gewesen war. Er hatte der Nationalgarde-Division, die vor uns hier im Lager gewesen war, angehört, war jedoch im letzten Moment zur Luftwaffe übergewechselt und hiergeblieben.

»Schön, dich kennenzulernen, Andy«, sagte er mit übertriebenem Ernst. »Ich werde dich mit all meinen Informationen versorgen, ehe ich nach Texas aufbreche. Also, es gibt hier eigentlich nur drei Mädchen …«

Mein Interesse war geweckt; dass es drei Mädchen waren, hatte etwas Mystisches.

»… und hier ist eins davon.«

Wir standen vor einem Drugstore, und er zerrte mich hinein und machte mich mit einer jungen Dame bekannt, die mir gleich auf den ersten Blick missfiel.

»Die beiden anderen sind Ailie Calhoun und Sally Carrol Happer.«

Aus der Art, wie er ihren Namen aussprach, schloss ich, dass sein Interesse Ailie Calhoun galt. Es bereitete ihm Kopfzerbrechen, was sie in seiner Abwesenheit tun würde; er hoffte, sie würde eine ruhige, langweilige Zeit verleben.

In meinem Alter zögere ich nicht mehr zuzugeben, dass mir ganz und gar unritterliche Bilder von Ailie Calhoun – welch bezaubernder Name – in den Kopf schossen. Mit dreiundzwanzig gibt es kein Vorrecht des Älteren auf Schönheit; doch hätte Bill mich gefragt, ich hätte gewiss hoch und heilig geschworen, auf sie aufzupassen wie auf eine Schwester. Er fragte nicht, sondern regte sich nur heftig darüber auf, dass er fortmusste. Drei Tage später rief er mich an, um mir mitzuteilen, er fahre am nächsten Morgen ab und wolle, dass ich am Abend mit zu ihr nach Hause käme.

Wir trafen uns vor dem Hotel und liefen durch das blumige, heiße Zwielicht ein Stück aus der Stadt hinaus. Die vier weißen Säulen des Calhoun'schen Hauses schauten zur Straße, und die Veranda dahinter mit ihren herabhängenden, ineinanderverschlungenen, emporrankenden Reben war dunkel wie eine Höhle.

Als wir den Gartenweg betraten, stürzte ein Mädchen im weißen Kleid aus der Haustür und rief: »Verzeiht, dass ich so spät dran bin!« Dann sah sie uns und fügte hinzu: »Ach, ich dachte, ich hätte euch schon vor zehn Minuten kommen …«

Sie hielt mitten im Satz inne, weil ein Stuhl knarrte und gleich darauf ein Mann aus der Dunkelheit der Veranda hervortrat, ein Flieger vom Camp Harry Lee.

»Ach – Canby!«, rief sie. »Guten Abend!«

Er und Bill Knowles standen sich angespannt wie zwei verfeindete Parteien vor Gericht gegenüber.

»Canby, Lieber, ich muss dir etwas zuflüstern«, sagte sie nach einer kleinen Pause. »Du entschuldigst uns, Bill.«

Sie gingen beiseite. Kurz darauf sagte Lieutenant Canby aufs äußerste gereizt: »Dann also Donnerstag, aber dabei bleibt es.«

Er nickte uns knapp zu und entfernte sich, und wir sahen die Sporen, mit denen er vermutlich sein Flugzeug antrieb, im Schein der Lampen glänzen.

»Kommt herein – wie war noch gleich Ihr Name …«

Hier war sie – die Südstaatlerin in Reinkultur. Ich hätte Ailie Calhoun auch erkannt, wenn ich nie Ruth Draper gehört oder Marse Chan gelesen hätte. Sie besaß jene mit anmutiger, redseliger Naivität versüßte Gewandtheit, die eine tief in den heroischen

Süden zurückreichende Vergangenheit fürsorglicher Väter, Brüder und Verehrer ahnen ließ, jene makellose, im ewigen Ringen mit der Hitze erworbene Kühle. Es gab Töne in ihrer Stimme, die Sklaven herumkommandierten und Yankee-Offiziere erblassen ließen, aber auch leise, schmeichelnde Töne, die sich in ungewohnter Lieblichkeit mit der Nacht vermischten.

Ich konnte sie in der Dunkelheit kaum erkennen, doch als ich mich zum Gehen wandte – es war klar, dass ich nicht bleiben sollte –, stand sie im orangefarbenen Licht des Türrahmens. Sie war klein und sehr blond; sie hatte zu viel fieberfarbenes Rouge aufgetragen, was durch die clownhaft weiß gepuderte Nase noch betont wurde, doch dahinter strahlte sie wie ein Stern.

»Wenn Bill fort ist, sitze ich hier Abend für Abend allein herum. Vielleicht gehen Sie ja dann mit mir zu den Countryclub-Bällen.« Dieser mitleiderregende Blick in die Zukunft erntete ein Lachen von Bill. »Warten Sie«, flüsterte Ailie. »Ihre Waffen sind nicht in Ordnung.«

Sie richtete mein Kragenabzeichen und schaute mir einen Augenblick lang mit mehr als bloßer Neugier ins Gesicht. Es war ein suchender Blick, so als fragte sie: »Könntest du wohl derjenige sein?« Und wie Lieutenant Canby zog ich widerstrebend von dannen, in die auf einmal ungenügende Nacht hinaus.

Zwei Wochen später saß ich mit ihr auf derselben Veranda oder vielmehr: Sie lag halb in meinen Armen und berührte mich doch kaum – wie sie das schaffte, weiß ich nicht mehr. Ich versuchte vergeblich – ja seit bald einer vollen Stunde –, sie zu küssen. Im Scherz stritten wir darüber, wie ernst ich es meinte. Ich behauptete, ich würde mich in sie verlieben, wenn sie sich von mir küssen ließe. Sie vertrat die Ansicht, ich meine es offensichtlich nicht ernst.

In einer Atempause zwischen zwei solchen Wortwechseln erzählte sie mir von ihrem Bruder, der in seinem letzten Studienjahr in Yale gestorben war. Sie zeigte mir ein Bild von ihm – es war ein hübsches, ernstes Gesicht mit Leyendecker-Stirnlocke – und sagte, wenn sie je einem Mann begegnen sollte, der ihm ebenbürtig sei, würde sie ihn heiraten. Ich fand solchen familiären Idealismus entmutigend; selbst mein forsches Selbstbewusstsein konnte es mit den Toten nicht aufnehmen.

So verging nicht nur dieser, sondern eine ganze Reihe von Abenden, an deren Ende ich jedes Mal mit dem Duft von Magnolien in der Nase und einem Gefühl leiser Unzufriedenheit ins Lager zurückkehrte. Ich küsste sie nie. Wir gingen samstagabends zum Vaudeville und in den Countryclub, wo sie kaum zehn aufeinanderfolgende Schritte an der Seite desselben Mannes tat, und sie nahm mich mit zu Grillfesten und wilden Wassermelonenpartys, ohne es je der Mühe wert zu erachten, das, was ich für sie empfand, in Liebe zu verwandeln. Es wäre nicht schwer gewesen, so viel weiß ich jetzt, doch sie war eine kluge Neunzehnjährige und hatte wohl verstanden, dass unsere Gefühle nicht im Einklang waren. Und so wurde ich stattdessen ihr Vertrauter.

Wir unterhielten uns über Bill Knowles. Bill kam für sie ernsthaft in Betracht; denn auch wenn sie es nicht zugab, war ihr Blick doch, seit sie einen Winter an einer Schule in New York verbracht und einen Abschlussball in Yale miterlebt hatte, gen Norden gerichtet. Sie sagte, sie glaube nicht, dass sie einen Südstaatler heiraten würde. Und allmählich wurde mir klar, wie bewusst sie sich von all den anderen Mädchen, die Nigger-Songs sangen und Würfelspiele spielten, unterschied. Das war es, weshalb Bill und ich und andere uns zu ihr hingezogen fühlten: Sie war uns verwandt.

Im Juni und Juli, während uns von ferne, ohne Folge für uns, die Berichte von Krieg und Schrecken in Europa erreichten, wanderten Ailies Blicke auf der Countryclub-Tanzfläche umher, als ob sie unter den hochaufgeschossenen jungen Offizieren etwas suchte. Sie nahm nicht wenige für sich ein und traf ihre Wahl mit unfehlbarem Scharfblick – außer im Falle Lieutenant Canbys, den sie angeblich verabscheute, um dann doch mit ihm auszugehen, »weil er es so ernst meinte« –, und wir teilten den ganzen Sommer lang ihre Abende untereinander auf.

Eines Tages sagte sie alle ihre Verabredungen ab – Bill Knowles hatte Urlaub und kündigte seinen Besuch an. Wir erörterten das Ereignis mit wissenschaftlicher Neutralität – würde er sie zu einer Entscheidung bewegen? Lieutenant Canby dagegen war kein bisschen neutral; er ging allen auf die Nerven. Falls sie Knowles heiratete, sagte er, würde er mit seinem Flugzeug auf zweitausend Meter Höhe steigen, den Motor abschalten, und das wär's. Er machte ihr Angst – ich musste mein letztes Rendezvous vor Bills Rückkehr an ihn abtreten.

Am Samstagabend erschienen sie und Bill Knowles im Countryclub. Sie sahen schön zusammen aus, und erneut war ich neidisch und traurig. Als sie aufs Parkett hinaustanzten, spielte die Drei-Mann-Kapelle *After You've Gone*, auf eine ergreifend unvollendete Weise, die ich heute noch höre, so als ließe jeder Takt eine kostbare Minute jener Zeit verrinnen. Da wusste ich, dass ich Tarleton lieben gelernt hatte, und halb in Panik schaute ich, ob jenseits der Tanzfläche aus der warmen, singenden Dunkel-

heit, die ein ums andere Paar in Organdy und oliv-
grünem Drillich freigab, nicht irgendein Gesicht für
mich auftauchen würde. Es war die Zeit der Jugend
und des Krieges, und nie war so viel Liebe da gewesen.

Als ich mit Ailie tanzte, schlug sie auf einmal vor,
wir sollten nach draußen zu einem Wagen gehen. Sie
wollte wissen, warum sich niemand um sie bemühte.
Dachten sie denn alle, sie sei schon verheiratet?

»Wirst du's denn bald sein?«

»Ich weiß es nicht, Andy. Manchmal, wenn er
mich behandelt, als wäre ich heilig, schlägt mein
Herz höher.« Ihre Stimme war gedämpft und weit
entfernt. »Und dann…«

Sie lachte. Ihr Körper, zerbrechlich und zart, berührte meinen, ihr Gesicht war mir zugewandt, und
da endlich, keine zehn Meter von Bill Knowles entfernt, hätte ich sie küssen können. Unsere Lippen
berührten sich versuchsweise; dann kam ein Flie-
geroffizier um eine Ecke der nahen Veranda, spähte
in unsere Dunkelheit und zögerte.

»Ailie.«

»Ja.«

»Haben Sie schon von heute Nachmittag gehört?«

»Was?« Sie beugte sich vor; ihre Stimme verriet
Anspannung.

»Horace Canby ist abgestürzt. Er war sofort tot.«
Sie stieg langsam aus dem Wagen.

»Sie meinen, er ist tot?«, fragte sie.

»Ja. Niemand weiß, was passiert ist. Sein Motor …«

»A-a-a-ch!« Das rauhe Flüstern kam durch die Hände, die auf einmal ihr Gesicht verbargen. Wir schauten hilflos zu, wie sie den Kopf an die Seite des Wagens legte und trockene Tränen herauswürgte. Einen Moment später ging ich zu Bill, der, ängstlich nach ihr Ausschau haltend, in der Riege der Junggesellen stand, und sagte ihm, sie wolle nach Hause.

Ich setzte mich draußen auf die Stufen. Ich hatte Canby nicht gemocht, doch sein schrecklicher, sinnloser Tod war für mich realer als die täglich in die Tausenden gehende Zahl der Opfer in Frankreich. Nach ein paar Minuten erschienen Ailie und Bill. Ailie wimmerte ein bisschen, doch als sie mich sah, fixierte sie mich und kam mit raschen Schritten zu mir.

»Andy« – sie sprach mit lebhafter, leiser Stimme –, »du darfst natürlich niemandem verraten, was ich dir gestern von Canby erzählt habe. Was er gesagt hat, meine ich.«

»Natürlich nicht.«

Ihr Blick verweilte noch eine Sekunde länger auf mir, als wollte sie ganz sicher sein. Schließlich war sie sicher. Dann seufzte sie auf eine so ulkige Weise, dass ich meinen Ohren kaum traute, und legte in offensichtlich gespielter Verzweiflung die Stirn in Falten.

»An-dy!«

Ich schaute unangenehm berührt zu Boden, weil so deutlich war, dass sie mir ihre völlig unbeabsichtigte verderbliche Wirkung auf Männer zum Bewusstsein bringen wollte.

»Gute Nacht, Andy!«, rief Bill, als sie ins Taxi stiegen.

»Gute Nacht«, sagte ich und hätte fast hinzugefügt: »Du armer Tor.«

II

Gewiss hätte ich nun, wie es die Leute in Büchern tun, eine jener noblen moralischen Entscheidungen treffen und sie verachten sollen. Ich zweifle hingegen nicht daran, dass sie mich immer noch auf den kleinsten Wink ihrer Hand hin hätte haben können.

Ein paar Tage später machte sie alles wieder gut, indem sie reumütig zu mir sagte: »Nicht wahr, du fandest es scheußlich von mir, dass ich in einem solchen Moment an mich selbst gedacht habe, aber es war ein so unglaublicher Zufall.«

Mit meinen dreiundzwanzig Jahren hatte ich nicht die geringste feste Überzeugung, außer der, dass manche Menschen stark und attraktiv waren und tun konnten, was sie wollten, während andere erwischt wurden und in Ungnade fielen. Ich hoffte, ich gehörte zu den Ersteren. Ailie gehörte auf jeden Fall dazu.

Auch in anderer Hinsicht musste ich meine Meinung von ihr ändern. Im Verlauf eines langen Gesprächs mit irgendeinem Mädchen über das Küssen – damals redeten die Menschen noch mehr darüber, als dass sie es taten – berichtete ich, Ailie habe erst zwei oder drei Männer geküsst und nur dann, wenn sie verliebt zu sein glaubte. Zu meinem erheblichen Befremden lag das Mädchen förmlich am Boden vor Lachen.

»Aber es ist wahr«, versicherte ich ihr und begriff im selben Moment, dass es das nicht war. »Sie hat es mir selbst gesagt.«

»Ailie Calhoun! Du lieber Himmel! Also, letztes Jahr auf dem Frühlingsfest an der Tech …«

Das war im September. Wir konnten jetzt jede Woche nach Europa gerufen werden, und um uns zu voller Leistungskraft zu bringen, traf ein letzter Trupp Offiziere vom vierten Ausbildungslager ein. Das vierte Lager unterschied sich von den ersten drei – die Männer stammten aus dem Mannschaftsstand, ja sogar aus den abkommandierten Divisionen. Sie trugen seltsame Namen ohne Vokale, und von ein paar jungen Milizsoldaten abgesehen, hatte aller Wahrscheinlichkeit nach keiner von ihnen irgendeine besondere Herkunft vorzuweisen. Zu unserer Kompanie stieß Lieutenant Earl Schoen aus New Bedford, Massachusetts; ein Prachtexemplar von einem Mann, das muss ich sagen. Er war einen Meter neunzig groß, hatte schwarzes Haar, eine gesunde Gesichtsfarbe und glänzende dunkelbraune Augen. Er war zwar nicht sehr intelligent und eindeutig ungebildet, aber dennoch ein guter Offizier, energisch und respekteinflößend, mit jenem Hauch von Eitelkeit, der dem Militär so gut zu Gesicht steht. New Bedford war, wenn ich mich nicht irrte, eine Kleinstadt auf dem Land, und darauf führte ich seine Wichtigtuereien zurück.

Wir waren jeweils zu zweit untergebracht, und er kam in meine Baracke. Binnen einer Woche war das Studiofoto irgendeines Mädchens aus Tarleton brutal an die Wand genagelt.

»Sie ist kein Flittchen oder so was. Gehört zur feinen Gesellschaft; verkehrt mit den besten Leuten hier.«

Am darauffolgenden Sonntagnachmittag lernte ich die Dame in einem halbprivaten Schwimmbad auf dem Land kennen. Als Ailie und ich eintrafen, ließ Schoen im Badeanzug am anderen Ende des Beckens die Wellen um seinen muskulösen Körper spielen.

»He, Lieutenant!«

Als ich zurückwinkte, grinste er, zwinkerte mir zu und wies mit einer knappen Kopfbewegung auf das Mädchen an seiner Seite. Dann stieß er sie in die Rippen und wies mit einer knappen Kopfbewegung auf mich. Es war seine Art, uns miteinander bekannt zu machen.

»Wer ist das dort bei Kitty Preston?«, fragte Ailie, und als ich sie aufklärte, sagte sie, er sehe aus wie ein Straßenbahnfahrer, und tat, als suchte sie ihren Fahrschein.

Einen Augenblick später kraulte er kraftvoll und elegant durch das Becken und stemmte sich neben uns aus dem Wasser. Ich stellte ihn Ailie vor.

»Wie finden Sie mein Mädchen, Lieutenant?«, fragte er. »Habe ich Ihnen nicht gesagt, sie ist in Ordnung?« Er wies mit einer knappen Kopfbewegung auf Ailie, diesmal um anzudeuten, dass sein Mädchen und Ailie in denselben Kreisen verkehrten. »Wie wär's, wenn wir uns alle mal unten im Hotel zum Essen verabreden würden?«

Kurz darauf ließ ich sie allein, nachdem ich amüsiert wahrgenommen hatte, wie Ailie offensichtlich zu dem Schluss kam, dass er ganz sicher nicht ihrem

Ideal entsprach. Doch so leicht ließ Lieutenant Schoen sich nicht abwimmeln. Sein Blick wanderte frohgemut und unschuldig über ihre hübsche schlanke Figur und befand Ailie für noch besser als die andere. Wenige Minuten später sah ich sie zusammen im Wasser. Ailie schwamm mit den ihr eigenen verbissenen kleinen Zügen, und Schoen ruderte wild um sie herum und vor ihr her, hielt zwischendurch inne und starrte sie fasziniert an, wie ein kleiner Junge, der eine Seemannspuppe betrachtet.

Er wich den ganzen Nachmittag nicht von ihrer Seite. Schließlich kam Ailie zu mir und flüsterte lachend: »Er verfolgt mich. Er denkt, ich hätte keinen Fahrschein gelöst.«

Sie drehte sich abrupt um. Miss Kitty Preston stand mit seltsam gerötetem Gesicht vor uns.

»Ailie Calhoun, ich hätte nicht gedacht, dass du so eine bist, die andern Mädchen vorsätzlich den Mann wegschnappt.« Angesichts der drohenden Szene glitt ein gequälter Ausdruck über Ailies Gesicht. »Ich dachte, du wärst dir für so was zu schade.«

Miss Prestons Stimme war leise, doch es lag jene Anspannung darin, die man mehr spürt als hört, und ich sah Ailies klare, schöne Augen in Panik umherschweifen. Glücklicherweise kam in diesem Moment Earl höchstselbst vergnügt und arglos herbeigeschlendert.

»Wenn er dir gefällt, solltest du dich ganz gewiss nicht vor ihm erniedrigen«, zischte Ailie erhobenen Hauptes.

Hier war ihre Vertrautheit mit den überlieferten Umgangsformen, dort Kitty Prestons kindische und erbitterte Eifersucht, oder wenn man so will: hier Ailies »Kinderstube«, dort die »Gewöhnlichkeit« der anderen. Ailie wandte sich ab.

»Warten Sie!«, rief Earl Schoen. »Geben Sie mir Ihre Adresse? Könnte ja sein, dass ich Sie gern mal anrufen würde.«

Sie bedachte ihn mit einem Blick, an dem Kitty ihren gänzlichen Mangel an Interesse hätte ablesen müssen.

»Ich habe diesen Monat sehr viel beim Roten Kreuz zu tun«, sagte sie, und ihre Stimme war so kühl wie ihr glatt zurückgekämmtes blondes Haar. »Leben Sie wohl.«

Auf dem Heimweg lachte sie. Das Gefühl, ohne eigenes Zutun in eine hässliche Angelegenheit hineingeraten zu sein, wich von ihr.

»Sie wird diesen jungen Mann nicht halten können«, sagte sie. »Er will jemand Neues.«

»Offensichtlich will er Ailie Calhoun.«

Der Gedanke erheiterte sie.

»Er könnte mir ja seine Knipszange als Brosche geben, wie die Anstedcknadel einer Studentenverbindung. Das wäre lustig! Wenn meine Mutter jemals einen wie ihn zu uns ins Haus kommen sähe, würde sie sich auf der Stelle hinlegen und sterben.«

Und das muss man Ailie immerhin zugutehalten: Es vergingen zwei volle Wochen, bis er tatsächlich zu ihr nach Hause kam, obwohl er sie beim nächsten Countryclub-Ball bedrängte, bis sie vorgab, verärgert zu sein.

»Er ist ein richtiger Rüpel, Andy«, flüsterte sie mir zu. »Aber er meint es so ernst.«

Sie sagte das Wort »Rüpel« ohne jene Überzeugung, die mitgeschwungen hätte, wenn er ein junger Südstaatler gewesen wäre. Es war nur ein Wort in ihrem Kopf; ihr Ohr konnte keine Yankeestimme von der anderen unterscheiden. Und aus irgendeinem Grund hauchte Mrs. Calhoun nicht ihr Leben aus, als er auf ihrer Schwelle erschien. Die angeblich unausrottbaren Vorurteile ihrer Eltern waren für Ailie ein bequemer Umstand, der sich, wenn sie es wünschte, in Wohlgefallen auflöste. Erstaunt waren eher ihre Freunde. Ailie, die immer ein wenig über Tarleton gestanden hatte, deren Kavaliere nicht zufällig die »nettesten« Männer aus dem Lager gewesen waren – Ailie und Lieutenant Schoen! Ich wurde es rasch leid, den Leuten zu versichern, sie suche nur Zerstreuung – und in der Tat war da jede Woche jemand Neues, ein Leutnant zur See aus

Pensacola, ein alter Freund aus New Orleans –, doch zwischendurch war da immer wieder Earl Schoen.

Dann kam der Befehl, eine Vorausabteilung aus Offizieren und Unteroffizieren solle sich zum Hafen begeben und nach Frankreich einschiffen. Auch mein Name stand auf der Liste. Ich war eine Woche lang auf dem Schießplatz gewesen, und als ich ins Lager zurückkehrte, fing Earl Schoen mich sofort ab.

»Wir geben eine kleine Abschiedsparty in der Offiziersmesse. Nur Sie und ich und Captain Craker und drei Mädchen.«

Earl und ich sollten die Mädchen einladen. Wir holten Sally Carrol Happer und Nancy Lamar ab und fuhren dann zu Ailies Haus, wo ein Butler die Tür öffnete und uns mitteilte, Ailie sei nicht zu Hause.

»Nicht zu Hause?«, wiederholte Earl verständnislos. »Wo ist sie denn?«

»Hat sie nix drüber gesagt. Hat bloß gesagt, sie wär nich zu Hause.«

»Das ist aber verdammt merkwürdig!«, rief er aus. Er lief auf der vertrauten schummrigen Veranda auf und ab, während der Butler an der Tür wartete. Dann kam ihm ein Gedanke. »Ah, ich weiß«, erklärte er mir. »Sie ist wahrscheinlich sauer.«

Ich wartete. Er sagte in strengem Ton zu dem Butler: »Teilen Sie ihr mit, dass ich sie kurz sprechen muss.«

»Wie soll denn das gehn, wenn sie gar nich da is?«

Erneut lief Earl nachdenklich auf der Veranda auf und ab. Dann nickte er ein paarmal und sagte:

»Sie ist sauer wegen einer Geschichte, die neulich in der Stadt passiert ist.«

Er skizzierte mir die Angelegenheit mit wenigen Worten.

»Na schön. Sie warten im Auto«, sagte ich. »Vielleicht kann ich das klären.« Und als er sich widerstrebend zurückzog: »Oliver, sagen Sie Miss Ailie, dass ich sie gern unter vier Augen sprechen würde.«

Nach einigem Hin und Her überbrachte er ihr meine Botschaft und kam kurz darauf mit einer Antwort zurück:

»Miss Ailie sagt, sie will mit dem andern Herrn nie nix mehr zu tun haben. Aber Sie können reinkommen, wenn Sie wollen, hat sie gesagt.«

Sie war in der Bibliothek. Ich hatte erwartet, ein Bild der kühlen, gekränkten Würde vor mir zu sehen, doch ihr Gesichtsausdruck verriet Schmerz, Aufgewühltheit, Verzweiflung. Sie hatte rotgeränderte Augen, als hätte sie stundenlang still und kläglich vor sich hin geweint.

»Ach, hallo, Andy«, sagte sie mit gebrochener

Stimme. »Ich habe dich so lange nicht gesehen. Ist er fort?«

»Schau her, Ailie …«

»Schau her, Ailie!«, rief sie. »Schau her, Ailie! Er hat mit mir gesprochen, verstehst du. Er hat den Hut gelüftet. Er stand drei Meter von mir entfernt mit dieser grässlichen – dieser grässlichen Frau am Arm und unterhielt sich mit ihr, und als er mich sah, lüftete er den Hut. Andy, ich wusste nicht, was ich tun sollte. Ich musste in den Drugstore hineingehen und um ein Glas Wasser bitten, und aus lauter Angst, dass er mir folgen würde, bat ich Mr. Rich, mich durch die Hintertür hinauszulassen. Ich will ihn nie wieder sehen und nie wieder etwas von ihm hören.«

Ich redete. Ich sagte, was man in solchen Fällen sagt. Ich sagte es eine halbe Stunde lang. Aber ich vermochte sie nicht umzustimmen. Dann und wann murmelte sie etwas von »Ernst«, und ich fragte mich zum vierten Mal, was das Wort wohl für sie bedeutete. Gewiss nicht das Gleiche wie »Treue«; eher vermutete ich, dass es eine besondere Art war, wie sie gern angesehen werden wollte.

Ich stand auf und wandte mich zum Gehen. Da hörten wir es draußen unglaublicherweise dreimal ungeduldig hupen. Es war verblüffend. So deutlich, als stünde Earl selbst im Zimmer, gab uns dieses

Hupen zu verstehen: »Na schön; dann scher dich zum Teufel! Ich werde nicht den ganzen Abend hier warten.«

Ailie schaute mich entgeistert an. Und plötzlich trat ein sonderbarer Ausdruck auf ihr Gesicht, breitete sich aus, flackerte und entpuppte sich als tränenseliges, hysterisches Lächeln.

»Ist er nicht grässlich?«, rief sie in hilfloser Verzweiflung. »Ist er nicht furchtbar?«

»Beeil dich«, sagte ich schnell. »Hol deinen Umhang. Dies ist unser letzter Abend.«

Und in meiner Erinnerung lebt dieser letzte Abend fort – das Kerzenlicht, das über die groben Bretter der Offiziersmessenbaracke und den zerfledderten, von der Party der Nachschubabteilung übriggebliebenen Papierschmuck flackerte, die traurige Mandoline auf einer der Kompaniestraßen unten, die inmitten der allgemeinen Wehmut über den scheidenden Sommer wieder und wieder *My Indiana Home* anstimmte. Auch die drei in dieser mysteriösen Männerstadt verlorenen Mädchen spürten etwas – etwas geheimnisvoll Flüchtiges, als befänden sie sich auf einem Zauberteppich, der irgendwo im ländlichen Süden niedergegangen war und jeden Augenblick vom Wind erfasst und fortgetragen werden mochte. Wir tranken auf uns und auf den Süden. Dann ließen wir unsere Servietten und unsere leeren

Gläser und ein Stück unserer Vergangenheit auf dem Tisch zurück und traten Hand in Hand ins Mondlicht hinaus. Der Zapfenstreich war schon vorbei; nichts war zu hören außer dem weit entfernten Wiehern eines Pferds und einem lauten, beharrlichen Schnarchen, über das wir lachten, und dem ledrigen Knirschen drüben vor dem Tor, das von dem auf und ab marschierenden Wachposten stammte. Craker hatte Dienst; wir anderen stiegen in den bereitstehenden Wagen, fuhren nach Tarleton und brachten Crakers Mädchen nach Hause.

Dann glitten Ailie und Earl, Sally und ich, zwei und zwei auf der breiten Rückbank, eins vom anderen Paar abgewandt und ganz mit sich beschäftigt, flüsternd in die weite, flache Dunkelheit hinaus.

Wir fuhren durch Kiefernwälder, in denen Flechten und Spanisches Moos wucherten, und zwischen den fahlen Baumwollfeldern hindurch, auf einer Straße, die weiß war wie der Rand der Welt. Wir hielten im brüchigen Schatten einer Mühle, wo wir Wasser fließen und rastlose Vögel piepen hörten, und über allem war ein Leuchten, das durch sämtliche Ritzen zu sickern suchte – in die verlorenen Negerhütten, das Auto, die schnellen Schläge des Herzens hinein. Der Süden sang für uns – und ich wüsste gern, ob sie sich noch erinnern. Ich erinnere mich gut – an die kühlen bleichen Gesichter, die schläfrigen, verliebten Blicke und die Stimmen:

»Hast du's auch bequem?«

»Ja; und du?«

»Ganz bestimmt?«

»Ja.«

Plötzlich wussten wir, dass es spät und nichts mehr zu erwarten war. Wir fuhren nach Hause.

Unsere Abteilung brach am nächsten Tag nach Camp Mill auf, aber ich ging dann doch nicht nach Frankreich. Wir verbrachten einen kalten Monat auf Long Island, marschierten, die Stahlhelme am Gürtel festgeschnallt, an Bord eines Truppentransporters und kurz darauf wieder hinunter. Der Krieg war vorbei. Ich hatte den Krieg verpasst. Zurück in Tarleton bemühte ich mich darum, aus der Army auszutreten, doch da ich eine reguläre Offiziersstelle innehatte, brauchte ich dafür fast den ganzen Winter. Earl Schoen hingegen war unter den Ersten, die entlassen wurden. Er wollte sich einen guten Job suchen, »solange man noch wählen« konnte. Ailie hatte ihm keinerlei Versprechungen gemacht, doch es gab die Abmachung, dass er wiederkommen würde.

Im Januar begannen die Lager, die das kleine Städtchen über zwei Jahre beherrscht hatten, schon in Vergessenheit zu geraten. Nur der permanente Gestank der Verbrennungsöfen erinnerte noch an all die einstige Betriebsamkeit. Was an Leben geblieben war, konzentrierte sich voll Bitterkeit auf das Hauptquartier der Abteilung mit seinen verdrossenen Offizieren, die den Krieg verpasst hatten wie ich.

Und allmählich, nach und nach, kamen die jungen Männer Tarletons aus allen Ecken der Welt zurück – manche in kanadischer Uniform, andere mit Krücken oder leeren Ärmeln. Die Männer eines heimgekehrten Bataillons der Nationalgarde paradierten, mit Lücken für ihre Toten in den Reihen, die Straßen entlang und ließen dann alle Romantik für immer hinter sich, um in den örtlichen Geschäften alltägliche Dinge zu verkaufen. Nur noch wenige Uniformen mischten sich bei den Countryclub-Bällen unter die Dinnerjacketts.

Kurz vor Weihnachten tauchte eines Tages unerwartet Bill Knowles auf und reiste am nächsten Tag wieder ab – entweder hatte er Ailie ein Ultimatum gestellt, oder sie hatte sich endlich entschieden. Wenn die aus Savannah oder Augusta heimgekehrten Helden ihr Zeit ließen, ging ich gelegentlich mit ihr aus, doch ich fühlte mich wie ein Überbleibsel aus einer anderen Zeit – und das war ich auch. Sie wartete mit so unermesslicher Anspannung auf Earl, dass sie nicht gern darüber sprach. Drei Tage vor meiner endgültigen Entlassung kam er.

Das erste Mal sah ich sie zusammen die Market Street entlanggehen, und ich glaube, noch nie im Leben hatte mir ein Paar so leidgetan wie sie; auch wenn sich vermutlich in allen Städten, in denen Militärlager gewesen waren, das Gleiche abspielte. Schon äußerlich sprach fast alles Erdenkliche gegen Earl. Sein Hut war grün und mit einer schrillen Feder geschmückt, sein Anzug nach jener grotesken Mode, der Werbung und Film inzwischen den Garaus gemacht haben, geschlitzt und mit Tressen besetzt. Er war offensichtlich bei seinem alten Friseur gewesen, denn sein Haar bauschte sich fein säuberlich über seinem rosafarbenen rasierten Nacken. Es war nicht so, als hätte er unter der glänzenden Fassade armselig gewirkt, doch das Milieu der Mühlenstadt-Tanzsäle und Ausflugslokale, dem er entstammte, sprang einem ins Auge – sprang vielmehr Ailie ins Auge. Denn sie hatte sich die Wirklichkeit nie bis ins Letzte ausgemalt; in diesem Aufzug war selbst die natürliche Ausstrahlung jenes phantastischen Körpers dahin. Zuerst prahlte er mit seiner guten Anstellung, die ihnen beiden ein anständiges Auskommen sichern würde, bis er »ein bisschen flüssiger« wäre. Doch von der Sekunde an, da er in Ailies Welt zurückkam und deren Regeln unterworfen war, muss er gewusst haben, dass es hoffnungslos war. Ich weiß nicht, was Ailie sagte, noch, was schwerer wog, ihr Kummer oder ihr Entsetzen. Sie handelte rasch – drei Tage nach seiner Ankunft nahmen Earl Schoen und ich zusammen den Zug nach Norden.

»Tja, das war's dann«, sagte er niedergeschlagen. »Sie ist ein wunderbares Mädchen, aber wohl doch zu anspruchsvoll für mich. Denke, sie sollte irgendeinen reichen Kerl heiraten, der ihr eine großartige gesellschaftliche Stellung verschafft. Ich für mein Teil kann mit diesem ganzen hochgestochenen Getue nichts anfangen.« Und später dann: »Sie hat gesagt, ich soll in einem Jahr noch mal wiederkommen, aber ich gehe nicht mehr zurück. Dieser aristokratische Zirkus mag ja in Ordnung sein, wenn man das Geld dafür hat, aber –«

»Aber es war alles nicht echt«, wollte er sagen. Jene Provinzgesellschaft, in der er sich sechs Monate lang so selbstverständlich bewegt hatte, erschien ihm schon jetzt affektiert, »dandyhaft« und gekünstelt.

»Übrigens, haben Sie gesehen, was ich gesehen habe, als wir vorhin in den Zug gestiegen sind?«, fragte er mich nach einer Weile. »Zwei bildhübsche Mädels, ganz allein. Wie wär's, wenn wir in den nächsten Wagen rüberschlendern und sie zum Mittagessen einladen? Ich nehme die in Blau.« Auf halbem Weg drehte er sich plötzlich zu mir um. »Eins noch, Andy«, sagte er und runzelte die Stirn, »– woher wusste sie eigentlich, dass ich früher mal Straßenbahn gefahren bin? Ich habe ihr das nie erzählt.«

»Da bin ich überfragt.«

III

Die Geschichte nähert sich jetzt einem jener großen schwarzen Löcher, die mir ins Gesicht starrten, als ich zu erzählen begann. Sechs Jahre lang – Jahre, in denen ich mein Studium in Harvard abschloss und Verkehrsflugzeuge baute und einen Pflasterstein konstruierte, der auch unter Lastwagen nicht bröckelte – war Ailie Calhoun kaum mehr als ein Name auf einer Weihnachtskarte; etwas, das in warmen Nächten, wenn ich an die Magnolien dachte, sacht durch meine Seele wehte. Es kam vor, dass mich der eine oder die andere Bekannte aus der Zeit beim Militär fragte: »Was ist eigentlich aus dem blonden Mädchen geworden, das damals so beliebt war?«, doch ich wusste es nicht. Eines Abends lief ich im Montmartre in New York Nancy Lamar in die Arme und erfuhr, dass Ailie sich in Cincinnati verlobt habe, zu der Familie des Mannes in den Norden gefahren sei und die Verlobung wieder aufgelöst habe. Sie sei bezaubernd wie eh und je, und es gebe immer einen oder zwei ernsthafte Verehrer.

Doch weder Bill Knowles noch Earl Schoen seien je wieder aufgetaucht.

Und etwa um dieselbe Zeit hörte ich auch, dass Bill Knowles inzwischen verheiratet sei, mit einem Mädchen, das er auf einem Schiff kennengelernt habe. Das ist alles – kaum genug, um ein Loch von sechs Jahren damit zu stopfen.

Sonderbar, doch als ich eines Abends ein Mädchen in der Dämmerung auf einem Bahnhof in Indiana sah, kam in mir auf einmal der Gedanke auf, in den Süden zu ziehen. Das Mädchen, in steifem rosafarbenen Organdy, schlang die Arme um den Hals eines Mannes, der aus unserem Zug stieg, und eilte mit ihm zu einem bereitstehenden Wagen, und da verspürte ich einen Stich. Mir war, als entführte sie ihn in die verlorene Mittsommerwelt meiner jüngeren Jahre, wo die Zeit stillgestanden hatte und schöne Mädchen, schemenhaft wie die Vergangenheit selbst, noch auf den dämmrigen Straßen entlangschlenderten. Mir scheint, die Poesie ist der Traum des Nordländers vom Süden. Doch es vergingen noch Monate, ehe ich Ailie ein Telegramm schickte und ihm unverzüglich nach Tarleton folgte.

Es war Juli. Das Jefferson Hotel kam mir seltsam muffig vor – irgendein Förderverein stimmte in jenem Speisesaal, den mein Gedächtnis längst ausschließlich mit Offizieren und Mädchen verband, von Zeit zu Zeit lauten Gesang an. Ich erkannte den Taxifahrer wieder, der mich zu Ailies Haus brachte, doch sein »Klar erinnere ich mich, Lieutenant« klang alles andere als überzeugend. Ich war bloß einer von zwanzigtausend.

Es waren drei merkwürdige Tage. Ich vermute, ein wenig von Ailies frühem Glanz war den Weg alles Irdischen gegangen, doch bezeugen kann ich es nicht. Körperlich war sie immer noch so anziehend, dass man die Persönlichkeit, die auf ihren Lippen bebte, gern berührt hätte. Nein – die Veränderung war grundlegender.

Sie gab sich anders, das sah ich sofort. Die stolzen Untertöne, die kleinen Anspielungen darauf, dass sie die Geheimnisse einer leichteren, schöneren Vorkriegszeit kannte, waren aus ihrer Stimme verschwunden; für so etwas schien, wenn sie in dem halb lachenden, halb verzweifelten Tonfall des neueren Südens drauflosschnatterte, keine Zeit mehr zu sein. Alles fand in diesem Geschnatter Platz, damit es nur ja nicht aufhörte und einem keine Zeit zum Nachdenken ließ – die Gegenwart, die Zukunft, sie selbst, ich. Wir gingen zusammen auf eine wilde Party bei irgendeinem jungverheirateten Paar, und Ailie war ihr flatterhafter, strahlender Mittelpunkt. Schließlich war sie keine achtzehn mehr und in der Rolle des unbekümmerten Clowns attraktiver denn je.

»Hast du etwas von Earl Schoen gehört?«, fragte ich sie am zweiten Abend auf dem Weg zu einem Countryclub-Ball.

»Nein.« Für einen Augenblick wurde sie ernst. »Ich denke oft an ihn. Er war der –« Sie zögerte.

»Ja?«

»Ich hätte fast gesagt, der Mann, den ich am meisten geliebt habe, aber das wäre nicht wahr. Ich habe ihn nie wirklich geliebt, sonst hätte ich ihn doch trotz allem geheiratet, oder?« Sie schaute mich fragend an. »Jedenfalls hätte ich ihn dann nicht so behandelt.«

»Es war unmöglich.«

»Ja«, pflichtete sie mir unsicher bei. Ihre Stimmung änderte sich, und sie wurde frivol: »Wie haben diese Yankees uns arme kleine Mädels aus dem Süden nur an der Nase herumgeführt. Mein Gott!«

Sobald wir im Countryclub waren, verschmolz sie wie ein Chamäleon mit der Menge der (mir zumindest) fremden Menschen. Eine neue Generation war auf der Tanzfläche, weniger vornehm als die Leute, mit denen ich verkehrt hatte, doch niemand war mit deren trägem fiebrigen Wesen so sehr eins wie Ailie. Vermutlich hatte sie erkannt, dass sie in ihrem ursprünglichen Drang, Tarletons Provinzialität zu entfliehen, allein gewesen und einer Generation gefolgt war, der keine Nachfahren bestimmt waren. Wo genau sie den Kampf verloren hatte, der hinter den weißen Säulen ihrer Veranda tobte, vermag ich nicht zu sagen. Doch sie hatte auf das falsche Pferd gesetzt, sich an irgendeiner Stelle selbst betrogen. Ihr ungezügeltes Temperament, dank dessen sie noch immer genügend Männer um sich scharte, um es mit den jüngsten und frischesten Mädchen aufzunehmen, war ein Eingeständnis des Scheiterns.

Ich verabschiedete mich von ihr, wie ich mich in jenem längst vergangenen Juni so oft von ihr verabschiedet hatte – mit einem Gefühl leiser Wehmut. Erst Stunden später, als ich mich in meinem Hotelbett hin und her warf, begriff ich, was mich bewegte, was mich immer schon bewegt hatte – ich war unsterblich und rettungslos in sie verliebt. Obwohl vieles nicht stimmte, war sie doch das attraktivste Mädchen, das mir je begegnet war, und würde es für mich immer bleiben. Das sagte ich ihr am nächsten Nachmittag. Es war einer jener heißen Tage, die ich so gut kannte, und Ailie saß neben mir auf einem Sofa in der verdunkelten Bibliothek.

»Oh, nein, ich könnte dich niemals heiraten«, sagte sie beinahe erschrocken. »Auf die Art liebe ich dich kein bisschen… Und du liebst mich auch nicht. Ich wollte es dir eigentlich noch nicht erzählen, aber ich heirate nächsten Monat einen anderen. Wir werden es nicht bekanntgeben, denn das habe ich schon zweimal getan.« Plötzlich fiel ihr ein, dass ich womöglich verletzt sein könnte: »Andy, das war bloß eine dumme Idee von dir, nicht wahr? Du weißt doch, dass ich niemals einen Mann aus dem Norden heiraten könnte.«

»Wer ist es?«, fragte ich.

»Ein Mann aus Savannah.«

»Liebst du ihn?«

»Natürlich.« Wir lächelten beide. »Natürlich! Was wolltest du denn hören?«

Es gab keine Vorbehalte, wie es sie bei den anderen Männern gegeben hatte. Sie konnte sich keine Vorbehalte erlauben. Das wusste ich, weil sie schon vor langer Zeit aufgehört hatte, mir etwas vorzumachen. Und ich begriff, dass eben diese Natürlichkeit nur möglich war, weil sie mich nicht als Verehrer betrachtete. Unter der Maske der ihren Instinkten gehorchenden impulsiven Frau, die allen Männern den Kopf verdrehte, hatte sie sich keinerlei Selbsttäuschungen hingegeben, und sie konnte nicht glauben, dass jemand, der sie nicht bis zur Kritiklosigkeit vergötterte, wahrhaft imstande war, sie zu lieben. Und genau daran maß sie, ob jemand es »ernst meinte«; am sichersten fühlte sie sich an der Seite von Männern wie Canby oder Earl Schoen, die unfähig waren, ein Urteil über das vermeintlich aristokratische Herz zu fällen.

»Na schön«, sagte ich, als hätte sie mich um Erlaubnis gebeten zu heiraten. »Würdest du mir auch einen Gefallen tun?«

»Jeden.«

»Komm mit mir zum Lager.«

»Aber da ist doch gar nichts mehr, Andy.«

»Ist doch egal.«

Wir gingen in die Stadt. Der Taxifahrer vor dem Hotel wiederholte ihren Einwand: »Nichts mehr da, Captain.«

»Egal. Fahren Sie uns trotzdem hin.«

Zwanzig Minuten später hielt er auf einer weiten Ebene, die mir völlig unbekannt vorkam: Sie war mit neuen Baumwollfeldern übersät, dazwischen standen einzelne Fichtengruppen.

»Wollen Sie da rüberfahren, wo man den Rauch sieht?«, fragte der Taxifahrer. »Das ist das neue Staatsgefängnis.«

»Nein. Bleiben Sie einfach auf dieser Straße. Mal sehen, ob ich die Stelle wiederfinde, wo ich damals gewohnt habe.«

Eine alte Rennbahn, die in den ruhmreichen Tagen des Lagers überhaupt nicht aufgefallen war, reckte ihre altersschwache Tribüne in die Ödnis hinein. Ich versuchte vergebens, mich zu orientieren.

»Fahren Sie hier entlang, an der Baumgruppe da vorbei, und dann rechts – nein, links.«

Er gehorchte mit professionellem Widerwillen.

»Du wirst hier rein gar nichts mehr finden, Liebling«, sagte Ailie. »Die Bauunternehmer haben alles abgerissen.«

Wir fuhren langsam am Rand der Felder entlang. Hier mochte es gewesen sein –

»Gut. Ich möchte aussteigen«, sagte ich plötzlich.

Ich ließ Ailie im Wagen sitzen – sie sah wunderschön aus, als die warme Brise ihren langen, welligen Pagenkopf zerzauste.

Hier mochte es gewesen sein. Dann wären die Kompaniestraßen da drüben gewesen, und die Messebaracke, wo wir an jenem Abend gemeinsam gegessen hatten, hätte gleich hier gestanden.

Der Taxifahrer beobachtete mich nachsichtig, während ich in dem kniehohen Gestrüpp herumstolperte und in einem Klemmbrett, einem Stück Dachpappe oder einer rostigen Tomatendose meine Jugend suchte. Ich richtete den Blick auf eine entfernt vertraut wirkende Baumgruppe, doch es wurde schon dunkel, und ich war mir nicht sicher, ob es die richtigen Bäume waren.

»Die alte Rennbahn soll bald wieder hergerichtet werden«, rief Ailie mir vom Wagen aus zu. »Tarleton wird auf seine alten Tage noch todschick.«

Nein. Bei genauerer Betrachtung sahen sie nicht wie die richtigen Bäume aus. Das Einzige, was feststand, war, dass jener Ort, an dem einst solches Leben und Treiben geherrscht hatten, verschwunden war, als hätte er nie existiert, und dass auch Ailie in einem Monat verschwunden und der Süden für mich auf alle Zeit leer und verlassen sein würde.

Stürmische Überfahrt

Wenn man erst einmal auf dem langen, überdachten Pier steht, befindet man sich in einem gespenstischen Land, das nicht mehr das Hier und noch nicht das Dort ist. Besonders nachts. Man sieht ein dunstiges gelbes Gewölbe voll rufender, widerhallender Stimmen. Man hört das Dröhnen von Lastwagen, das Rumpeln von Überseekoffern, das durchdringende Kreischen eines Krans, man riecht die salzige Meerluft. Man eilt hindurch, obgleich genug Zeit ist. Die Vergangenheit, der Kontinent, liegt hinter einem; die Zukunft ist das hell beleuchtete Maul in der Seite des Schiffs; diese trübe, turbulente Gasse ist die allzu verworrene Gegenwart.

Man geht die Gangway hinauf, und die Sicht auf die Welt verändert und verengt sich. Man ist Bürger einer Gemeinschaft, kleiner als Andorra. Man ist sich keiner Sache mehr ganz sicher. Eigenartig unbewegt die Männer am Zahlmeistertisch, zellengleich die Kabine, geringschätzig die Blicke der anderen Reisenden und ihrer Freunde, ernst der Offizier, der auf dem verlassenen Promenadendeck steht, auf die Menge hinabsieht und seinen eigenen Gedanken nachhängt. Ein letzter seltsamer Gedanke, dass man doch eigentlich gar nicht hätte hierherkommen müssen, dann ertönen laute, klagende Sirenen, und das Ding – nicht das Schiff, sondern eine Idee, eine Gemütsverfassung – setzt sich in Bewegung, hinein in die gewaltige dunkle Nacht.

Adrian Smith, einer der Prominenten an Bord – nicht sehr prominent, aber wichtig genug, um von einem Fotografen, dem man seinen Namen genannt hatte, ohne zu verraten, was er eigentlich »machte«, in Blitzlicht gebadet zu werden –, Adrian Smith und seine blonde Frau Eva stiegen hinauf zum Promenadendeck, gingen an dem melancholischen Offizier vorbei und stützten, als sie einen ruhigen Aussichtspunkt gefunden hatten, die Ellbogen auf die Reling.

»Wir fahren!«, rief er, und beide lachten ausgelassen. »Wir haben's geschafft. Jetzt können sie uns nicht mehr kriegen.«

»Wer?«

Er wies mit einer unbestimmten Bewegung auf das Diadem der Stadt.

»Die Leute. Sie werden kommen mit ihrem Polizeiaufgebot, ihren Haftbefehlen, ihrer Auflistung der Verbrechen, die wir begangen haben, und sie werden an unserer Tür in der Park Avenue läuten und nach Mr. und Mrs. Adrian Smith fragen, aber na so was! – die Smiths haben sich mitsamt Kindern und Kindermädchen nach Frankreich davongemacht.«

»Wenn man dich so hört, könnte man glauben, wir hätten tatsächlich unzählige Verbrechen begangen.«

»Du bist für sie nicht mehr zu haben«, sagte er stirnrunzelnd. »Das ist eines der Verbrechen, die sie mir vorwerfen: Sie wissen, dass du für sie unerreichbar geworden bist, und das macht sie fuchsteufelswild. Unter anderem darum bin ich ganz froh, von hier wegzukommen.«

»Liebling«, sagte Eva.

Sie war sechsundzwanzig – fünf Jahre jünger als er. Und für jeden, der sie kannte, war sie ein Juwel.

»Mir gefällt dieses Schiff besser als die *Majestic* oder die *Aquitania*«, bemerkte sie und beging damit Verrat an den Schiffen, auf denen sie ihre Flitterwochen verbracht hatten.

»Es ist viel kleiner.«

»Aber sehr schnittig, und es gibt hier diese vielen kleinen Geschäfte rechts und links der Korridore. Und außerdem sind die Privatkabinen größer, glaube ich.«

»Ist dir schon aufgefallen, wie steif die Leute sind?

Als würden sie denken, alle anderen sind Falsch-spieler. Und in ungefähr vier Tagen wird die eine Hälfte die andere mit Vornamen anreden.«

Vier dieser Leute kamen jetzt vorbei – vier junge Frauen, die nebeneinandergingen und über das Deck promenierten. Der Blick ihrer acht Augen richtete sich kurz auf Adrian und Eva und glitt dann gleich-mütig weiter, nur ein Augenpaar verharrte kurz leicht verwundert. Es gehörte einem der Mädchen in der Mitte – sie war die Einzige der vier, die mitfah-ren würde. Eine kleine dunkle Schönheit, höchstens achtzehn, über deren Haar ein zarter, kristallener Schimmer lag, womit die Brünetten das helle Leuch-ten der Blondinen wettmachen.

»Wer war das?«, fragte Adrian. »Ich hab sie irgend-wo schon mal gesehen.«

»Sie ist hübsch«, sagte Eva.

»Ja.« Er grübelte noch immer, und Eva überließ ihn für eine kurze Weile seinen Gedanken; dann lä-chelte sie zu ihm auf und zog ihn wieder in ihre intime Zweisamkeit.

»Erzähl weiter«, sagte sie.

»Worüber?«

»Über uns – darüber, was für eine schöne Zeit wir verleben werden und dass es uns immer besser gehen wird und dass wir immer glücklicher und ein-ander immer ganz nah sein werden.«

»Wie könnten wir einander noch näher sein?« Er drückte sie an sich.

»Ich meine, wir werden uns nicht mal mehr über irgendwelche albernen Sachen streiten. Weißt du, letzte Woche, als du mir das Geburtstagsgeschenk gegeben hast« – ihre Finger liebkosten die Halskette aus kleinen Perlen –, »hab ich beschlossen, dass ich versuchen werde, nie mehr etwas Gemeines zu dir zu sagen.«

»Das hast du doch auch nicht, mein Schatz.«

Doch noch während er sie umarmte, wusste sie, dass der Augenblick äußerster, von allen anderen abgeschiedener Zweisamkeit vorüber war, kaum dass er begonnen hatte. Adrian hatte bereits die Antennen ausgefahren und tastete diese neue Welt ab.

»Ich finde die meisten dieser Leute hier ziemlich schrecklich«, sagte er. »Klein und dunkel und hässlich. Früher sahen Amerikaner nicht so aus.«

»Ja, langweilig«, stimmte sie ihm zu. »Wir machen einfach keine neuen Bekanntschaften und bleiben unter uns.«

Ein Gong wurde geschlagen, und Stewards gingen über die Decks und riefen: »Alle Gäste von Bord, bitte!« Das Stimmengewirr schwoll an. Für eine Weile herrschte Gedränge auf den Gangways, dann waren sie leer, und hinter den Absperrungen standen dicht an dicht winkende Menschen und riefen Unverständliches. Als die Arbeiter sich an den Leinen zu schaffen machten, traf in großer Eile ein irgendwie betrunken wirkender junger Mann mit flachem Gesicht ein. Ein Träger und ein Taxifahrer halfen ihm die Gangway hinauf. Das Schiff nahm ihn so gleichmütig auf, als wäre er ein Missionar unterwegs nach Beirut, und dann ging ein tiefes, dunkles Beben durch den Rumpf. Der Pier und die Gesichter darauf wichen zurück, und für einen Augenblick war es, als wäre das Schiff ein versehentlich abgespaltenes Stück Land; dann wurden die Gesichter immer entrückter, stimmloser, und der Pier war nur noch einer von vielen gelben Flecken am Ufer. Nun weitete sich der Hafen rasch zum offenen Meer.

Auf einem nördlichen Breitengrad braute sich ein schwerer Sturm zusammen, der, mit einem Vorboten aus starkem Westwind, in südsüdöstlicher Richtung zog. Er sollte die *Peter I. Eudim* aus Amsterdam mit sechsundsechzig Mann Besatzung verschlingen, einen Ladebaum des größten Schiffs der Welt abbrechen und den Frauen von Hunderten Seeleuten Kummer und Not bringen. Der Liniendampfer, der New York am Sonntagabend verließ, würde das Tiefdruckgebiet am Dienstag erreichen und am Mittwochabend in den eigentlichen Sturm geraten.

Am Dienstagabend suchten Adrian und Eva zum
ersten Mal den Salon auf. Das stand im Widerspruch zu ihrer ursprünglichen Absicht – nachdem
sie Amerika hinter sich gelassen hatten, wollten sie
»nie mehr einen Cocktail sehen –, doch sie hatten
nicht mit der stampfenden Einsamkeit gerechnet,
der man auf Schiffen ausgesetzt ist, und aller gesellschaftliche Verkehr fand dort statt, wo sich die Bar
befand. Also gingen sie mal kurz hinein.

Es war voll. Es gab Leute, die seit dem Mittagessen hier saßen, und welche, die bis zum Abendessen bleiben würden, und natürlich auch einige treue
Seelen, die seit neun Uhr morgens da waren. Es war
eine wohlhabende Klientel, die sich die Zeit mit
Bridgepartien, Patiencen und Kriminalromanen, mit
Alkohol, Wortgefechten und Liebesgeflüster ver-
trieb. Insofern hätte sie in jeden Club und jedes
Casino jeden beliebigen Landes gepasst, wenn nicht
über allem eine unterdrückte Anspannung gelegen
hätte, eine kaum beherrschte Ungeduld, die Jung
und Alt erfasst hatte. Die Überfahrt hatte begonnen, und anfangs hatte man das genossen, doch die
Möglichkeiten zur Ablenkung waren nicht vielfäl-
tig genug für diese sechs Tage, und so sehnte man
jetzt schon die Ankunft herbei.

An einem Tisch in der Nähe entdeckte Adrian das hübsche Mädchen, das ihn am ersten Abend angestarrt hatte. Wieder war er fasziniert von ihrer Schönheit; der strahlende Schimmer auf ihrem Haar leuchtete ungetrübt durch das verrauchte Durcheinander des Raums. Nach einem Blick auf die Passagierliste waren er und Eva zu dem Schluss gekommen, dass es sich vermutlich um »Miss Elizabeth D'Amido und Dienstmädchen« handelte, und als er an einer Decktennispartie vorbeigeschlendert war, hatte er gehört, dass man sie Betsy genannt hatte. In der etwa gleichaltrigen Gesellschaft an ihrem Tisch befand sich auch der junge Mann mit der flachen Nase, der es mit knapper Not an Bord geschafft hatte; gestern war er mürrisch an Deck auf und ab spaziert, aber offenbar ging es ihm inzwischen besser. Miss D'Amido flüsterte ihm etwas zu, worauf er die Smiths neugierig musterte. Seine Rolle als Prominenter war für Adrian noch so neu, dass er sich verlegen abwandte.

»Wir haben ein bisschen Seegang«, sagte Eva. »Spürst du es auch?«

»Vielleicht sollten wir uns eine Flasche Champagner teilen.«

Als er die Bestellung aufgab, fand am anderen Tisch eine kurze Besprechung statt; dann erhob sich ein junger Mann und trat an Adrians und Evas Tisch.

»Sind Sie nicht Adrian Smith?«

»Ja, der bin ich.«

»Wir haben uns gefragt, ob Sie vielleicht Lust haben, an einem Decktennisturnier teilzunehmen. Wir wollen nämlich eins veranstalten.«

»Tja …« Adrian zögerte.

»Mein Name ist Stacomb«, platzte der junge Mann heraus. »Wir alle kennen Sie – Ihre Stücke, was Sie geschrieben haben und so – und wollten Sie fragen, ob Sie sich nicht an unseren Tisch setzen wollen.«

Adrian war ziemlich geschmeichelt und lachte. Der beredte, sanfte Mr. Stacomb stand mit hängenden Schultern da und wartete – offenbar in dem Glauben, ein überaus elegantes Kompliment gemacht zu haben.

Adrian, der dies begriff, antwortete: »Danke, aber vielleicht möchten Sie sich lieber an unseren Tisch setzen.«

»Unserer ist größer.«

»Aber wir sind älter – und gesetzter.«

Der junge Mann lächelte freundlich, als wollte er sagen: »Das ist doch nicht so schlimm.«

»Na gut, tragen Sie mich ein«, sagte Adrian. »Wie hoch ist das Startgeld?«

»Ein Dollar, Sir. Nennen Sie mich Stac.«

»Warum?«, fragte Adrian verdutzt.

»Das ist kürzer.«

Als er gegangen war, lächelten Adrian und Eva einander an.

»Du lieber Himmel«, stöhnte Eva, »ich glaube, sie kommen tatsächlich herüber.«

So war es. Man trank aus, rief den Ober, rückte Stühle – drei junge Männer und zwei junge Frauen kamen an den Tisch der Smiths. Falls jemand verunsichert war, dann die Gastgeber. Die Hinzugekommenen nahmen erwartungsvoll Platz und betrachteten Adrian mit Respekt – zu viel Respekt –, als wollten sie sagen: »Es ist wahrscheinlich ein Fehler und wird nicht sehr amüsant sein, aber vielleicht wird etwas dabei herausspringen, das uns später mal weiterhilft, zum Beispiel in der Schule.«

Miss D'Amido tauschte noch rasch den Platz mit einem jungen Mann, so dass ihre bezaubernde Gestalt neben Adrian zu sitzen kam, und sah ihn mit unverhüllter Bewunderung an.

»Ich hab mich vom ersten Moment an in Sie verliebt«, sagte sie vernehmlich und ohne jede Scheu. »Es ist ganz meine Schuld, dass wir uns so aufgedrängt haben. Ich habe Ihr Stück viermal gesehen.«

Adrian winkte den Ober herbei, damit er die Bestellungen aufnahm.

»Wir steuern auf einen Sturm zu, müssen Sie wissen«, fuhr Miss D'Amido fort, »und es könnte sein, dass Sie den Rest der Reise im Liegen werden verbringen müssen – da konnte ich nicht länger warten.«

Er merkte, dass in dem, was sie sagte, kein Unterton, keine Anzüglichkeit mitschwang, und das war auch gar nicht nötig. Die Worte sprachen für sich selbst, und die Ehrerbietung, mit der Miss D'Amido die anderen jungen Männer ignorierte und ihre höfliche Aufmerksamkeit einzig auf Adrian konzentrierte, war irgendwie sehr anrührend. Er errötete leicht und fand das alles äußerst anregend.

Eva war weniger davon angetan, doch der junge Mann mit der flachen Nase, dessen Name Butterworth war, kannte Bekannte von ihr, und das schien die Sache weniger unverbindlich und oberflächlich zu machen. Sie lernte nicht gern neue Leute kennen, es sei denn, sie hatten »etwas beizutragen«, und oft langweilte sie der breite Strom von Menschen aller Art, Bildung und Herkunft, der sich durch Adrians Leben wälzte. Sie »verfügte über alles« – was heißen sollte, dass sie sowohl Talent als auch Charme besaß –, und die bloße Tatsache, dass jemand »neu« war, erschien ihr kein ausreichender Grund dafür, sich ständig um ihn zu bemühen.

Als sie sich nach einer halben Stunde erhob, um nach den Kindern zu sehen, war sie froh, den Tisch zu verlassen. An Deck war es kühler und die Luft so feucht, dass es beinahe regnete; auch das Rollen des Schiffes war jetzt deutlicher zu spüren. Als sie die Tür ihrer Kabine erster Klasse öffnete, stellte sie überrascht fest, dass der Steward auf dem Bett zusammengesunken war und den Kopf auf das aufgeschüttelte Kissen gelegt hatte. Er sah sie apathisch an, machte jedoch keine Anstalten aufzustehen.

»Wenn Sie ausgeschlafen haben, könnten Sie mir einen neuen Kopfkissenbezug bringen«, sagte sie knapp.

Noch immer regte der Mann sich nicht. Sie sah, dass sein Gesicht grünlich verfärbt war.

»Wenn Sie seekrank sind, dann bitte nicht hier«, verkündete sie bestimmt. »Gehen Sie, und legen Sie sich in Ihr eigenes Bett.«

»Ich hab's hier, in der Seite«, sagte er matt. Er versuchte sich aufzurichten, gab aber einen kleinen, rasselnden Schmerzenslaut von sich und ließ sich wieder auf das Bett sinken. Eva läutete nach der Stewardess.

Ein stetiges Heben, Senken und Rollen hatte eingesetzt, und sie empfand keinerlei Sympathie für den Steward. Er sollte so schnell wie möglich verschwinden. Dass ein Mitglied der Mannschaft seekrank wurde, war unerhört. Als die Stewardess erschien, versuchte Eva ihr dies klarzumachen, doch inzwischen war ihr ebenfalls schwindlig, und sie warf sich auf das Bett und legte die Hand auf die Augen.

»Daran ist er schuld«, stöhnte sie, als der Mann, auf seine Kollegin gestützt, die Kabine verließ. »Mir ging's ganz gut, aber als ich ihn gesehen habe, ist mir übel geworden. Von mir aus soll er sterben.«

Einige Minuten später trat Adrian ein.

»O Gott, ist mir schlecht!«, rief sie.

»Ach, du armes Kind.« Er beugte sich zu ihr und nahm sie in die Arme. »Warum hast du mir das nicht gesagt?«

»Oben war ja noch alles in Ordnung, aber dann hab ich den Steward gesehen … Oh, mir ist so übel, dass ich gar nicht sprechen kann.«

»Du solltest dir das Abendessen lieber am Bett servieren lassen.«

»Abendessen! Um Gottes willen!«

Er verharrte besorgt, doch sie wollte seine Stimme hören – seine Stimme sollte das Ächzen der Spanten übertönen.

»Wo warst du?«

»Ich habe geholfen, Teilnehmer für das Tennisturnier zu werben.«

»Findet das bei diesem Seegang denn überhaupt statt? Wenn ja, kannst du mit mir nur verlieren.«

Er antwortete nicht; als sie die Augen aufschlug, sah sie, dass er die Stirn runzelte.

»Ich wusste nicht, dass du dich für das Doppel melden wolltest«, sagte er.

»Aber das ist doch das Einzige, was Spaß macht.«

»Ich habe dieser Miss D'Amido versprochen, mit ihr zusammen zu spielen.«

»Oh.«

»Ich habe gar nicht darüber nachgedacht. Du weißt, dass ich viel lieber mit dir spielen würde.«

»Warum hast du uns dann nicht eingetragen?«, fragte sie kühl.

»Es ist mir einfach nicht in den Sinn gekommen.«

Sie dachte daran, dass sie während ihrer Flitterwochen das Finale eines Turniers erreicht und einen Preis gewonnen hatten. Seither waren Jahre vergangen. Aber Adrian runzelte nur dann so reumütig die Stirn, wenn er sich ein bisschen schuldig fühlte. Er stolperte umher und nahm seine Abendgarderobe aus dem Schrankkoffer. Sie schloss die Augen.

Als ein besonders heftiges Schlingern sie aufschreckte, war er fertig angekleidet und band seine Krawatte. Er sah frisch und gesund aus, und seine Augen blickten hell und wach.

»Na, wie sieht's aus?«, fragte er. »Willst du mitkommen oder lieber nicht?«

»Nein.«

»Kann ich irgendwas für dich tun, bevor ich gehe?«

»Wohin gehst du denn?«

»Ich treffe mich mit diesen jungen Leuten aus der Bar. Kann ich irgendwas für dich tun?«

»Nein.«

»Schatz, ich lasse dich nicht gern allein in diesem Zustand.«

»Sei nicht albern. Ich will nur schlafen.«

Dieses besorgte Stirnrunzeln – dabei wusste sie, dass er nur aus dieser engen Kabine herauswollte. Sie war froh, als sich die Tür hinter ihm schloss. Was sie jetzt brauchte, war Schlaf, viel Schlaf.

Rauf – runter – zur Seite. He da, nicht so weit! Schieb mal hier ein bisschen! Und jetzt rollen, nach rechts – und jetzt nach links – und rum! Quietsch! Knarz!

Einige Stunden später wurde Eva undeutlich bewusst, dass Adrian sich über sie beugte. Sie wünschte sich, dass er die Arme um sie legte und sie aus dieser von Schwindel erfüllten Lethargie riss, doch noch bevor sie ganz bei sich war, hatte er die Kabine schon wieder verlassen. Er hatte nach ihr gesehen und war wieder gegangen. Als sie das nächste Mal erwachte, war es dunkel, und Adrian lag im Bett.

Der Morgen war frisch und kühl, und das Meer hatte sich gerade so weit beruhigt, dass Eva glaubte, aufstehen zu können. Sie frühstückten in der Kabine, und mit Adrians Hilfe gelang es ihr, sich halbwegs, aber nicht ganz befriedigend zurechtzumachen. Danach gingen sie aufs Bootsdeck. Das Tennisturnier hatte bereits begonnen und war ein Motiv für ein

Dutzend Amateurfilmkameras, doch die meisten Passagiere lagen als reglose Bündel auf Liegestühlen, neben sich unberührte Tabletts.

Adrian und Miss D'Amido traten zu ihrem ersten Match an. Sie war geschickt und elegant und spielte auffallend gut. Unter ihrer elfenbeinblassen Haut war noch mehr Wärme als am Tag zuvor. Der Erste Offizier schlenderte vorbei, blieb stehen und unterhielt sich mit ihr; ein halbes Dutzend Männer, die sie bis vor drei Tagen nicht gekannt haben konnte, nannten sie Betsy. Bereits jetzt stand fest, dass sie die attraktivste Frau dieser Reise war, eine Augenweide für die nach Schönheit hungernden Reisenden.

Nach einer Weile betrachtete Eva jedoch lieber die Möwen auf den Antennenmasten und das langsame Auf und Ab des Himmelrouleaus. Die meisten Passagiere wirkten albern mit ihren Filmkameras, die sie in aller Eile geholt hatten und mit denen sie nun nichts anzufangen wussten, während die Seeleute, die stumm die Aufhängungen der Rettungsboote lackierten, mitgenommen und mitfühlend aussahen und das Ende dieser Reise vermutlich ebenso herbeisehnten wie sie selbst.

Butterworth setzte sich neben ihrem Stuhl auf das Deck.

»Sie operieren gerade einen der Stewards. Muss schrecklich sein bei diesem Seegang.«

»Operieren? Warum?«, fragte sie ohne großes Interesse.

»Blinddarm. Und sie müssen ihn jetzt operieren, weil das Wetter noch schlechter wird. Deswegen ist die Schiffsparty auch auf heute Abend vorverlegt worden.«

»Ach, der arme Mann!«, rief sie. Es musste sich wohl um ihren Steward handeln.

Adrian versuchte inzwischen, durch große Höflichkeit und Rücksicht Eindruck zu schinden.

»Tut mir leid. Haben Sie sich weh getan? ... Nein, es war meine Schuld ... Sie sollten sich schnell eine Jacke anziehen, liebe Partnerin, sonst holen Sie sich eine Erkältung.«

Das Spiel war vorbei, die beiden hatten gewonnen. Erhitzt und aufgekratzt kam Adrian zu Eva.

»Wie geht's dir?«

»Schrecklich.«

»Die Sieger müssen in der Bar einen ausgeben«, sagte er entschuldigend.

»Ich komme mit«, sagte Eva, doch ein plötzliches Schwindelgefühl ließ sie wieder auf den Stuhl sinken.

»Du solltest lieber hierbleiben. Ich lasse dir etwas heraufbringen.«

Sie hatte das Gefühl, dass er sich ihr gegenüber in der Öffentlichkeit ein wenig distanziert verhielt.

»Kommst du dann zurück?«

»Ich bin gleich wieder da.«

Sie war allein auf dem Bootsdeck, nur ein einsamer Offizier ging mit wiegenden Schritten auf der Brücke auf und ab. Als man ihr den Cocktail gebracht hatte, zwang sie sich, ihn zu trinken, und fühlte sich gleich besser. Um sich mit angenehmen Gedanken abzulenken, dachte sie an die heiteren Gespräche, die sie und Adrian vor der Abreise geführt hatten: über das kleine Haus in der Bretagne und darüber, dass die Kinder Französisch lernen würden. Das war alles, woran sie sich erinnern konnte – das kleine Haus in der Bretagne, und die Kinder können Französisch lernen –, und darum wiederholte sie die Worte in Gedanken, bis sie so bedeutungslos waren wie der ferne weiße Himmel. Plötzlich wusste sie nicht mehr, warum sie überhaupt hier waren; sie fühlte sich unmotiviert und ausgeliefert und wünschte sich, Adrian möge schnell kommen, zärtlich und zugewandt, und sie trösten. Der Grund, warum sie ein Jahr in Frankreich verbringen wollten, war die Hoffnung, es gebe so etwas wie das Geheimnis eines Lebens in Anmut, einen echten Ersatz für die inzwischen verlorengegangene sorglose Zuversicht, wie sie sie mit einundzwanzig gehabt hatte.

Der Tag verging in Trübnis. Es waren weniger

Leute zu sehen, und der feuchte Himmel senkte sich immer tiefer. Plötzlich war es fünf Uhr, und sie waren wieder in der Bar, wo ihr Mr. Butterworth Geschichten aus seiner Vergangenheit erzählte. Eva trank einige Gläser Champagner, spürte jedoch die ganze Zeit undeutlich die Seekrankheit, als wäre diese eine Äußerung ihrer Seele, die sich mühte, die zunehmende Verkrustung eines unnatürlichen Lebens zu durchbrechen.

»Äußerlich sind Sie in meinen Augen die Verkörperung einer griechischen Göttin«, sagte Butterworth.

Es war schön, in Butterworths Augen die Verkörperung einer griechischen Göttin zu sein, aber wo war Adrian? Er und Miss D'Amido waren auf eines der Decks am Bug gegangen, um die Gischt zu spüren. Eva hörte sich sagen, sie werde ihre Farben auspacken und für die Party am Abend einen Eiffelturm auf Butterworths Hemdbrust malen.

Als Adrian und Betsy D'Amido, von der Gischt durchnässt, mit Mühe die Tür öffneten, gegen die der Wind immer heftiger drückte, und auf das Promenadendeck traten, das aus Sicherheitsgründen mit Planen überdeckt worden war, blieben sie stehen und sahen einander an.

»Und?«, fragte sie, doch er stand nur, an die Reling gelehnt, da, sah sie an und hatte Angst, etwas zu sagen. Auch sie schwieg, denn sie wollte, dass er zuerst sprach. Für eine kurze Weile geschah gar nichts. Dann machte sie einen Schritt auf ihn zu, und er nahm sie in die Arme und küsste sie auf die Stirn.

»Du hast nur Mitleid mit mir, sonst nichts.« Sie begann, ein wenig zu weinen. »Du willst nur nett sein.«

»Ich fühle mich schrecklich dabei.« Seine Stimme war angespannt und bebend.

»Dann küss mich.«

Das Deck war leer. Er beugte sich rasch zu ihr hinunter.

»Nein, einen richtigen Kuss.«

Er konnte sich nicht erinnern, je etwas so Junges und Frisches berührt zu haben wie ihre Lippen. Wie um ihn vergossene Tränen lagen Regentropfen auf ihren sanft schimmernden Porzellanwangen. Sie war ganz neu und makellos, und ihre Augen blickten herausfordernd.

»Ich liebe dich«, flüsterte sie. »Ich kann nichts dagegen tun. Schon als ich dich zum ersten Mal gesehen habe – nein, nicht hier auf dem Schiff, sondern vor über einem Jahr. Grace Heally hat mich zu einer Probe mitgenommen, und plötzlich bist du in der zweiten Reihe aufgesprungen und hast ihnen gesagt, was sie tun sollten. Damals habe ich dir einen Brief geschrieben, ihn dann aber zerrissen.«

»Wir müssen gehen.«

Sie weinte. Vor der Tür zu ihrer Kabine bot sie ihm noch einmal unbesonnen ihr Gesicht dar. Als er weiterging in Richtung Bar, toste das Blut durch seine Adern.

Er war froh, dass Eva ihn kaum wahrzunehmen schien und womöglich nicht einmal gemerkt hatte, dass er fort gewesen war. Er gab sich den Anschein, als interessierte er sich für das, was sie gerade tat. »Was ist das?«

»Sie malt mir für heute Abend den Eiffelturm auf die Hemdbrust«, erklärte Butterworth.

»So«, sagte Eva, legte den Pinsel beiseite und wischte sich die Hände ab. »Na, wie finden Sie's?«

»Ein Meisterwerk.«

Ihr Blick glitt über die Umstehenden und verweilte wie zufällig bei Adrian.

»Du bist ganz nass. Zieh dich lieber um.«

»Komm mit.«

»Ich will noch einen Champagnercocktail.«

»Du hattest schon genug. Wir müssen uns für die Party umziehen.«

Widerwillig klappte sie den Farbkasten zu und ging voraus.

»Stacomb hat einen Tisch für neun Personen reserviert«, bemerkte er, als sie durch den Korridor gingen.

»Die jungen Leute«, sagte sie mit unnötiger Bitterkeit. »Ach, die jungen Leute. Und du amüsierst dich großartig – mit einem Kind.«

In der Kabine hatten sie eine lange Diskussion, in deren Verlauf Eva unangenehme Dinge sagte und Adrian Ausflüchte machte, und sie endete erst, als das Schiff sich plötzlich gewaltig hob und senkte und Eva, bei der die Wirkung des Champagners bereits nachgelassen hatte, wieder übel wurde. Es blieb ihnen nichts anderes übrig, als sich einen weiteren Cocktail in der Kabine servieren zu lassen. Danach beschlossen sie, zur Party zu gehen – sie glaubte ihm jetzt, oder es war ihr gleichgültig.

Adrian war als Erster fertig – er trug nie aufwendige Abendgarderobe.

»Ich gehe schon mal vor. Komm bald nach.«

»Bitte warte auf mich. Das Schiff schaukelt so.«

Er setzte sich auf das Bett und verbarg seine Ungeduld.

»Es macht dir doch nichts aus zu warten, oder? Ich will da oben nicht ganz allein auftreten.«

Sie zupfte an dem orientalischen Kostüm, das sie vom Bordfriseur ausgeliehen hatte.

»Schiffe machen die Leute ganz verrückt«, sagte sie. »Ich finde sie grässlich.«

»Ja«, murmelte er geistesabwesend.

»Wenn es ganz schlimm wird, stelle ich mir vor,

ich sitze in einem Baumwipfel und schaukle hin und her. Aber dann muss ich nach und nach bei allem so tun, als ob, und es endet dann damit, dass ich so tue, als wäre ich geistig gesund, wenn ich genau weiß, dass ich es nicht bin.«

»Wenn du so denkst, wirst du wirklich verrückt.«

»Sieh mal, Adrian«, sagte sie und hielt die Perlenkette hoch, bevor sie sie anlegte, »sind sie nicht wunderschön?«

In seiner Ungeduld hatte Adrian den Eindruck, als bewegte sie sich in Zeitlupe durch die Kabine. Nach einer Weile fragte er: »Brauchst du noch lange? Es ist so stickig hier drinnen.«

»Dann geh doch!«, rief sie.

»Ich will nicht –«

»Geh, bitte! Wenn du mich so antreibst, machst du mich nur nervös.«

Mit gespieltem Widerwillen verließ er die Kabine. Nach kurzem Zögern ging er die Treppe zum nächsten Deck hinunter und klopfte an eine Tür.

»Betsy.«

»Einen Augenblick.«

In einer kurzen roten Jacke und einer Hose, beides vom Liftboy geliehen, trat sie aus ihrer Kabine.

»Haben Liftboys Flöhe?«, wollte sie wissen. »Ich habe vorsichtshalber jede Menge andere Sachen daruntergezogen.«

»Ich musste dich sehen«, sagte er schnell.

»Vorsicht«, flüsterte sie. »Mrs. Worden soll ein Auge auf mich haben. Sie hat die Kabine gegenüber. Aber sie ist seekrank.«

»Und ich bin krank vor Sehnsucht nach dir.«

Sie küssten sich unvermittelt, klammerten sich auf dem engen Korridor aneinander und schwankten im Rhythmus des Schiffes.

»Geh nicht weg«, murmelte sie.

»Ich muss aber. Ich –«

Ihre Jugend schien in ihn hineinzufließen und trug ihn empor in eine zarte romantische Ekstase, die weiter ging als bloße Leidenschaft. Er konnte nicht davon ablassen, er hatte etwas entdeckt, von dem er gedacht hatte, er habe es mit seiner Jugend für immer verloren. Als er den Korridor entlangging, merkte er, dass er aufgehört hatte zu denken, dass er es nicht mehr wagte zu denken.

Er traf Eva auf dem Weg zur Bar.

»Wo warst du?«, fragte sie ihn mit einem gezwungenen Lächeln.

»Ich habe einen Tisch reserviert.«

Sie sah wunderschön aus; ihre kühle Eleganz überstrahlte das banale Kostüm und erfüllte ihn wieder mit Freude und Stolz. Sie setzten sich an einen Tisch.

Der Sturm nahm mit jeder Stunde an Heftigkeit zu, und es wurde immer schwieriger, auch nur von einem Raum zum anderen zu gelangen. In jeder Kabine der ersten Klasse wurden Schrankkoffer an Waschtischen festgezurrt, und nervöse Damen, die sich seekrank und elend auf ihren Betten herumwälzten, erörterten die *Vestris*-Katastrophe in allen Details. Im Rauchsalon war ein stämmiger Passagier rückwärts gegen die Wand geschleudert worden und hatte eine schlimme Platzwunde davongetragen; jetzt waren die leichteren Tische und Stühle aufgestapelt und entlang der Wände mit Tauen festgezurrt worden.

Man hatte große Garderobe angelegt und nahm gemeinsam das Essen ein – die Gesellschaft war auf etwa sechzehn Personen angewachsen. Schaffte man es, in den Rauchsalon zu gelangen, gehörte man automatisch dazu. Das Spektrum reichte von einem in Groton und Harvard ausgebildeten Rechtsanwalt bis hin zu einem vollkommen ungebildeten Börsenhändler, dem man den Spitznamen »Gyp der Bluthund« verpasst hatte, doch alle Unterschiede hatten sich verwischt. Im Augenblick waren sie Samurai, aus mehreren hundert Passagieren auserwählt aufgrund ihrer überragenden Widerstandskraft gegen den Sturm.

Das Galadinner, das unter wie zum Spott aufgehängten Wimpeln und Lampions stattfand, wurde von langen kollektiven Rutschpartien, überstürzten

Rückzügen und verschütteten Getränken unterbrochen, während das Schiff ächzte und stöhnte: Es sei zwar herausgeputzt wie ein Palast, aber letztlich eben doch nur ein Schiff. Nach dem Essen versuchten ein Dutzend Paare, im Salon auf einem oberen Deck zu tanzen. In einem verrückten Fandango glitten und galoppierten sie hierhin und dorthin, rücksichtslos hin- und hergeworfen von einem Willen, der dem ihren entgegengesetzt war. Angesichts des Zustandes, in dem sich Hunderte andere gefolterte Passagiere auf den unteren Decks befanden, hatte dieses Treiben etwas zunehmend Frivoles, als würde man eine ausgelassene Feier in einem Haus veranstalten, in dem getrauert wurde, und schließlich wandten sich die stark dezimierten Standhaften der Bar zu.

Evas Gefühl der Unwirklichkeit verstärkte sich im Verlauf des Abends. Adrian war verschwunden – vermutlich mit Miss D'Amido –, und dieser Tatsache maß ihr durch Champagner und Seekrankheit strapazierter Geist immer mehr Bedeutung bei: Verärgerung verwandelte sich langsam in finster brütende Wut, Kummer in Verzweiflung. Sie hatte nie versucht, Adrian an sich zu binden, sie hatte nie das Bedürfnis dazu verspürt – sie waren schließlich zwei vernünftige Menschen, die alle möglichen Interessen teilten und einander genügten –, doch dies war ein Vertragsbruch, dies war grausam. Wie konnte er nur annehmen, sie würde es nicht bemerken?

Stunden später, wie ihr schien, als sie irgendeiner Frau einen leidenschaftlichen Vortrag über Babys hielt, beugte er sich in der Bar über ihren Sessel und sagte: »Eva, wir sollten zu Bett gehen.«

Sie verzog den Mund. »Damit du mich dort zurücklassen und zu deiner Achtzehnjährigen schleichen kannst.«

»Sei still.«

»Ich gehe nicht zu Bett.«

»Na gut. Gute Nacht.«

Die Zeit verging, die Besetzung des Tischs wechselte. Die Stewards wollten die Bar schließen. Eva dachte daran, dass Adrian – ihr Adrian – jetzt irgendwo einem schönen, frischen Mädchen Zärtlichkeiten ins Ohr flüsterte, und begann zu weinen.

»Er ist bestimmt zu Bett gegangen«, versicherten ihr die letzten anderen Gäste. »Wir haben ihn in Richtung Ihrer Kabine gehen sehen.«

Sie schüttelte den Kopf. Sie wusste es besser. Adrian war für sie verloren. Der lange, sieben Jahre währende Traum war vorüber. Wahrscheinlich war das die Strafe für etwas, das sie getan hatte, und bei diesem Gedanken begannen die Träger und Balken über ihr zu murmeln, dass sie endlich den wahren Grund gefunden habe. Es war die Strafe für ihre Dickköpfigkeit gegenüber ihrer Mutter, die gegen die Heirat gewesen war, für alle Sünden und Unterlassungen, deren sie sich in ihrem Leben schuldig gemacht hatte. Sie erhob sich und sagte, sie müsse hinausgehen und etwas frische Luft schnappen.

Das Deck war dunkel und von Wind und Regen gepeitscht. Das Schiff stampfte durch Wellentäler und floh vor schwarzen herandonnernden Wasserbergen. Eva sah, dass sie keine Chance hatten, es sei denn, sie brachte ein Opfer, um den Sturm zu beschwichtigen. Er forderte Adrians Liebe. Mit Bedacht öffnete sie den Verschluss der Halskette, küsste sie – denn sie wusste, dass sie den schönsten, frischesten Teil ihres Lebens symbolisierte – und warf sie in das Tosen.

III

Als Adrian erwachte, wurde gerade zum Mittagessen geläutet, doch er wusste, dass ihn ein stärkeres Geräusch geweckt hatte. Der Schrankkoffer hatte sich losgerissen und wurde zwischen dem Schrank und Evas Bett hin- und hergeworfen. Mit einem Schrei fuhr Adrian hoch, doch Eva war unversehrt – sie war noch angekleidet und schlief tief und fest. Als der Steward, der ihm half, den Koffer wieder zu sichern, gegangen war, öffnete sie ein Auge.

»Wie geht's?«, fragte er und setzte sich auf ihr Bett.

Sie schloss das Auge und öffnete es wieder.

»Wir haben jetzt schweren Sturm«, sagte er. »Der Steward sagt, es ist der schlimmste, den er in zwanzig Jahren erlebt hat.«

»Mein Kopf«, murmelte sie. »Halt meinen Kopf.«

»Wie?«

»An der Stirn. Meine Augen fallen gleich raus. Ich glaube, ich muss sterben.«

»Unsinn. Soll ich den Arzt holen?«

Sie stieß ein seltsames leises Keuchen aus, das ihn beängstigte. Er läutete und schickte den Steward nach dem Arzt.

Der Arzt war jung, blass und müde. Er hatte einen Bartschatten. Als er eintrat, verbeugte er sich knapp, wandte sich an Adrian und sagte ohne höfliche Einleitung: »Worum geht es?«

»Meine Frau fühlt sich nicht wohl.«

»Und was soll ich tun? Ihr ein Beruhigungsmittel geben?«

Adrian war ein wenig verärgert darüber, dass er so kurz angebunden war, und sagte: »Sie sollten sie wohl lieber erst untersuchen, um zu sehen, was sie braucht.«

»Sie braucht ein Beruhigungsmittel«, sagte der Arzt. »Ich habe Anweisung gegeben, ihr auf diesem Schiff keinerlei alkoholische Getränke mehr auszuschenken.«

»Warum nicht?«, fragte Adrian erstaunt.

»Wissen Sie denn nicht, was gestern Nacht passiert ist?«

»Nein, ich habe geschlafen.«

»Ihre Frau ist eine Stunde lang auf dem Schiff herumgeirrt, ohne zu wissen, was sie tat. Ein Matrose wurde abgestellt, um ihr zu folgen, und als eine Stewardess sie zu Bett bringen wollte, hat Mrs. Smith beleidigende Dinge gesagt.«

»Lieber Gott«, rief Eva leise.

»Die Krankenschwester und ich waren die ganze Nacht bei Steward Carton, der heute Morgen gestorben ist.« Der Arzt nahm seine Tasche. »Ich werde Mrs. Smith ein Beruhigungsmittel bringen lassen. Guten Tag.«

Für einige Minuten war es still in der Kabine. Dann legte Adrian mit einer raschen Bewegung den Arm um Eva.

»Macht nichts«, sagte er. »Das bügeln wir wieder aus.«

»Jetzt weiß ich es wieder.« Ihre Stimme war ein andächtiges Flüstern. »Meine Perlen. Ich hab sie über Bord geworfen.«

»Du hast sie über Bord geworfen?«

»Und dann hab ich dich gesucht.«

»Aber ich war doch hier, im Bett.«

»Das konnte ich eben nicht glauben. Ich dachte, du wärst bei diesem Mädchen.«

»Ihr ist beim Essen übel geworden. Ich war hier und habe geschlafen.«

Stirnrunzelnd läutete er nach dem Steward und bestellte das Mittagessen und eine Flasche Bier.

»Es tut mir leid, Sir, aber wir dürfen keine alkoholischen Getränke in Ihre Kabine bringen.«

Als der Mann gegangen war, platzte Adrian heraus: »Das ist unerhört! Du warst einfach völlig durcheinander von diesem Sturm – das können die nicht einfach so beschließen. Ich werde mit dem Kapitän sprechen.«

»Ist das nicht schrecklich?«, murmelte Eva. »Der arme Mann ist gestorben.«

Sie drehte sich um und weinte in das Kissen. Es klopfte an der Tür.

»Darf ich hereinkommen?«

Der beflissene Mr. Butterworth, der erstaunlich gesund und frisch wirkte, trat in die wild schwankende Kabine.

»Nun, wie geht es unserer Mystikerin?«, fragte er in Evas Richtung. »Erinnern Sie sich, dass Sie gestern Abend in der Bar zu den Elementen gebetet haben?«

»Ich will mich an nichts erinnern, was gestern Abend geschehen ist.«

Sie erzählten ihm von der Stewardess, und diese Geschichte lockerte die Stimmung ein wenig auf. Sie lachten gemeinsam darüber.

»Ich hole Ihnen gleich eine Flasche Bier für Ihr Mittagessen«, sagte Butterworth. »Und Sie sollten ein bisschen an Deck gehen.«

»Gehen Sie nicht«, sagte Eva. »Sie sehen so nett und vergnügt aus.«

»Ich bin gleich wieder da.«

Als er gegangen war, läutete Adrian, um zwei Bäder vorbereiten zu lassen.

»Wir werden unsere besten Sachen anziehen und mit hocherhobenem Kopf drei Runden an Deck drehen«, sagte er.

»Ja.« Nach kurzem Schweigen fügte sie geistesabwesend hinzu: »Ich mag diesen jungen Mann. Als du gestern Abend verschwunden warst, war er sehr freundlich zu mir.«

Der Steward erschien mit der Information, das Baden sei heute zu gefährlich. Sie befänden sich mitten im schwersten Sturm, den es seit zehn Jahren im Nordatlantik gegeben habe; am Morgen hätten sich bereits zwei Passagiere bei dem Versuch, ein Bad zu nehmen, den Arm gebrochen. Eine ältere Dame sei eine Treppe hinuntergestürzt und werde ihre Verletzungen wohl nicht überleben. Außerdem habe man mehrere Notrufe anderer Schiffe aufgefangen.

»Werden wir ihnen zu Hilfe eilen?«

»Sie sind allesamt hinter uns, Sir, also werden wir sie der Mauretania überlassen. Die Bullaugen würden bersten, wenn wir bei diesem Seegang wenden würden.«

Diese Vielzahl von Katastrophen ließ ihre eigenen Sorgen kleiner erscheinen. Nachdem sie eine Art Mittagessen zu sich genommen und das von Butterworth besorgte Bier getrunken hatten, kleideten sie sich an und gingen an Deck.

Obwohl man nur mühsam einen Fuß vor den anderen setzen konnte und sich dabei an einem Geländer oder Seil festhalten musste, waren mehr Menschen unterwegs als am Tag zuvor. Die Angst hatte sie aus den Kabinen getrieben, wo die Koffer mit Getöse hin und her rutschten und die Wellen gegen die Bullaugen schlugen. Sie erwarteten jeden Augenblick, zu den Booten gerufen zu werden. Und tatsächlich erklang, als Adrian und Eva auf dem Querdeck über der zweiten Klasse standen, ein Signal, und auf dem Deck unter ihnen versammelten sich Stewards und Stewardessen, doch das Schiff war unbeschädigt – es hatte länger durchgehalten als einer der Menschen, die es trug: Der Leichnam des Stewards James Carton wurde der See übergeben.

Es war sehr britisch und traurig. Die Männer und Frauen standen, in Reihen angetreten, diszipliniert und steif im strömenden Regen, und zwischen ihnen lag eine Gestalt, eingehüllt in die Fahne jener Meeresnation. Der Zahlmeister sprach ein Gebet, ein Choral wurde gesungen, und der Leichnam glitt in die tosenden Wogen. Eva brach bei dieser schlichten Zeremonie in haltloses Weinen aus – es war, als würde in ihr ein letzter Faden reißen. Nun war ihr wirklich alles gleichgültig. Butterworths Angebot, Champagner in die Kabine der Smiths zu bringen, nahm sie ohne zu zögern an. Ihre Stimmung machte Adrian Sorge; sie war es nicht gewohnt, so viel zu trinken, und er fragte sich, was er dagegen tun sollte. Auf seinen Vorschlag, sie sollten lieber ein wenig schlafen, reagierte sie nur mit Lachen, und das Beruhigungsmittel, das der Arzt hatte bringen lassen, stand unberührt auf dem Waschtisch. Er tat, als hörte er den Schwachsinnigkeiten mehrerer Mr. Stacombs zu, ließ Eva jedoch nicht aus den Augen. Überrascht und bedrückt stellte er fest, dass zwischen ihr und Butterworth ein vertrautes, ja intimes Verhältnis zu bestehen schien, und fragte sich, ob das eine Art Rache für die Aufmerksamkeit war, die er Betsy D'Amido hatte zuteil werden lassen.

Die Kabine war verraucht, es wurde unaufhörlich geredet. Die Tatsache, dass alle Aktivitäten eingestellt waren und man auf das Ende des Sturms warten musste, begann Adrian auf die Nerven zu gehen. Sie waren erst seit vier Tagen unterwegs, doch es kam ihm vor wie ein Jahr.

Die beiden Mr. Stacombs gingen schließlich, aber Butterworth blieb. Eva drängte ihn, eine weitere Flasche Champagner zu besorgen.

»Wir haben genug getrunken«, widersprach Adrian. »Wir sollten etwas schlafen.«

»Ich will nicht schlafen!«, rief sie. »Du musst verrückt sein! Du vergnügst dich nach Herzenslust, und wenn ich jemanden finde, den ich … den ich mag, willst du, dass ich schlafe!«

»Du bist hysterisch.«

»Ganz im Gegenteil: Ich bin noch nie so klar bei Verstand gewesen.«

»Ich glaube, Sie sollten jetzt lieber gehen, Butterworth«, sagte Adrian. »Eva weiß nicht, was sie sagt.«

»Er geht nicht, ich will nicht, dass er geht.« Sie griff leidenschaftlich nach Butterworths Hand. »Er ist der Einzige, der einigermaßen anständig zu mir war.«

»Sie sollten jetzt gehen, Butterworth«, wiederholte Adrian.

Der junge Mann sah sich unschlüssig um.

»Mir scheint, Sie tun Ihrer Frau unrecht«, wandte er ein.

»Meine Frau ist nicht bei Sinnen.«

»Das ist kein Grund, sie zu bevormunden.«

Adrian verlor die Geduld. »Raus mit Ihnen!«, rief er.

Die beiden Männer starrten einander schweigend an. Dann wandte Butterworth sich zu Eva, sagte: »Ich komme später noch einmal« und verließ die Kabine.

»Eva, du musst dich zusammenreißen«, sagte Adrian, als die Tür sich geschlossen hatte.

Sie gab keine Antwort und sah ihn mit halbgeschlossenen Augen schmollend an.

»Ich werde das Abendessen für uns beide bestellen, und danach werden wir versuchen, etwas zu schlafen.«

»Ich will rauf und ein Funktelegramm schicken.«

»An wen?«

»An einen Anwalt in Paris. Ich will die Scheidung.«

Trotz seiner Verärgerung musste er lachen. »Sei nicht albern.«

»Und dann will ich nach den Kindern sehen.«

»Also gut, sieh nach den Kindern. Ich werde das Abendessen bestellen.«

Zwanzig Minuten lang wartete er in der Kabine auf sie. Dann öffnete er ungeduldig die Tür zur gegenüberliegenden Kabine; das Kindermädchen sagte ihm, Mrs. Smith sei nicht da gewesen.

Plötzlich überkam ihn die Vorahnung einer bevorstehenden Katastrophe. Er rannte die Treppe hinauf, sah in die Bar, die Salons, klopfte sogar an Butterworths Tür. Dann eine schnelle Runde über die Decks – er tastete sich durch Finsternis, Gischt und Regen. An einer Seilabsperrung wurde er von einem Matrosen aufgehalten.

»Ich habe Befehl, niemanden durchzulassen, Sir. Der Funkraum hat einen Brecher abgekriegt.«

»Haben Sie eine Dame gesehen?«

»Ja, eben war eine hier.« Er hielt inne und sah sich um. »Nanu – jetzt ist sie weg.«

»Sie ist hinaufgegangen«, rief Adrian voller Angst. »Zum Funkraum.«

Stolpernd und rutschend kletterte der Matrose die Treppe zum Bootsdeck hinauf. Adrian folgte ihm. Als er aus dem Schutz des Treppenaufgangs trat, versetzte ein riesiger Brecher dem Schiff einen so heftigen Stoß, dass es sich um fünfundvierzig Grad neigte. Adrian wurde hilflos über das vom Wasser überspülte Deck geschleudert und blieb benommen und zerschlagen an der Reling liegen.

»Eva!«, schrie er. Seine Stimme verhallte in der Schwärze des Sturms. Im schwachen Licht, das durch das Fenster des Funkraums schien, sah er den Matrosen, der sich mühsam vorarbeitete.

»Eva!«

Der Sturm wehte ihn wie ein Segel gegen ein Rettungsboot. Dann erbebte das Schiff abermals, und hoch über ihm, über dem Schiff, türmte sich eine gigantische, weiß schimmernde Welle auf. Sie verharrte für den Bruchteil einer Sekunde, und in diesem Augenblick sah er Eva, die etwa sechs Meter entfernt neben einem Belüfter stand. Er stieß sich von der Reling ab und stürzte sich auf sie, doch da brach die Woge krachend und brüllend über das Schiff herein. Das Deck stand eineinhalb Meter tief unter Wasser, Adrian wurde mit gewaltiger Kraft zur Seite geschleudert und stieß mit einem Körper zusammen, den er fest an sich drückte, während er ein zweites Mal an die Reling gespült wurde. Er spürte einen mächtigen Schlag, hielt seine Last aber in verzweifeltem Griff, und als das Schiff sich langsam wieder aufrichtete, wurden die beiden, noch immer umklammert, erschöpft auf die nassen Planken gespült. Für einen Augenblick verlor er das Bewusstsein.

IV

Zwei Tage später, als der Schiffszug gemächlich in Richtung Süden nach Paris fuhr, versuchte Adrian, die Kinder zu überreden, durch die Fenster einen Blick auf die Normandie zu werfen.

»Es ist schön hier«, sagte er. »All die kleinen Bauernhöfe sehen wie Spielzeug aus. Warum wollt ihr euch das denn nicht ansehen?«

»Mir hat's auf dem Schiff besser gefallen«, sagte Estelle.

Ihre Eltern wechselten einen Blick – sie hätten dem Kind den Hals umdrehen mögen.

»Ich habe noch immer das Gefühl, als würde das Schiff unter mir schwanken«, sagte Eva und erschauerte. »Und du?«

»Nein. Irgendwie erscheint mir das alles ganz weit entfernt. Am Zoll kamen mir die anderen Passagiere vor wie Fremde.«

»Die meisten hatten sich ja vorher auch nicht blicken lassen.«

Er zögerte. »Übrigens habe ich Butterworth seinen Scheck eingelöst.«

»Das war dumm. Du wirst das Geld nie wiedersehen.«

»Er muss es ziemlich dringend gebraucht haben, sonst wäre er nicht zu mir gekommen.«

Ein blasses, zartes Mädchen ging auf dem Gang vorbei, erkannte sie und streckte den Kopf durch die Schiebetür. »Wie geht es Ihnen?«

»Schrecklich.«

»Mir auch«, sagte Miss D'Amido. »Ich hoffe nur, dass mein Verlobter mich an der Gare du Nord noch wiedererkennt. Wussten Sie, dass der Funkraum zwei Wellen abbekommen hat?«

»Das haben wir gehört«, antwortete Adrian trocken.

Anmutig ging sie weiter und verschwand aus ihrem Leben.

»In Wirklichkeit ist das alles gar nicht passiert«, sagte Adrian nach einer kurzen Pause. »Es war ein Alptraum, ein unglaublich schrecklicher Alptraum.«

»Und wo sind dann meine Perlen?«

»In Paris gibt es schönere, Liebling. Ich übernehme die Verantwortung für deine Perlen. Ich bin fest davon überzeugt, dass du das Schiff gerettet hast.«

»Wir machen einfach nie wieder neue Bekanntschaften, Adrian. Wir bleiben immer zusammen – nur wir zwei.«

Er nahm ihren Arm und drückte sich an sie. »Wer waren bloß dieser Adrian Smith und Gemahlin dort auf dem Schiff?«, sagte er. »Ich jedenfalls nicht.«

»Ich auch nicht.«

»Muss wohl jemand anders gewesen sein«, sagte er und nickte. »Es gibt ja so viele Smiths.«

Die Hochzeitsparty

I

Es kam das übliche verlogene Briefchen, das besagte:

»Ich wollte, dass du es als Erster erfährst.« Für Michael war es ein doppelter Schock, denn da wurden zugleich die Verlobung und die unmittelbar bevorstehende Heirat angekündigt; und die sollte obendrein nicht in New York stattfinden, taktvoll entfernt von ihm, sondern hier in Paris, genau vor seinen Augen oder zumindest fast, nämlich in der Protestant Episcopal Church of the Holy Trinity in der Avenue George V. Der Termin war in zwei Wochen, Anfang Juni.

Zuerst wurde Michael angst, und er fühlte eine Leere im Magen. Als er an diesem Morgen das Hotel verließ, spürte die *femme de chambre*, die in sein gutgeschnittenes Profil und in sein munteres Wesen verliebt war, sogleich, dass ihn etwas beschäftigte und bedrückte. Er ging wie betäubt zu seiner Bank, kaufte bei Smith in der Rue de Rivoli einen Detektivroman, betrachtete eine Weile bewegt ein ausgeblichenes Panorama der Schlachtfelder im Fenster eines Reisebüros und verfluchte einen griechischen Straßenhändler, der ihn mit einem halb vorgezeigten Päckchen harmloser Postkarten verfolgte, die angeblich sehr unanständig waren.

Aber das Angstgefühl blieb, und nach einer Weile erkannte er darin die Angst, dass er nie wieder glücklich sein würde. Er hatte Caroline Dandy kennengelernt, als sie siebzehn war, hatte ihr junges Herz während ihrer ganzen ersten Ballsaison in New York besessen und es dann langsam auf tragische, sinnlose Weise verloren, weil er kein Geld besaß und nicht zu Geld kommen würde; weil er bei aller Anstrengung und allem guten Willen nicht zu sich selbst finden konnte; weil Caroline, die ihn immer noch liebte, kein Vertrauen mehr hatte und ihn allmählich als mitleiderregend, unfähig und heruntergekommen empfand, ausgeschlossen von dem großen glänzenden Lebensstrom, zu dem es sie unwiderstehlich hinzog.

Da er sich einzig und allein darauf stützen konnte, dass sie ihn liebte, suchte er darin seinen Halt; die Stütze zerbrach, dennoch klammerte er sich an sie, wurde aufs Meer hinausgetrieben und an die französische Küste geschwemmt, die Bruchstücke immer noch in seinen Händen. Er schleppte sie mit sich herum in Form von Fotos und gebündelten Briefen und der Schwäche für einen rührseligen Gassenhauer, der *Among My Souvenirs* hieß. Er hielt sich von anderen Frauen fern, als würde Caroline das irgendwie spüren und es aus treuem Herzen vergelten. Ihr Brief aber sagte ihm, dass er sie für immer verloren hatte.

Es war ein schöner Morgen. Vor den Läden in der Rue de Castiglione standen die Ladeninhaber und ihre Kunden auf dem Bürgersteig und blickten nach oben, denn der »Graf Zeppelin«, Symbol von Rettung und Zerstörung – von Rettung notfalls durch Zerstörung – schwebte silberglänzend und prächtig am Himmel von Paris. Michael hörte eine Frau auf Französisch sagen, es würde sie nicht überraschen, wenn er jetzt Bomben fallen ließe. Dann hörte er eine andere Stimme, die von einem kehligen Lachen begleitet war, und die Leere in seinem Magen erstarrte. Er fuhr herum und stand Auge in Auge mit Caroline Dandy und ihrem Verlobten.

»Nein, Michael! Wir haben uns schon überlegt, wo du wohl steckst. Ich fragte beim Guaranty Trust an und bei Morgan & Co., und dann schickte ich eine Nachricht an die National City…«

Warum wichen sie nicht zurück und verschwanden? Warum gingen sie nicht einfach rückwärts die Rue de Castiglione hinunter, über die Rue de Rivoli, durch die Tuilerien, und immer weiter rückwärts, so schnell sie konnten, bis sie undeutlicher wurden und jenseits des Flusses verschwanden?

»Das ist Hamilton Rutherford, mein Verlobter.«

»Wir haben uns schon kennengelernt.«

»Bei Pat, nicht wahr?«

»Und voriges Frühjahr in der Bar vom Ritz.«

»Michael, wo haben Sie sich denn herumgetrieben?«

»Hier in der Gegend.« Was für eine Qual! Frühere Begegnungen mit Hamilton Rutherford blitzten vor ihm auf – eine rasche Folge von Bildern, Aussprüchen. Er erinnerte sich, gehört zu haben, dass Rutherford 1920 für ein Darlehen von hundertfünfundzwanzigtausend einen Landsitz gekauft und ihn unmittelbar vor dem Fälligkeitstermin für mehr als eine halbe Million verkauft hatte. Er war nicht so gutaussehend wie Michael, aber von anziehender Vitalität, selbstsicher, gebieterisch und für Caroline gerade richtig groß – Michael war immer etwas zu klein für sie gewesen, wenn sie tanzten.

Rutherford sagte gerade: »Und ich fände es sehr nett, wenn Sie zu dem Junggesellenabschied kämen. Ich habe die Ritz-Bar dafür gemietet, von neun Uhr an. Und dann gleich nach der Hochzeit gibt es einen Empfang und Frühstück im Hotel George V.«

»Und, Michael, George Packman gibt übermorgen eine Party im Chez Victor, und ich möchte, dass du unbedingt kommst. Und auch am Freitag zum Tee bei Jebby West; sie würde dich bestimmt dabeihaben wollen, wenn sie wüsste, dass du hier bist. Welches ist dein Hotel, damit wir dir eine Einladung schicken können? Der Grund, weißt du, warum wir es hier machen, ist, weil Mutter hier in einer Privatklinik gepflegt wird, und der ganze Clan ist in Paris. Schließlich ist auch Hamiltons Mutter gerade hier…«

Der ganze Clan! Mit Ausnahme ihrer Mutter hatten diese Leute ihn immer gehasst, hatten sein Werben stets missbilligt. Was für eine kleine Münze war er doch in diesem Spiel um Familien und Geld! Unter seinem Hut schwitzte er vor Demütigung darüber, dass er bei all seinem Unglück noch so vieler Einladungen für wert befunden wurde. Halb von Sinnen murmelte er etwas von Abreisen.

Da geschah es – Caroline sah tief in ihn hinein, und Michael spürte das. Sie sah hindurch bis auf den Grund seiner tiefen Verletztheit, und etwas regte sich in ihr und erstarb in ihren Mundwinkeln und ihren Augen. Er hatte sie angerührt. Alle unvergesslichen Regungen der ersten Liebe stiegen noch einmal in ihr auf; ihre Herzen hatten sich über zwei Fußbreit dieses sonnigen Pariser Morgens hinweg berührt. Sie nahm plötzlich den Arm ihres Verlobten, als müsse sie sich dadurch wieder einen Halt geben.

Sie verabschiedeten sich. Michael entfernte sich zügigen Schrittes; nach einer Minute blieb er unter dem Vorwand, ein Schaufenster zu betrachten, stehen und sah sie weiter oben in der Straße, wie sie schnell zur Place Vendôme gingen – Leute, die viel vorhatten.

Auch er hatte etwas vor – er musste seine Wäsche abholen.

›Nichts wird je wieder, wie es war‹, sagte er zu sich. ›Sie wird in ihrer Ehe niemals glücklich sein, und ich werde überhaupt nie mehr glücklich sein.‹

Die beiden lebhaften Jahre seiner Liebe zu Caroline bewegten sich rückläufig um ihn wie Jahre in Einsteins Physik. Quälende Erinnerungen stiegen in ihm auf – an Fahrten im Mondschein auf Long Island; an eine schöne Zeit am Lake Placid, als ihre Wangen so kalt waren, aber innerlich glühten; an einen hoffnungslosen Nachmittag in einem kleinen Café in der Forty-eighth Street in den letzten traurigen Monaten, als ihre Heirat schon unmöglich erschien.

»Herein«, sagte er laut.

Es war die Concierge mit einem Telegramm. Sie war unfreundlich, weil Mr. Curlys Anzüge ziemlich abgetragen waren, weil Mr. Curly wenig Trinkgeld gab und weil er ganz offensichtlich nur ein *petit client* war.

Michael las das Telegramm.

»Eine Antwort?«, fragte die Concierge.

»Nein«, sagte Michael, und dann aus einem plötzlichen Impuls: »Hier, lesen Sie.«

»Sehr bedauerlich«, sagte die Concierge. »Ihr Großvater ist gestorben.«

»Nicht allzu bedauerlich«, sagte Michael. »Es bedeutet, dass ich eine Viertelmillion Dollar erbe.«

Einen einzigen Monat zu spät; nach der ersten Aufregung über die Nachricht fühlte er sich unglücklicher denn je. Wach im Bett liegend, hörte er in dieser Nacht endlos die lange Karawane eines Zirkus durch die Straßen fahren, von einem Pariser Rummelplatz zum anderen.

Als der letzte Zirkuswagen außer Hörweite gerumpelt war und die Winkel des Zimmers sich mit der Morgendämmerung pastellblau lichteten, dachte er immer noch an den Ausdruck in Carolines Augen – ein Blick, der zu sagen schien: »Oh, warum hast du nicht etwas tun können? Warum konntest du dich nicht als stärker erweisen, mich dazu bringen, dich zu heiraten? Siehst du nicht, wie unglücklich ich bin?«

Michael ballte die Fäuste.

»Ich darf jetzt noch nicht aufgeben«, flüsterte er. »Ich hatte bis jetzt alles erdenkliche Pech, und vielleicht wendet sich am Ende das Blatt noch. Man nimmt, was man kriegen kann, soweit man die Kraft dazu hat, und wenn ich Caroline nicht haben kann, so wird sie wenigstens etwas von mir im Herzen tragen, wenn sie in diese Ehe geht.«

II

Und so ging er zwei Tage später zu der Party im Chez Victor, oben in den kleinen Salon neben der Bar, wo man sich zum Cocktail versammeln sollte. Er war früh dran; außer ihm war nur noch ein großer magerer Mann von etwa fünfzig Jahren da. Sie kamen ins Gespräch.

»Sind Sie auch wegen George Packmans Party hier?«

»Ja. Mein Name ist Michael Curly.«

»Mein Name ist…«

Michael hatte den Namen nicht richtig mitbekommen. Sie bestellten einen Drink, und Michael gab der Vermutung Ausdruck, dass Braut und Bräutigam sich dieser Tage wohl bestens amüsierten.

»Viel zu sehr«, meinte der andere stirnrunzelnd. »Ich weiß nicht, wie sie das durchhalten. Wir kamen alle zusammen mit dem Schiff herüber; fünf verrückte Tage und dann zwei Wochen Paris. Sie werden…«, er zögerte lächelnd, »Sie werden es mir nicht übelnehmen, wenn ich sage, dass Ihre Generation zu viel trinkt.«

»Nicht Caroline.«

»Nein, Caroline nicht. Es scheint, sie nimmt nur einen Cocktail und ein Glas Champagner, und dann hat sie genug, Gott sei Dank. Aber Hamilton trinkt zu viel, und dieses ganze junge Volk trinkt zu viel. Leben Sie in Paris?«

»Im Augenblick, ja«, sagte Michael.

»Ich mag Paris nicht. Meine Frau – will sagen, meine Exfrau, Hamiltons Mutter – lebt in Paris.«

»Sie sind Hamilton Rutherfords Vater?«

»Ich habe diese Ehre. Und ich leugne nicht, dass ich stolz bin, wie weit er's gebracht hat; das hört man jetzt allgemein.«

»Natürlich.«

Michael blickte nervös auf, als vier weitere Gäste kamen. Es wurde ihm plötzlich wieder bewusst, dass sein Smoking alt und abgetragen war; er hatte am Morgen einen neuen bestellt. Die Neuankömmlinge waren reich und alle miteinander in ihrem Reichtum zu Hause – ein hübsches dunkelhaariges Mädchen, das manchmal hysterisch auflachte und das er schon früher getroffen hatte; zwei vorlaute Männer, deren Scherze sich ausschließlich um den Klatsch des gestrigen und um die Möglichkeiten des heutigen Abends drehten, als hätten sie wichtige Rollen in einem Stück zu spielen, das sich unendlich in die Vergangenheit und in die Zukunft erstreckte. Als Caroline ankam, sah Michael sie kaum, aber der Bruchteil eines Augenblicks genügte ihm, um festzustellen, dass sie, wie alle anderen auch, abgespannt und müde war. Sie war blass unter ihrem Rouge und hatte Schatten unter den Augen. Mit einer Mischung aus Erleichterung und verletzter Eitelkeit fand er sich weit von ihr an einem anderen Tisch platziert; er brauchte einen Augenblick, um sich auf seine Umgebung einzustellen. Dies hier war nicht der unreife Kreis, in dem er und Caroline verkehrt hatten; die Männer waren über dreißig und wirkten so, als hätten sie die besten Güter dieser Welt für sich gepachtet. Neben ihm saß Jebby West, die er schon kannte, und auf der anderen Seite ein jovialer Mann, der sogleich von einer ulkigen Überraschung zu reden anfing, die man sich für den Junggesellenabschied ausgedacht hatte: Sie würden eine kleine Französin engagieren, die mit einem echten Baby auf dem Arm zu erscheinen und zu jammern hatte: »Hamilton, du kannst mich doch jetzt nicht verstoßen!« Michael fand die Idee abgestanden und gar nicht witzig, aber ihr Erfinder schüttelte sich schon im Voraus vor Lachen.

Weiter oben am Tisch war die Rede vom Aktienmarkt – wieder ein Kursrückgang heute, der empfindlichste seit dem Börsenkrach; man zog Rutherford damit auf: »Pech für dich, alter Knabe. Du tätest besser, erst gar nicht zu heiraten.«

Michael fragte den Mann zu seiner Linken: »Hat er viel verloren?«

»Das weiß niemand. Er steckt tief drin, aber er ist einer der gerissensten jungen Männer der Wall Street. Und schließlich sagt einem keiner je die Wahrheit.«

Es war von Anfang an ein Champagnerdinner, und zum Ende hin entwickelte sich eine muntere Geselligkeit. Aber Michael sah, dass alle diese Leute zu müde waren, um durch irgendein normales Stimulans in Stimmung zu kommen; seit Wochen tranken sie vor den Mahlzeiten Cocktails wie die Amerikaner, Weine und Cognacs wie die Franzosen, Bier wie die Deutschen und Whiskey Soda wie die Engländer, und da sie nicht mehr in den Zwanzigern waren, diente dieses einem alptraumhaften Riesencocktail gleichende, absurde Gemisch höchstens dazu, dass sie sich ihres schlechten Benehmens vom Abend zuvor zeitweilig weniger bewusst waren. Womit gesagt sein soll, dass es nicht eigentlich eine lustige Party war; wenn von fröhlicher Stimmung die Rede sein konnte, so nur bei den wenigen, die überhaupt nichts tranken.

Aber Michael selbst war nicht müde, und der

Champagner möbelte ihn auf und machte sein Unglück weniger fühlbar. Er war schon länger als acht Monate von New York weg, und die Tanzmusik war ihm zum größten Teil fremd, aber bei den ersten Takten von *Painted Doll,* wonach er und Caroline sich im vergangenen Sommer durch so viel Glück und Verzweiflung hindurchgetanzt hatten, ging er zu Carolines Tisch hinüber und forderte sie zum Tanz auf.

Sie war reizend in ihrem luftigen blauen Kleid, und die Nähe ihres knisternden blonden Haars, ihrer kühlen und zugleich zärtlichen grauen Augen hemmte ihn und machte ihn ungeschickt; er stolperte bei den ersten Schritten auf dem Parkett. Einen Augenblick schien es, als gebe es nichts weiter zu reden; er wollte ihr von seiner Erbschaft erzählen, aber das erschien ihm zu abrupt und unvermittelt.

»Michael, wie schön, wieder einmal mit dir zu tanzen.«

Er lächelte grimmig.

»Ich freue mich so, dass du gekommen bist«, fuhr sie fort. »Ich fürchtete schon, du wärst so töricht, dich fernzuhalten. Jetzt können wir gute Freunde sein und ganz natürlich miteinander umgehen. Michael, ich möchte, dass ihr, du und Hamilton, Freunde seid.«

Die Verlobung ließ sie offenbar verblöden; noch nie hatte er von ihr eine solche Reihe von Platituden gehört.

»Ich könnte ihn kaltlächelnd umbringen«, sagte er freundlich, »aber er sieht wie ein guter Mensch aus. Er ist in Ordnung. Nur wüsste ich gern: Was geschieht mit Leuten wie mir, die nicht vergessen können?«

Indem er das sagte, konnte er nicht verhindern, dass sich sein Mund verzog, und aufblickend sah es auch Caroline, und ihr Herz erbebte ebenso heftig wie an jenem anderen Morgen.

»Nimmst du es denn so schwer, Michael?«

»Ja.«

Er sagte das mit einer Stimme, die tief von unten heraufzukommen schien, und in dem Augenblick tanzten sie nicht; sie hielten einander nur fest. Dann lehnte sie sich in seinem Arm zurück und schürzte den Mund zu einem reizenden Lächeln.

»Ich wusste zuerst nicht, was tun, Michael. Ich erzählte Hamilton von dir – dass ich dich schrecklich gern hätte –, aber es machte ihm nichts aus, und er hatte recht damit. Weil ich jetzt darüber hinweg bin – ja, das bin ich. Und du wirst eines sonnigen Morgens aufwachen und ganz ebenso darüber hinweg sein.«

Er schüttelte trotzig den Kopf.

»O doch. Wir waren nicht füreinander bestimmt. Ich bin etwas flatterhaft und brauche jemand wie Hamilton, der für mich entscheidet. Das war es und nicht so sehr eine Frage von – von …«

»Von Geld.« Wieder war er kurz davor, ihr zu sagen, was geschehen war, doch wieder sagte ihm eine innere Stimme, dass dies nicht der rechte Augenblick sei.

»Wie willst du dann erklären, was geschah, als wir uns vorgestern begegneten«, fragte er hilflos, »und was jetzt eben wieder geschah? Wenn wir nur so aufeinander zuströmen, wie wir es immer taten – als wären wir eine Person, als flösse das gleiche Blut durch uns beide hindurch?«

»Oh, lass das!«, flehte sie. »Du darfst nicht so reden; alles ist jetzt entschieden. Ich liebe Hamilton von ganzem Herzen. Es ist nur, dass mir gewisse Dinge aus der Vergangenheit immer wieder einfallen und dass es mir leidtut um dich – und uns – und wie wir waren.«

Über ihre Schulter hinweg sah Michael einen Mann, der herankam, um Caroline aufzufordern. Panisch tanzte er mit ihr weiter fort, aber der Mann kam ihnen nach.

»Ich muss dich unbedingt allein sprechen, nur eine Minute«, sagte Michael rasch. »Wann geht das?«

»Ich bin morgen bei Jebby West zum Tee«, flüsterte sie, und schon legte sich eine Hand höflich auf Michaels Schulter.

Aber auf Jebby Wests Tee konnte er auch nicht mit ihr sprechen. Rutherford stand neben ihr, und jeder zog den anderen überall ins Gespräch. Sie gingen frühzeitig. Am nächsten Morgen kam die Heiratsanzeige mit der ersten Post.

Michael geriet, während er in seinem Zimmer auf und ab ging, in eine verzweifelte Stimmung und entschloss sich zu einem kühnen Streich; er schrieb an Hamilton Rutherford und forderte ihn zu einer Begegnung am folgenden Nachmittag auf. In einem kurzen Telefongespräch erklärte Rutherford sich dazu bereit, aber erst für einen Tag später, als Michael gewünscht hatte. Und bis zur Hochzeit waren es nur noch sechs Tage.

Sie wollten sich in der Bar des Hotel Jena treffen. Michael wusste, was er sagen würde: »Hören Sie, Rutherford, sind Sie sich der Verantwortung bewusst, die Sie auf sich nehmen, wenn Sie auf dieser Heirat bestehen? Ist Ihnen klar, welches Leid und welche Reue daraus erwachsen werden, dass Sie eine junge Frau zu etwas überreden, das im Widerspruch dazu steht, was ihr Herz begehrt?« Er würde ihm erklären, dass die Schranke zwischen Caroline und ihm rein künstlich gewesen und jetzt beseitigt sei, und würde verlangen, dass die Sache freimütig mit Caroline besprochen werde, bevor es zu spät sei.

Rutherford würde in Wut geraten, und natürlich würde es eine Szene geben, aber Michael war sich bewusst, dass er hier um sein Leben kämpfte.

Er traf Rutherford im Gespräch mit einem älteren Mann an, dem er schon mehrmals bei den Partys begegnet war.

»Ich habe gesehen, wie es den meisten meiner Freunde ergangen ist«, sagte Rutherford gerade, »und ich habe beschlossen, dass mir das nicht passieren soll. Es ist gar nicht so schwierig; wenn man ein Mädchen mit gesundem Menschenverstand nimmt und ihr sagt, wo's langgeht, und seine Sache gut macht und halbwegs aufrichtig mit ihr ist, dann ist das eine Ehe. Wenn man aber von Anfang an jeden Unsinn mitmacht und sich nur so arrangiert – dann springt der Mann nach spätestens fünf Jahren ab oder aber sie buttert ihn unter, und wir haben den üblichen Schlamassel.«

»Richtig!«, fiel sein Gesprächspartner begeistert ein. »Hamilton, Junge, Sie haben recht.«

Michaels Blut kochte allmählich.

»Ist Ihnen noch nicht aufgefallen«, fragte er kühl, »dass Ihre Einstellung vor etwa hundert Jahren aus der Mode gekommen ist?«

»Nein, keineswegs«, sagte Rutherford freundlich, aber leicht gereizt. »Ich bin so modern wie nur irgendwer. Ich würde mich nächsten Samstag im Flugzeug trauen lassen, wenn es meiner Braut gefiele.«

»Diese Art, modern zu sein, habe ich nicht gemeint. Sie können nicht eine empfindsame junge Frau –«

»Empfindsam? Frauen sind nicht so verdammt empfindsam. Männer wie Sie sind empfindsam; Männer wie Sie werden von den Frauen ausgenutzt – eure ganze Ergebenheit und Gutherzigkeit und all das. Frauen lesen ein, zwei Bücher und sehen ein paar Filme, weil sie sonst nichts zu tun haben, und dann sagen sie, sie wären von Grund auf feiner geartet als ihr, und um das zu beweisen, fegen sie alle Skrupel beiseite und sausen mit einem ›Mach's gut‹ ab – etwa so empfindsam wie ein Feuerwehrgaul.«

»Caroline ist aber nun mal empfindsam«, sagte Michael scharf.

An diesem Punkt machte der andere Mann Anstalten zu gehen; nachdem der kleine Disput ums Bezahlen geregelt war und sie allein waren, wandte sich Rutherford wieder Michael zu, als sei ihm eine Frage gestellt worden.

»Caroline ist nicht nur empfindsam«, sagte er. »Sie hat Verstand.« In seinen kampflustigen Augen, mit denen er Michael anblickte, flackerte ein graues

Licht. »Das alles erscheint Ihnen wohl ziemlich grob, Mr. Curly, aber ich habe den Eindruck, dass der Durchschnittsmann von heute geradezu darauf aus ist, sich von irgendeiner Frau zum Affen machen zu lassen, und dabei macht es ihr nicht einmal Spaß, ihn auf dieses Niveau hinunterzudrücken. Es gibt verdammt wenig Männer, die noch Macht über ihre Frauen haben, aber ich bin entschlossen, einer von ihnen zu sein.«

Michael schien es an der Zeit, die Rede wieder auf die Situation zu bringen. »Sind Sie sich über die Verantwortung klar, die Sie auf sich nehmen?«

»Selbstverständlich«, konterte Rutherford. »Ich habe keine Angst vor Verantwortung. Ich werde die Entscheidungen treffen – anständig, wie ich hoffe, aber in jedem Fall endgültig.«

»Und was ist, wenn Sie falsch angefangen haben?«, fragte Michael heftig. »Wenn Ihre Ehe nicht auf gegenseitige Liebe gegründet ist?«

»Ich glaube zu sehen, was Sie meinen«, sagte Rutherford, immer noch freundlich. »Und da Sie es zur Sprache gebracht haben, lassen Sie mich Ihnen sagen, dass es, falls Sie und Caroline geheiratet hätten, keine drei Jahre gehalten hätte. Wissen Sie, worauf Ihre Beziehung zueinander gegründet war? Auf Leid. Sie taten einander leid. Den meisten Frauen macht es ungeheuren Spaß, sich zu sorgen, und manchen Männern auch, aber mir scheint, eine Ehe sollte auf Hoffnung gegründet sein.« Er sah auf seine Uhr und stand auf.

»Ich bin mit Caroline verabredet. Und vergessen Sie nicht, übermorgen zu dem Junggesellenabschied zu kommen.«

Michael spürte, wie ihm die Sache zu entgleiten drohte. »Also zählen Carolines persönliche Gefühle für Sie nicht?«, fragte er grimmig.

»Caroline ist übermüdet und ganz verwirrt. Aber sie hat, was sie sich wünscht, und das ist die Hauptsache.«

»Meinen Sie damit sich?«, fragte Michael ungläubig.

»Ja.«

»Darf ich fragen, seit wann Sie das Ziel von Carolines Wünschen sind?«

»Seit etwa zwei Jahren.« Ehe Michael noch antworten konnte, war Rutherford gegangen.

Während der nächsten zwei Tage schwebte Michael hilflos am Rande eines Abgrunds. Ihn verfolgte der Gedanke, etwas unterlassen zu haben, das diesen unter seinen Augen immer fester geschlungenen Knoten durchgetrennt hätte. Er rief Caroline an, aber sie beteuerte, es sei ihr praktisch unmöglich, ihn bis zum Tag vor der Hochzeit zu treffen; für diesen Tag indessen stellte sie ihm ein Rendezvous in Aussicht. Dann ging er zu dem Junggesellenabschied, teils aus Furcht vor einem Abend allein in seinem Hotel, teils in dem Gefühl, durch seine Anwesenheit Caroline irgendwie näher zu sein, sie im Auge zu behalten.

Die Ritz-Bar war für die Veranstaltung mit französischen und amerikanischen Fahnen geschmückt, und vor die eine Wand war eine große Leinwand gespannt, auf die die geschätzten Gäste ihre Neigung zum Gläserwerfen konzentrieren sollten.

Beim ersten Cocktail, der im Stehen an der Bar eingenommen wurde, sah man viele Gläser in ebenso vielen zittrigen Händen leicht überschwappen, beim Champagner dann schwoll das Gelächter an, und gelegentlich erklang schmetternder Gesang. Michael entdeckte zu seiner Überraschung, was für einen Unterschied sein neuer Smoking, sein neuer Zylinder und seine neue prächtige Wäschegarnitur für sein Selbstvertrauen ausmachten; sein Ressentiment gegenüber all diesen Leuten wegen ihres Reichtums und ihrer Selbstsicherheit schwand zusehends. Zum ersten Mal seit seiner Collegezeit fühlte auch er sich reich und selbstsicher; er fühlte sich alldem zugehörig und ließ sich sogar von Johnson, dem Hauptspaßmacher, in dessen Komplott hineinziehen, das den Auftritt jener eigens dafür engagierten verratenen Frau vorsah, die in einem Raum hinter der Hotelhalle gelassen wartete.

»Wir wollen den Scherz nicht zu weit treiben«, sagte Johnson, »denn ich kann mir vorstellen, dass Ham heute schon Sorgen genug hatte. Haben Sie gesehen, Fullman Oil ist heute Morgen um sechzehn Punkte gefallen.«

»Ist er davon betroffen?«, fragte Michael, bemüht, sich seine Neugier nicht anmerken zu lassen.

»Natürlich. Er ist dicke drin; er ist stets überall dicke drin. Bis jetzt hat er Glück gehabt; jedenfalls bis vor einem Monat.«

Die Gläser füllten und leerten sich jetzt rascher, und Männer prosteten einander laut über den Tisch hinweg zu. Vor der Bar wurde eine Gruppe von Brautführern fotografiert, und der Rauch von dem Blitzlicht trieb als stickige Wolke durch den Raum.

»Jetzt kann's losgehen«, sagte Johnson. »Sie müssen bei der Tür stehen, denken Sie daran, und dann müssen wir beide uns sichtlich bemühen, die Frau am Hereinkommen zu hindern – nur so lange, bis alle auf uns aufmerksam werden.«

Er ging hinaus in den Korridor, und Michael wartete gehorsam an der Tür. Mehrere Minuten vergingen. Dann erschien Johnson wieder, mit einem verdutzten Gesichtsausdruck.

»Da ist was Komisches passiert.«

»Wieso? Ist das Mädchen nicht da?«

»Doch, aber da ist noch eine andere, eine, die wir nicht engagiert haben. Sie will Hamilton Rutherford sprechen, und sie sieht so aus, als führte sie etwas im Schilde.«

Sie gingen beide hinaus in die Halle. Da saß kerzengerade in einem Sessel ein amerikanisches Mädchen, ein bisschen unter Alkohol, aber offensichtlich finster entschlossen. Sie blickte mit einem Ruck zu ihnen auf.

»Also, Sie rich'n's ihm aus«, verlangte sie. »Mein Name ist Marjorie Collins, das wird ihm schon was sag'n. Ich bin weit gereist, und ich will ihn sprechen, jetzt sofort, oder es gibt mehr Ärger, als Sie je erlebt haben.« Sie erhob sich leicht wankend.

»Sie gehen hinein und sagen es Ham«, flüsterte Johnson Michael zu. »Vielleicht macht er sich besser aus dem Staub. Ich halte sie inzwischen hier fest.«

Wieder am Tisch, beugte sich Michael dicht an Rutherfords Ohr und flüsterte einigermaßen grimmig: »Eine junge Frau draußen mit Namen Marjorie Collins sagt, sie will Sie sprechen. Sieht aus, als wollte sie Schwierigkeiten machen.«

Hamilton Rutherford blinzelte, sein Unterkiefer fiel herab; dann schlossen die Lippen sich wieder zu einer strengen Linie, und er sagte in forschem Ton:

»Bitte haltet sie dort auf. Und schickt gleich den Geschäftsführer der Bar zu mir.«

Michael sprach mit dem Barkellner und ließ sich dann, ohne an den Tisch zurückzukehren, unauffällig Mantel und Hut herausgeben. Wieder draußen in der Halle, ging er wortlos an Johnson und dem Mädchen vorbei und hinaus in die Rue Cambon. Er rief ein Taxi und gab die Adresse von Carolines Hotel an.

Sein Platz war jetzt an ihrer Seite. Nicht, um schlechte Nachrichten zu bringen, sondern einfach, um bei ihr zu sein, wenn das Kartenhaus über ihr zusammenfallen würde.

Rutherford hatte ihm zu verstehen gegeben, dass er ein Weichling sei – nun, er war immerhin hart genug, die Frau seiner Liebe nicht aufzugeben, und er würde sich jede Chance in den Grenzen der Ehrbarkeit zunutze machen. Sollte sie sich von Rutherford abwenden, dann würde er zur Stelle sein.

Sie war im Hotel; sie war überrascht, als er sich meldete, aber sie war noch angezogen und würde sogleich herunterkommen. Dann erschien sie in einem Abendkleid mit zwei blauen Telegrammen in der Hand. Sie ließen sich in der verlassenen Hotelhalle in zwei Sesseln nieder.

»Aber Michael, ist das Essen schon vorbei?«

»Ich wollte dich sehen, deshalb kam ich vorbei.«

»Das freut mich.« Ihre Stimme klang freundlich, aber sachlich. »Ich habe nämlich soeben dein Hotel angerufen, um zu sagen, dass ich morgen den ganzen Tag mit Anproben und Vorbereitungen zu tun habe. Nun kommen wir doch noch zu unserem kleinen Gespräch.«

»Du bist müde«, vermutete er. »Vielleicht hätte ich nicht kommen sollen.«

»Nein. Ich bin noch auf und warte auf Hamilton. Es sind Telegramme gekommen, die womöglich wichtig sind. Er sagte, vielleicht ginge er noch weiter irgendwohin mit, und das kann Stunden dauern, also bin ich froh, mich mit jemandem unterhalten zu können.«

Michael zuckte bei dieser unpersönlichen Phrase zusammen.

»Kümmert es dich denn nicht, wann er nach Hause kommt?«

»Natürlich«, sagte sie lachend, »aber ich kann ihm ja keine Vorschriften machen.«

»Warum nicht?«

»Ich kann doch nicht damit anfangen, ihm zu sagen, was er tun darf und was nicht.«

»Warum nicht?«

»Er würde sich das nicht gefallen lassen.«

»Anscheinend wünscht er sich nur eine Haushälterin«, sagte Michael ironisch.

»Erzähl mir von deinen Plänen, Michael«, sagte sie rasch.

»Meine Pläne? Ich sehe überhaupt keine Zukunft für mich nach dem übermorgigen Tag. Der einzige wirkliche Plan, den ich je hatte, war, dich zu lieben.«

Ihre Blicke streiften einander, und sie sah ihn auf die Weise an, die er so gut kannte. Ein Strom von Worten brach aus seinem Herzen hervor:

»Lass mich dir nur noch einmal sagen, wie sehr ich dich geliebt habe, ohne einen Augenblick zu wanken, ohne je an ein anderes Mädchen zu denken. Und jetzt, wenn ich an all die Jahre vor mir denke, ohne dich, ohne irgendeine Hoffnung, dann – Caroline, Liebste – will ich nicht mehr leben. Ich hatte immer diesen Traum von unserem Heim, unseren Kindern und davon, wie ich dich in meinen Armen halte und dein Gesicht berühre, deine Hände und dein Haar, alles mein Eigen, und jetzt bringe ich es einfach nicht fertig, aus diesem Traum aufzuwachen.«

Caroline weinte still vor sich hin. »Armer Michael – armer Michael.« Sie streckte die Hand aus und strich mit ihren Fingern über seinen Rockaufschlag. »Du hast mir gestern Abend so leidgetan. Du sahst so kümmerlich aus und so, als brauchtest du einen neuen Anzug und jemanden, der sich deiner annimmt.« Sie schniefte und besah sich seinen Smoking näher. »Nein, du hast ja einen neuen Anzug! Und einen neuen Zylinderhut! Nein, Michael, wie fabelhaft!« Sie lachte auf einmal fröhlich durch ihre Tränen hindurch. »Du musst zu Geld gekommen sein, Michael; nie sah ich dich so in Schale.«

Jetzt, da sie so reagierte, hasste er einen Moment lang seine neue Kleidung.

»Ja, ich bin zu Geld gekommen«, sagte er. »Mein Großvater hat mir rund eine Viertelmillion Dollar hinterlassen.«

»Nein, Michael«, rief sie, »wie fabelhaft! Ich kann dir gar nicht sagen, wie ich mich freue. Ich habe immer gedacht, du gehörtest zu der Sorte Mensch, die Geld haben müsste.«

»Ja, nur eben zu spät, nun kommt es nicht mehr darauf an.«

Die Drehtür von der Straße setzte sich ächzend in Bewegung, und Hamilton Rutherford kam in die Halle. Sein Gesicht war gerötet und seine Augen blickten unstet und ungeduldig.

»Hallo, Darling; hallo, Mr. Curly.« Er beugte sich herab und küsste Caroline. »Ich habe mich für eine Minute weggestohlen, um zu sehen, ob irgendwelche Telegramme für mich da wären. Ich sehe, du hast sie dabei.« Während er sie in Empfang nahm, bemerkte er zu Curly: »Das war eine vertrackte Geschichte in der Bar, nicht wahr? Zumal einer von euch, wie ich hörte, einen ganz ähnlichen Ulk vorbereitet hatte.« Er öffnete eins der Telegramme, faltete es wieder zusammen und wandte sich mit dem zerstreuten Ausdruck eines Mannes, der zwei Dinge gleichzeitig im Kopf hat, zu Caroline.

»Ein Mädchen, das ich zwei Jahre nicht mehr gesehen habe, tauchte auf«, sagte er. »Anscheinend handelte es sich um irgendein plumpes Erpressungsmanöver, denn ich habe und hatte nie irgendeine Art von Verpflichtung ihr gegenüber.«

»Wie ging es aus?«

»Der Geschäftsführer hatte binnen zehn Minuten einen Mann von der *Sûreté générale* da, und die Sache wurde in der Hotelhalle erledigt. Neben den französischen Gesetzen gegen Erpressung nehmen sich unsere wie gutgemeinte Wünsche aus, und ich vermute, sie haben ihr einen Denkzettel verpasst, an den sie sich noch erinnern wird. Aber es war wohl richtiger, es dir zu sagen.«

»Nehmen Sie etwa an, ich hätte die Sache schon erwähnt?«, sagte Michael steif.

»Nein«, sagte Rutherford bedächtig. »Nein. Sie wollten sich nur zur Verfügung halten. Und da Sie einmal da sind, sollen Sie etwas hören, das Sie mehr interessieren wird.«

Er reichte Michael das eine Telegramm und öffnete das andere.

»Das ist verschlüsselt«, sagte Michael.

»Dieses auch. Aber ich habe in dieser Woche all die Codewörter recht gut gelernt. Die beiden Telegramme zusammen besagen, dass ich mein Leben ganz von vorn anfangen muss.«

Michael sah, wie Carolines Gesicht um einen Grad blasser wurde, aber sie blieb mäuschenstill.

»Es war eine Fehlinvestition, und ich habe zu lange daran festgehalten«, fuhr Rutherford fort. »Sie sehen also, ich habe das Glück nicht gepachtet, Mr. Curly. Übrigens sind Sie, wie ich höre, zu Geld gekommen.«

»Ja«, sagte Michael.

»So steht es also mit uns.« Rutherford wandte sich Caroline zu. »Du verstehst, Darling, ich scherze oder übertreibe nicht. Ich habe nahezu jeden Cent, den ich besaß, verloren, und ich werde mein Leben ganz neu anfangen müssen.«

Zwei Augenpaare richteten sich auf sie – Rutherford blickte unverbindlich und nichts verlangend, Michael wie ausgehungert, tragisch und flehend. Doch einen Augenblick später sprang sie aus dem Sessel auf und warf sich mit einem leisen Aufschrei in Hamilton Rutherfords Arme.

»Oh, Liebling«, schluchzte sie, »was liegt daran! Es ist besser so; es ist mir lieber, ehrlich! Ich möchte so anfangen; ja, das möchte ich wirklich! O bitte, mach dir keine Gedanken und sei jetzt nicht traurig!«

»Schon recht, Baby«, sagte Rutherford. Seine Hand strich für einen Moment zärtlich über ihr Haar; dann löste er den Arm, den er um sie gelegt hatte.

»Ich habe versprochen, noch mal auf eine Stunde zur Party zu kommen«, sagte er. »Also sage ich gute Nacht, und ich möchte, dass du sogleich zu Bett gehst und schön schläfst. Gute Nacht, Mr. Curly. Tut mir leid, dass ich Sie in all diese Geldangelegenheiten eingeweiht habe.«

Aber Michael hatte schon Hut und Stock genommen. »Ich komme mit Ihnen«, sagte er.

III

Es war solch ein schöner Morgen. Michaels Cut war nicht geliefert worden, und so fühlte er sich einigermaßen unbehaglich, als er in der Avenue George V vor der kleinen Kirche an den Fotografen und Filmkameras vorbeimusste.

Die Kirche war so blitzblank und neu, dass es unverzeihlich schien, nicht passend angezogen zu sein, und Michael, blass und zittrig nach einer schlaflosen Nacht, beschloss, sich im Hintergrund zu halten. Von dort blickte er auf den Rücken von Hamilton Rutherford, auf den zarten, in Spitze gehüllten

Rücken von Caroline und den feisten Rücken von George Packman, der zu wanken schien, als wollte er sich an Braut und Bräutigam anlehnen.

Die Zeremonie zog sich lange hin, freundlich überdacht von Fähnchen und Wimpeln, unter den breiten Strahlen der Junisonne, die schräg durch die hohen Fenster auf die festlich gekleidete Menge herabfielen.

Als der von Braut und Bräutigam angeführte Zug sich durch das Kirchenschiff in Bewegung setzte, merkte Michael mit Schrecken, dass er genau da stand, wo jedermann sich aus der steifen Prozession lösen, die Förmlichkeit ablegen und ihn ansprechen würde.

So kam es denn auch. Als Erste begrüßten ihn Rutherford und Caroline; Rutherford etwas finster unter dem Druck des Verheiratetseins und Caroline lieblicher, als er sie je gesehen hatte – sanft schwebte sie an Freunden und Verwandten aus ihrer Jugend vorbei, schwebte durch ihre Vergangenheit und weiter durch das sonnenbeschienene Portal in die Zukunft hinaus.

Michael raffte sich zu einem gemurmelten »Wundervoll, einfach wundervoll« auf, und dann kamen andere und redeten ihn an – die alte Mrs. Dandy, die geradewegs von ihrem Krankenlager kam und bemerkenswert gut aussah oder das nur zuwege brachte,

weil sie so eine feine alte Dame war; und Rutherfords Vater und Mutter, seit zehn Jahren geschieden,
aber Seite an Seite, wie füreinander geschaffen und
mächtig stolz. Dann Carolines sämtliche Schwestern nebst Gatten und ihre kleinen Neffen in Eton-
Anzügen, und dann eine lange Reihe von Leuten,
die alle Michael begrüßten, weil er immer noch wie
gelähmt genau dort stand, wo der Zug sich auflöste.

Er fragte sich, was als Nächstes käme. Es waren
Einladungskarten für einen Empfang im George v
ausgegeben worden; ein teures Lokal, weiß der
Himmel. Würde Rutherford das durchstehen wol-
len, nach diesen katastrophalen Telegrammen? Of-
fenbar, denn draußen strebte der Zug in Dreier- und
Viererreihen durch den Junimorgen dorthin. An der
Straßenecke flatterten die langen Kleider von fünf
Seite an Seite gehenden Frauen vielfarbig im Wind.
Die Frauen waren wieder zu hauchzarten Wesen
geworden, wandelnde Flora; so reizend wehten die
Kleider in der hellen Mittagsbrise.

Michael brauchte einen Drink; er würde diesen
Empfang nicht überstehen ohne einen Drink vorher. Er schlüpfte in einen Seiteneingang des Hotels
und fragte nach der Bar, worauf ein Page ihn einen
halben Kilometer durch neue, amerikanisch ausstaf-
fierte Korridore führte.

Aber – wie denn das? – die Bar war voll. Da standen zehn oder fünfzehn Männer und zwei oder vier Frauen, und alle kamen von der Hochzeit, und alle brauchten einen Drink. Es gab Cocktails und Champagner in der Bar – Rutherfords Cocktails und Champagner, wie sich herausstellte, denn er hatte die ganze Bar sowie den Ballsaal, die zwei großen Empfangssalons und die hinauf- und hinabführenden Treppen gemietet samt dem Ausblick über die rechtwinkligen Häuserblocks von Paris. Michael kam nur allmählich voran und reihte sich in das endlose, langsame Defilee des Empfangs ein. Durch einen Nebel blumiger Redewendungen wie »So eine reizende Hochzeit«, »Meine Liebe, Sie waren einfach reizend«, »Sie glücklicher Mann, Rutherford« bewegte er sich an der Reihe entlang. Als Michael bei Caroline ankam, trat sie einen kleinen Schritt vor und küsste ihn auf die Lippen, aber er fühlte nichts bei dem Kuss, er war unwirklich, und Michael ließ sich weiter davontragen. Die alte Mrs. Dandy, die ihn immer gern gemocht hatte, hielt eine Minute lang seine Hand und dankte ihm für die Blumen, die er ihr auf die Kunde, dass sie krank sei, geschickt hatte.

»Es tut mir so leid, Ihnen nicht geschrieben zu haben; wissen Sie, wir alten Damen sind ja so dankbar für …« Die Blumen, die Tatsache, dass sie nicht geschrieben hatte, die Hochzeit – Michael begriff, dass dies alles ihr gleich viel oder wenig bedeutete; sie hatte schon fünf Kinder verheiratet und zwei der Ehen in die Brüche gehen sehen, und diese Szene, so schmerzlich, so bestürzend für Michael, war für sie lediglich eine vertraute Scharade, in der sie auch früher schon ihre Rolle gespielt hatte.

An kleinen Tischen wurde bereits ein Champagnerfrühstück serviert, und in dem leeren Ballsaal spielte ein Orchester. Michael setzte sich zu Jebby West; er war immer noch etwas gehemmt, weil er keinen Cutaway anhatte, aber er bemerkte jetzt, dass er mit dieser Unterlassung nicht allein war, und fühlte sich besser. »War Caroline nicht hinreißend?«, sagte Jebby West. »So vollkommen selbstbeherrscht. Ich fragte sie heute Morgen, ob sie nicht etwas ängstlich sei bei einem solchen Schritt. Und sie sagte: ›Warum sollte ich? Ich bin seit zwei Jahren hinter ihm her, und jetzt bin ich einfach glücklich, das ist alles.‹«

»Das muss wohl wahr sein«, sagte Michael düster.

»Was?«

»Was Sie eben sagten.«

Man hatte ihm einen Dolchstoß versetzt, aber, fast zu seinem Kummer, fühlte er die Wunde nicht.

Er forderte Jebby zum Tanzen auf. Draußen auf dem Parkett tanzten Rutherfords Vater und Mutter miteinander.

»Das macht mich ein bisschen traurig«, sagte Jebby. »Die beiden haben sich jahrelang nicht gesehen; beide hatten wieder geheiratet, und sie wurden ein zweites Mal geschieden. Sie ging zum Bahnhof, um ihn abzuholen, als er zu Carolines Hochzeit anreiste, und lud ihn ein, in ihrem Haus in der Avenue du Bois mit einer Menge anderer Gäste zu wohnen, also ohne Hintergedanken, aber er fürchtete, seine Frau könnte davon hören und es nicht gerne sehen, und deshalb ging er in ein Hotel. Finden Sie das nicht irgendwie traurig?«

Nach einer Stunde oder so merkte Michael plötzlich, dass es Nachmittag war. In einer Ecke des Ballsaals hatte man Wandschirme wie zu einem kleinen Filmatelier arrangiert, und Fotografen waren dabei, offizielle Aufnahmen von der Hochzeitsparty zu machen. Die Hochzeitsgesellschaft, totenstill und wachsbleich unter den hellen Lampen, erschien den im Halbdunkel des Ballsaals kreisenden Tanzpaaren wie jene lustigen oder unheimlichen Gruppen, auf die man in der Geisterbahn eines Vergnügungsparks stößt.

Nachdem die ganze Hochzeitsgesellschaft fotografiert worden war, kam eine Gruppe von Brautführern an die Reihe; dann die Brautjungfern, die Familien, die Kinder. Caroline hatte die mit ihrem fließenden Gewand und dem großen Brautbouquet verbundene Würde längst abgelegt und eilte nun voller Tatendrang aufgeregt auf Michael zu und holte ihn vom Parkett.

»Jetzt wollen wir ein Bild nur mit alten Freunden machen lassen.« Dies in einem Ton, der besagte, das würde die beste und intimste aller Aufnahmen werden. »Kommt her, Jebby, George – du nicht, Hamilton; nur meine alten Freunde – Sally…«

Etwas später schwand auch der letzte Rest von Förmlichkeit, und die Stunden flossen auf dem verschwenderischen Strom von Champagner leicht dahin. Hamilton Rutherford saß am Tisch, hatte, wie es jetzt üblich war, den Arm um eine verflossene Freundin gelegt und versicherte seinen Gästen, darunter nicht wenige verdutzte, aber begeisterte Europäer, dass die Party noch längst nicht zu Ende sei; die Gesellschaft würde sich nach Mitternacht bei Zelli wieder zusammenfinden. Michael sah, wie Mrs. Dandy, noch nicht ganz von ihrer Krankheit genesen, aufstand, um zu gehen, aber in eine höfliche Gruppe nach der anderen hineingezogen wurde, und er sagte es einer ihrer Töchter, die daraufhin ihre Mutter unter leichtem Zwang abführte und ihren Wagen rufen ließ. Michael kam sich sehr umsichtig vor und war stolz auf sich, nachdem er das getan hatte, und trank noch mehr Champagner.

»Es ist unglaublich«, ließ sich George Packman

begeistert vernehmen. »Diese Veranstaltung wird Ham etwa fünftausend Dollar kosten, und soviel ich weiß, werden das seine letzten sein. Aber hat er auch nur eine Flasche Champagner zurückgehen lassen oder ein Blumenarrangement abbestellt? Er nicht! Er hat eben Klasse – dieser Junge. Wissen Sie, dass T. G. Vance ihm heute Morgen, zehn Minuten vor der Hochzeit, ein Jahresgehalt von fünfzigtausend Dollar angeboten hat? Schon in einem Jahr wird er wieder zu den Millionären gehören.«

Die Unterhaltung wurde durch den Vorschlag unterbrochen, Rutherford auf vereinten Schultern hinauszutragen – ein Plan, den sechs Gäste auch in die Tat umsetzten, um dann im Vier-Uhr-Sonnenschein dazustehen und Braut und Bräutigam zum Abschied nachzuwinken. Aber irgendwo musste es ein Missverständnis gegeben haben, denn fünf Minuten später sah Michael beide, Braut und Bräutigam, feierlich die Treppe zur Rezeption herabsteigen, beide mit einem Glas Champagner in der hocherhobenen Hand.

›Das ist unsere Art, die Dinge anzupacken‹, dachte er. ›Großzügig und frisch und frei; die Gastfreundlichkeit von Virginiapflanzern, nur einfach im heutigen Tempo, nervös tickend wie ein Fernschreiber.‹

Während er so ganz unbefangen mitten im Raum stand, um zu sehen, wer nun wohl der amerikanische

Gesandte sei, wurde ihm mit einem Mal klar, dass er tatsächlich schon seit Stunden nicht mehr an Caroline gedacht hatte. Nahezu bestürzt blickte er um sich, und dann sah er sie auf der anderen Seite des Saales, sehr munter und jung und strahlend glücklich. Und neben ihr Rutherford, der sie ansah, als könnte er sie gar nicht lange genug ansehen, und während Michael die beiden noch beobachtete, schienen sie zurückzuweichen, ganz so, wie er es sich an jenem Morgen in der Rue de Castiglione gewünscht hatte – zurückzuweichen und dahinzuschwinden in ihre eigenen Freuden und Kümmernisse, in die Jahre, die von Rutherfords stolzer Kühnheit und von Carolines junger, anrührender Schönheit ihren Zoll fordern würden; weit zu entschwinden, so dass er sie jetzt kaum noch sehen konnte, als hüllte etwas so Nebelhaftes wie Carolines weißes wogendes Gewand sie ein.

Michael war geheilt. Die ganze Zeremonie mit ihrem Pomp und ihrer Schwelgerei war für ihn gleichsam zu einer Initiation geworden, zur Einweihung in ein Leben, in dem er den beiden nicht einmal mehr nachtrauern konnte. Alle Bitterkeit in ihm schmolz plötzlich dahin, und die Welt formte sich wieder neu aus der Jugend und dem Glück, das ihn verschwenderisch wie der Frühlingssonnenschein überall umgab. Er versuchte sich zu erinnern, mit welcher der

Brautführerinnen er sich für den Abend zum Essen verabredet hatte, während er nach vorne ging, um sich von Hamilton und Caroline Rutherford zu verabschieden.

Wiedersehen mit Babylon

I

Und wo ist Mr. Campbell?«, fragte Charlie.

»In die Schweiz gefahren. Mr. Campbell ist ein schwerkranker Mann, Mr. Wales.«

»Das sind ja traurige Nachrichten. Und George Hardt?«, erkundigte sich Charlie.

»Zurück in Amerika, arbeiten.«

»Und der ›Schneevogel‹, wo hält er sich auf?«

»Der war vorige Woche noch hier. Jedenfalls ist sein Freund, Mr. Schaeffer, in Paris.«

Zwei vertraute Namen aus einer langen Reihe von vor anderthalb Jahren. Charlie kritzelte eine Adresse in sein Notizbuch und riss das Blatt heraus.

»Geben Sie das hier Mr. Schaeffer, wenn Sie ihn sehen«, sagte er. »Es ist die Adresse meines Schwagers. Ich habe noch kein Hotelzimmer.«

Er war nicht eigentlich enttäuscht, Paris so verlassen vorzufinden. Doch die Stille in der Ritz-Bar berührte ihn seltsam und unheimlich. Das war keine amerikanische Bar mehr. Er kam sich vor wie ein höflicher Gast und nicht, als sei das *seine* Bar. Sie gehörte wieder zu Frankreich. Er hatte die Stille gleich wahrgenommen, als er aus dem Taxi stieg und sah, wie der Portier, der gewöhnlich zu dieser Stunde in fieberhafter Tätigkeit war, am Personaleingang mit einem Pagen schwatzte.

Als er durch den Korridor ging, hörte er nur eine einzelne gelangweilte Stimme in dem einst so geräuschvollen Damensalon. In der Bar ging er die zehn Schritte über den grünen Teppich aus alter Gewohnheit mit starr nach vorne gerichtetem Blick, und erst als er den Fuß sicher auf der Messingstange hatte, wandte er sich um und musterte den Raum. Dabei begegnete er nur einem einzigen Augenpaar, das in der Ecke hinter einer Zeitung auftauchte. Charlie fragte nach dem Chefmixer Paul, der in jenen Tagen der Hochkonjunktur stets in seinem eigenen spezialangefertigten Wagen zur Arbeit erschienen war, den er jedoch taktvoll an der nächsten Ecke parkte. Aber Paul befand sich gerade in seinem Landhaus, und es war Alix, der Charlie Auskunft gab.

»Nein, nichts mehr«, sagte Charlie, »ich halte mich jetzt etwas zurück.«

Alix beglückwünschte ihn. »Vor ein paar Jahren sind Sie ganz schön rangegangen.«

»Ich will hart bleiben«, versicherte ihm Charlie.

»Ich hab mich jetzt schon über anderthalb Jahre daran gehalten.«

»Wie lebt sich's denn in Amerika?«

»Ich war seit Monaten nicht mehr dort. Ich bin geschäftlich in Prag tätig, als Vertreter einiger Firmen. Dort weiß man nichts über mich.«

Alix lächelte.

»Wissen Sie noch, wie wir hier George Hardts Junggesellenabschied gefeiert haben?«, fragte Charlie. »Was ist übrigens aus Claude Fessenden geworden?«

Alix senkte vertraulich die Stimme: »Er ist in Paris, kommt aber nicht mehr hierher. Paul will's nicht. Er hat es auf eine Rechnung von dreißigtausend Franc gebracht, indem er über ein Jahr lang jeden Drink, seinen Lunch und meistens auch noch das Dinner anschreiben ließ, und als Paul ihn schließlich mahnte, gab er ihm einen ungedeckten Scheck.« Alix schüttelte traurig den Kopf. »Ich versteh's nicht, so ein eleganter Mann. Jetzt ist er ganz aufgeschwemmt, so …« Er deutete die Plumpheit durch eine entsprechende Geste an.

Charlie beobachtete ein paar Luxusdämchen, die sich schnatternd in einer Ecke niederließen.

›Die ficht nichts an‹, dachte er. ›Steigende oder fallende Kurse, Konjunktur oder Arbeitslosigkeit – die machen immer so weiter.‹ Der Ort bedrückte ihn.

Er ließ sich die Würfel geben und knobelte mit Alix seinen Drink aus.

»Bleiben Sie länger, Mr. Wales?«

»Nur vier oder fünf Tage, um meine kleine Tochter zu sehen.«

»Oh! Sie haben ein Töchterchen!«

Draußen schimmerten die glutroten, gasblauen und gespenstisch grünen Lichtreklamen trüb im Regendunst. Es ging auf den Abend zu, die Straßen waren belebt und die Bistros hell erleuchtet. An der Ecke des Boulevard des Capucines nahm er sich ein Taxi. Die Place de la Concorde glitt in rosiger Pracht vorüber; sie überquerten die klare Trennlinie der Seine, und mit einem Mal kam Charlie der provinzielle Charakter des linken Seineufers zu Bewusstsein.

Er dirigierte das Taxi zur Avenue de l'Opéra, obwohl die nicht auf seinem Weg lag. Er wollte sehen, wie sich die Dämmerung der blauen Stunde auf die prächtige Fassade senkte, und sich vorstellen, die Taxihupen, die unaufhörlich die ersten Takte von *La plus que lente* ertönen ließen, wären die Fanfaren des Zweiten Kaiserreichs. Vor der Buchhandlung Brentano's wurde gerade das Eisengitter herabgelassen, und hinter der zierlich gestutzten Hecke bei Duval saßen die Leute schon beim Abendessen. Nie hatte er in Paris in einem wirklich billigen Restaurant gespeist, das fünfgängige Diner zu vier Franc fünfzig (achtzehn Cent), Wein inbegriffen. Aus irgendeinem unerfindlichen Grund bedauerte er das jetzt.

Als sie auf das linke Seineufer hinüberfuhren, das er plötzlich als so provinziell empfand, dachte er: ›Ich habe mir diese Stadt selber verdorben. Ich nahm es nicht wahr, aber die Tage verstrichen einer nach dem anderen, und dann waren zwei Jahre dahin, und alles war dahin, auch ich selbst.‹

Er war fünfunddreißig und sah gut aus. Eine tiefe Falte zwischen den Augen dämpfte das Irisch-Lebhafte seines Gesichts. Als er bei seinem Schwager in der Rue Palatine läutete, vertiefte sich diese Falte noch, und seine Augenbrauen zogen sich zusammen; er hatte ein krampfartiges Gefühl in der Magengegend. Hinter dem Dienstmädchen, das die Tür öffnete, schoss ein niedliches Mädchen von neun Jahren hervor, schrie »Daddy!« und flog, zappelnd wie ein Fisch, in seine Arme. Sie zog seinen Kopf an einem Ohr zu sich herab und legte ihre Wange an seine.

»Mein Piepmatz«, sagte er.

»Oh, Daddy, Daddy, Daddy, Daddy, Dads, Dads, Dads!«

Sie zog ihn in den Salon, wo ihn die ganze Familie – ein Junge und ein mit seiner Tochter gleichaltriges Mädchen, seine Schwägerin und ihr Mann – erwartete. Als er Marion begrüßte, gab er sich Mühe, dass sein Ton weder nach falscher Herzlichkeit noch nach echter Abneigung klang. Sie selber blieb auf deutlichere Weise reserviert, auch wenn sie ihren Ausdruck unveränderlichen Misstrauens durch einen freundlichen Blick auf sein Töchterchen abmilderte. Die beiden Männer tauschten einen freundschaftlichen Händedruck, und Lincoln Peters legte seine Hand einen Augenblick auf Charlies Schulter.

Der Raum war geheizt und auf anheimelnde Weise amerikanisch. Die drei Kinder spielten ungezwungen miteinander und bewegten sich dabei durch die gelben Rechtecke der Türen auch in die anderen Zimmer hinüber. Das Knacken der Holzscheite im Kamin und die Geräusche der französischen Angestellten in der Küche erzeugten eine typische Sechs-Uhr-Behaglichkeit. Aber Charlie entspannte sich nicht; sein Herz saß ihm wie ein Stein in der Brust, und nur der Anblick seiner Tochter, die sich, die von ihm mitgebrachte Puppe im Arm, von Zeit zu Zeit eng an ihn schmiegte, machte ihn etwas zuversichtlicher.

»Wirklich, ausnehmend gut«, antwortete er auf eine Frage von Lincoln. »Viele Unternehmen dort kommen nicht recht vom Fleck, doch bei uns läuft's besser denn je. Verdammt gut sogar. Nächsten Monat

lasse ich meine Schwester aus Amerika herüberkommen, damit sie mir den Haushalt führt. Im
letzten Jahr habe ich mehr verdient, als früher mein
Vermögen abwarf. Ja, die Tschechen …«

Er prahlte mit ganz bestimmter Absicht, aber als
er einen leichten Unwillen in Lincolns Blick bemerkte, wechselte er schnell das Thema.

»Ihr habt großartige Kinder, so gut erzogen und
artig.«

»Wir finden, Honoria ist auch ein Prachtstück.«

Marion Peters kam eben aus der Küche zurück.
Sie war eine hochgewachsene Frau mit sorgenvol-
lem Blick, die früher einmal auf eine frische amerikanische Weise sehr reizvoll gewesen war. Charlie
war dafür nie empfänglich gewesen und jedes Mal
überrascht, wenn die Rede darauf kam, wie hübsch
sie gewesen sei. Von Anfang an hatte zwischen ihnen eine instinktive Abneigung geherrscht.

»Nun, wie findest du Honoria?«, fragte sie.

»Fabelhaft. Ich bin ganz erstaunt, wie sie in den
zehn Monaten gewachsen ist. Alle drei sehen glänzend aus.«

»Wir haben das ganze Jahr keinen Arzt gebraucht.
Und wie ist es für dich, wieder in Paris zu sein?«

»Es kommt mir ganz komisch vor, so wenige
Amerikaner zu sehen.«

»Ich finde es herrlich«, sagte Marion mit Nachdruck. »Jetzt kann man wenigstens in einen Laden gehen, ohne für einen Millionär gehalten zu werden. Wir haben viel durchgemacht, wie alle, aber im Ganzen lebt es sich jetzt viel angenehmer.«

»Und dennoch war es schön damals«, sagte Charlie. »Wir waren so etwas wie Könige, fast unfehlbar und von einer magischen Aura umgeben. Heute Nachmittag in der Bar« – er bemerkte seinen Fauxpas und stockte – »traf ich nicht einen einzigen Bekannten.«

»Ich dachte, du hättest genug von Bars«, sagte sie scharf.

»Ich habe nur mal reingeschaut. Ich nehme jeden Nachmittag nur einen Drink, mehr nicht.«

»Möchtest du einen Cocktail vor dem Essen?«, fragte Lincoln.

»Nein, nur einen Drink am Nachmittag, und den hatte ich schon.«

»Hoffentlich bleibst du dabei«, sagte Marion.

Durch die Kälte, mit der sie zu ihm sprach, gab sie deutlich ihre Abneigung zu erkennen, aber Charlie lächelte darüber; er hatte weiter reichende Pläne. Ihre aggressive Art war für ihn nur von Vorteil; er konnte warten. Sie wussten, weshalb er nach Paris gekommen war, und er wünschte, dass dieses Thema von ihnen angeschnitten würde.

Bei Tisch fragte er sich vergeblich, ob Honoria

mehr ihm oder mehr ihrer Mutter glich. Es war schon ein Glück, wenn sie nicht die Eigenschaften in sich vereinigte, an denen sie beide gescheitert waren. Das Gefühl, sie beschützen zu müssen, wallte stark in ihm empor; er meinte zu wissen, was gut für sie war. Er glaubte fest an den Charakter; am liebsten wäre er eine ganze Generation zurückgesprungen, um wieder auf den Charakter als das dauerhaft Wertvolle im Menschen zu bauen. Alles andere hatte keinen Bestand.

Bald nach dem Abendessen brach er auf, doch nicht, um nach Hause zu gehen. Er war gespannt darauf, Paris bei Nacht einmal mit nüchterneren und kritischeren Augen zu sehen als in jenen Tagen. Er buchte einen Klappsitz im Casino de Paris und sah sich Josephine Baker in ihren schokoladebraunen Arabesken an.

Er blieb nur eine Stunde dort und schlenderte dann in Richtung Montmartre die Rue Pigalle hinauf bis zur Place Blanche. Der Regen hatte aufgehört, und man sah ein paar Menschen in Abendkleidung vor den Nachtclubs aus Taxis steigen, leichte Mädchen, die einzeln oder paarweise umherstrichen, und viele Schwarze. Eine erleuchtete Tür, aus der ihm Musik entgegenschlug, kam ihm vertraut vor, und er blieb stehen. Es war das Bricktop's, wo er viele Stunden verbracht und viel Geld gelassen hatte.

Ein paar Türen weiter fand er ein anderes Stammlokal und steckte unvorsichtigerweise den Kopf hinein. Sogleich entfaltete das Orchester einen gewaltigen Lärm, ein paar Tänzerinnen sprangen auf, und ein Geschäftsführer schoss mit dem Ruf »Gleich wird hier Hochbetrieb sein, Sir!« auf ihn los. Aber er zog sich schleunigst zurück.

›Da muss man schon verdammt blau sein‹, dachte er.

Zelli hatte geschlossen, und die billigen zweifelhaften Hotels in der Nachbarschaft waren dunkel. Weiter oben in der Rue Blanche war es heller und von Einheimischen bevölkert, die sich lebhaft unterhielten. Der Literatenkeller war verschwunden, aber das Himmels- und das Höllencafé gähnten einem immer noch weit geöffnet entgegen und verschluckten sogar, während er noch dastand, die spärlichen Insassen eines Touristenbusses: ein deutsches, ein japanisches und ein amerikanisches Paar, die ihn aus erschreckten Augen anstarrten.

Das nannte man also die Betriebsamkeit und Originalität von Montmartre. Diese ganze Versorgung mit Laster und Amüsement hatte etwas ungemein Kindisches, und plötzlich wurde ihm die Bedeutung des Wortes »Zerstreuung« klar – sich zerstreuen, verflüchtigen, verdunsten; aus einem Etwas ein Nichts machen. In den späten Nachtstunden erschien einem jeder Lokalwechsel als ein gewaltiges Unterfangen, und je langsamer die eigenen Bewegungen wurden, desto mehr gab man aus.

Er erinnerte sich: Tausendfrancscheine für die Musikkapelle, nur damit sie einen bestimmten Schlager spielte; hundert Franc für den Portier, damit er ein Taxi herbeipfiff.

Und doch waren all diese Gelder nicht umsonst ausgegeben worden.

Noch die am sinnlosesten vergeudete Summe war eine Opfergabe an das Schicksal gewesen dafür, dass er nicht an die Dinge erinnert würde, auf die es allein ankam und die er nun nie mehr vergessen würde – sein Kind, das ihm entzogen worden war, und seine Frau, die sich in ein Grab nach Vermont geflüchtet hatte.

Im grellen Licht einer Brasserie sprach ihn eine Frau an. Er bestellte ihr ein paar Eier und einen Kaffee, schenkte ihr, ohne auf ihre einladenden Blicke einzugehen, einen Zwanzigfrancschein und fuhr dann mit einem Taxi in sein Hotel.

II

Es war ein herrlicher Herbsttag, als er aufwachte – Footballwetter. Seine gedrückte Stimmung vom Vortag war verflogen, er fand alle Leute auf den Straßen nett. Mittags saß er Honoria im Grand Vatel gegenüber, dem einzigen Restaurant, das ihn nicht an Sektgelage erinnerte oder an ausgedehnte Lunchs, die um zwei begannen und erst in der verschwommenen, ungewissen Abenddämmerung endeten.

»Nun, wie wär's mit Gemüse? Vielleicht solltest du etwas Gemüse essen?«

»Hm, ja.«

»Auf der Karte stehen *épinards* und *chou-fleur* und Karotten und *haricots*.«

»Ich möchte *chou-fleur*.«

»Möchtest du nicht zwei Sorten Gemüse haben?«

»Ich esse mittags immer nur eine.«

Der Kellner tat so, als sei er ganz besonders kinderlieb.

»*Qu'elle est mignonne la petite! Elle parle exactement comme une Française.*«

»Und Nachtisch? Sollen wir erst mal abwarten?«

Der Kellner verschwand. Honoria sah ihren Vater erwartungsvoll an.

»Was werden wir unternehmen?«

»Zuerst gehen wir in den Spielwarenladen in der Rue Saint-Honoré und kaufen dir, was du willst. Und dann gehen wir ins Vaudeville im Empire.«

Sie zögerte. »Das Vaudeville finde ich gut, aber nicht den Spielzeugladen.«

»Wieso nicht?«

»Du hast mir doch schon die Puppe mitgebracht.«
Sie hatte sie bei sich. »Und ich habe einen Haufen
Spielsachen. Außerdem sind wir nicht mehr reich,
oder?«

»Das waren wir nie. Aber heute soll dir jeder
Wunsch erfüllt werden.«

»Na gut«, stimmte sie ergeben zu.

Als ihre Mutter noch lebte und sie ein franzö-
sisches Kindermädchen hatten, hatte er zur Strenge
geneigt; jetzt gab er sich allergrößte Mühe, besonders verständnisvoll zu sein. Er musste ihr Vater und
Mutter in einem sein und durfte die Beziehung in
keiner Hinsicht verkümmern lassen.

»Ich möchte Sie gerne kennenlernen«, sagte er
feierlich. »Gestatten Sie zunächst, dass ich mich vorstelle. Ich heiße Charles J. Wales, aus Prag.«

»Oh, Daddy!« Ihre Stimme überschlug sich vor
Lachen.

»Und wer sind Sie, bitte?«, fuhr er ungerührt fort,
und sie fand sich sogleich in die Rolle: »Honoria
Wales, Rue Palatine, Paris.«

»Verheiratet oder ledig?«

»Nein, nicht verheiratet. Ledig.«

Er zeigte auf die Puppe. »Doch wie ich sehe, haben Sie ein Kind, Madame.«

Sie wollte es nicht verleugnen, drückte es an ihr

Herz und dachte rasch nach: »Ja, ich war verheiratet, aber jetzt bin ich's nicht mehr. Mein Mann ist gestorben.«

Er ging schnell darüber hinweg. »Und wie heißt Ihr Kind?«

»Simone. Nach meiner besten Schulfreundin.«

»Es freut mich sehr, dass du in der Schule so gut vorankommst.«

»Diesen Monat bin ich Dritte«, erklärte sie stolz. »Elsie«, das war ihre Cousine, »ist nur etwa Achtzehnte, und Richard steht ganz unten.«

»Du hast Richard und Elsie gern, nicht wahr?«

»O ja. Richard mag ich sehr, und sie hab ich auch recht gern.«

Vorsichtig fragte er so nebenbei: »Und Tante Marion und Onkel Lincoln – wen magst du lieber?«

»Oh, ich glaube Onkel Lincoln.«

Er wurde sich mehr und mehr ihrer kleinen Person bewusst. Schon als sie das Lokal betraten, hatte man allgemein »bezaubernd« geraunt, und nun nutzten die Leute am Nebentisch jede Gesprächspause dazu, das Kind anzustarren, als wenn es dafür ebenso unempfindlich wäre wie eine Blume.

»Warum wohne ich eigentlich nicht bei dir?«, fragte sie plötzlich. »Weil Mama tot ist?«

»Du musstest noch hierbleiben und mehr Französisch lernen. Daddy hätte nicht so gut für dich sorgen können.«

»Um mich braucht man sich nicht mehr besonders zu kümmern. Ich bin schon ganz selbständig.«

Als sie das Restaurant verlassen wollten, begrüßten ihn unerwartet ein Mann und eine Frau mit großem Hallo.

»Sieh da, der alte Wales!«

»Na so was, Lorraine ... Dunc.«

Plötzlich wiedererstandene Geister der Vergangenheit: Duncan Schaeffer, ein Studienfreund, und Lorraine Quarries, eine hübsche hellblonde Frau von dreißig, eine aus einem ganzen Schwarm, der in jenen üppigen Zeiten vor drei Jahren dazu beigetragen hatte, dass ihnen die Monate zu Tagen wurden.

»Mein Mann konnte dieses Jahr nicht kommen«, antwortete sie auf seine Frage. »Wir sind ziemlich knapp bei Kasse. Also hat er mir zweihundert pro Monat gegeben und gesagt, damit darf ich machen, was ich will ... Ist das dein Töchterchen?«

»Wie wär's, wollen wir uns nicht noch mal setzen?«, fragte Duncan.

»Ich kann nicht.« Er war froh, eine Ausrede zu haben. Lorraine wirkte mit ihrem herausfordernden Temperament immer noch anziehend auf ihn, aber sein Leben hatte jetzt einen anderen Rhythmus.

»Und wie wäre es mit einem Dinner heute Abend?«, fragte sie.

»Ich bin nicht frei. Gebt mir eure Adresse, ich werde euch anrufen.«

»Charlie, ich glaube, du bist nüchtern«, sagte sie nach einem kritischen Blick. »Im Ernst, er ist nüchtern, Dunc. Kneif ihn und stell fest, ob er nüchtern ist.«

Charlie wies mit einer Kopfbewegung auf Honoria. Die beiden lachten.

»Wo wohnst du?«, fragte Duncan argwöhnisch.

Er zögerte, denn er wollte den Namen seines Hotels nicht preisgeben.

»Ich habe noch keine feste Bleibe. Besser, ich ruf euch an. Wir gehen jetzt zum Vaudeville ins Empire.«

»Eine gute Idee! Genau das will ich auch«, sagte Lorraine. »Ich möchte mal wieder Clowns und Akrobaten und Jongleure sehen. Da wollen wir hin, Dunc.«

»Wir müssen erst noch etwas erledigen«, sagte Charlie. »Vielleicht treffen wir euch dort.«

»Abgemacht, du kleiner Snob … Wiedersehn, du reizendes Kind.«

»Auf Wiedersehen.«

Honoria knickste höflich.

Eine irgendwie unerfreuliche Begegnung. Sie klammerten sich an ihn, weil er gut in Form war und so seriös; sie wollten mit ihm zusammen sein, weil er ihnen augenblicklich überlegen war, weil sie sich an seiner Stärke hochziehen wollten.

Im Empire lehnte Honoria es stolz ab, auf dem zusammengelegten Mantel des Vaters erhöht zu sitzen. Sie war schon ein kleiner Charakter mit eigenen Grundsätzen, und Charlie verspürte immer dringlicher den Wunsch, ihr etwas von seinem eigenen Wesen mitzugeben, bevor sie sich ganz gefestigt hätte. Aber es war unmöglich, sie in so kurzer Zeit ganz kennenzulernen.

In der Pause stießen sie im Foyer, wo die Musik spielte, auf Duncan und Lorraine.

»Trinken wir einen?«

»Ja, aber nicht an der Bar. An einem Tisch.«

»Der mustergültige Vater!«

Während Charlie geistesabwesend Lorraine zuhörte, beobachtete er, wie Honorias Augen abschweiften; er folgte sehnsüchtig ihrem Blick und fragte sich, was sie wohl so interessierte. Dann trafen sich ihre Blicke, und sie lächelte.

»Die Limonade war gut«, sagte sie.

Was hatte sie gesagt? Was hatte er anderes erwartet? Später auf der Heimfahrt im Taxi zog er sie an sich, bis ihr Kopf an seiner Brust lag.

»Mein Liebling, denkst du hin und wieder an deine Mutter?«

»Ja, manchmal«, antwortete sie vage.

»Ich möchte nicht, dass du sie vergisst. Hast du ein Bild von ihr?«

»Ich glaube, ja. Auf alle Fälle hat Tante Marion eins. Warum soll ich sie nicht vergessen?«

»Weil sie dich sehr geliebt hat.«

»Ich habe sie auch liebgehabt.«

Sie schwiegen eine Weile.

»Daddy, ich möchte mitkommen und bei dir wohnen«, sagte sie plötzlich.

Sein Herz tat einen Sprung; genau so hatte er es sich gewünscht.

»Bist du denn nicht richtig glücklich?«

»Doch, aber ich hab dich von allen am liebsten. Und du hast mich auch am liebsten, nicht wahr, jetzt, wo Mummy tot ist?«

»Natürlich, aber du wirst mich nicht immer am liebsten haben, mein Süßes. Du wirst einmal erwachsen sein und einem begegnen, der so alt ist wie du, und wirst ihn heiraten und deinen Daddy ganz vergessen.«

»Ja, das stimmt«, meinte sie ergeben.

Er ging nicht mit hinein. Er wollte um neun wiederkommen und bis dahin für die bevorstehende Auseinandersetzung frisch bleiben.

»Wenn du gut ins Haus gekommen bist, zeig dich am Fenster.«

»Schön. Wiedersehen, Dads, Dads, Dads, Dads.«

Er wartete auf der dunklen Straße, bis sie erhitzt und mit roten Backen oben am Fenster erschien und ihm kleine Handküsse in die Nacht zuwarf.

III

Sie erwarteten ihn schon. Marion saß hinter dem Kaffeeservice und trug ein dezentes schwarzes Abendkleid, um gerade noch anzudeuten, dass man in Trauer war. Lincoln ging unruhig auf und ab wie jemand, der gerade schon geredet hatte. Offenbar wollten sie ebenso schnell wie er selbst zur Sache kommen. Also begann er fast unverzüglich damit.

»Ich nehme an, ihr kennt den Grund meines Besuchs – weshalb ich überhaupt nach Paris gekommen bin.«

Marion spielte stirnrunzelnd an den schwarzen Sternen ihrer Kette.

»Es liegt mir sehr daran, ein eigenes Heim zu haben«, fuhr er fort, »und es liegt mir vor allem daran, Honoria bei mir zu haben. Ich würdige es sehr, dass ihr Honoria ihrer Mutter zuliebe zu euch genommen habt, aber inzwischen haben die Verhältnisse sich gewandelt –« Er zögerte, um dann dringlicher fortzufahren: »– gründlich gewandelt, was mich betrifft, so dass ich euch bitten möchte, die Angelegenheit neu zu überdenken. Es wäre dumm von mir zu leugnen, dass ich mich vor drei Jahren schlecht verhalten habe ...«

Marion blickte auf und sah ihn aus harten Augen an.

»...doch das ist nun vorbei. Ich sagte euch schon: Seit über einem Jahr nehme ich nur noch einen Drink pro Tag, und das tue ich ganz bewusst, damit der Gedanke an den Alkohol in mir nicht richtig aufkommen kann. Versteht ihr?«

»Nein«, sagte Marion knapp.

»Es ist eine Art von Gewaltkur, die ich mir auferlege. Sie hält mich im Gleichgewicht.«

»Ich glaube zu verstehen«, sagte Lincoln, »du willst verhindern, dass er wieder Macht über dich gewinnt.«

»So ungefähr. Manchmal vergesse ich's und trinke gar nichts. Aber ich zwinge mich dazu. Übrigens kann ich es mir in meiner Position ohnehin nicht leisten zu trinken. Die Firma, die ich vertrete, ist mit meinen Erfolgen mehr als zufrieden; ich werde meine Schwester von Burlington herüberkommen lassen, damit sie mir den Haushalt führt, und ich brenne darauf, auch Honoria bei mir zu haben. Ihr wisst, dass ihre Mutter und ich, selbst wenn wir uns nicht gut vertrugen, die Dinge nie an Honoria herankommen ließen. Ich weiß, dass sie mich liebhat, und ich weiß, dass ich für sie sorgen kann, und – nun, das ist alles. Wie denkt ihr darüber?«

Er wusste, dass er nun allerlei würde einstecken müssen. Es würde ein oder zwei Stunden dauern und nicht leicht sein. Wenn er sich aber zwang, nicht aufzubegehren, und sich den geläuterten Anstrich des reuigen Sünders gab, konnte er wohl am Ende seinen Willen durchsetzen.

›Ruhig Blut‹, sagte er sich. ›Ich will ja nicht recht bekommen, ich will Honoria.‹

Lincoln sprach als Erster: »Wir haben die Sache immer wieder beredet, seitdem wir vorigen Monat deinen Brief bekamen. Wir sind glücklich, Honoria bei uns zu haben. Sie ist ein liebes kleines Ding, und wir sind froh, sie weiterbringen zu können, aber darum geht es natürlich nicht …«

Marion unterbrach ihn plötzlich. »Wie lange willst du denn nun nüchtern bleiben, Charlie?«, fragte sie.

»Für immer, hoffe ich.«

»Und wie soll man sich darauf verlassen?«

»Ich war, wie ihr wisst, nie ein starker Trinker, bis ich meine geschäftliche Tätigkeit aufgab und nach Europa kam, ohne richtige Beschäftigung. Da erst fingen Helen und ich an herumzubummeln mit …«

»Lass gefälligst Helen aus dem Spiel. Ich ertrag's nicht, dass du so von ihr sprichst.«

Er starrte sie finster an; er war sich nie darüber klar gewesen, wie nahe sich die Schwestern zu Helens Lebzeiten eigentlich standen.

»Meine Trinkerei hat alles in allem nur anderthalb Jahre gedauert – von dem Zeitpunkt, als wir hierherkamen, bis zu meinem ... Zusammenbruch.«

»Das ist lange genug.«

»Ja, das ist lange genug«, gab er zu.

»Ich fühle mich ausschließlich Helen verpflichtet«, sagte sie, »und ich versuche, immer nur in ihrem Sinn zu handeln. Denn – rundheraus gesagt – seit der Nacht, in der du dich so abscheulich benahmst, hast du für mich nicht mehr existiert. Ich kann nicht dagegen an. Sie war meine Schwester.«

»Ja.«

»Als sie im Sterben lag, bat sie mich, ein Auge auf Honoria zu haben. Wenn du damals nicht im Sanatorium gewesen wärst, hätte manches leichter sein können.«

Darauf wusste er nichts zu antworten.

»Nie im Leben werde ich jenen Morgen vergessen, als Helen, schlotternd und bis auf die Haut durchnässt, bei mir erschien und sagte, du habest sie ausgeschlossen.«

Charlie umklammerte die Sessellehnen. So schwierig hatte er sich die Sache nicht vorgestellt. Er wollte seinen Protest äußern und zu einer langen Erklärung ausholen, aber er sagte nur: »In jener Nacht, als ich sie ausschloss –«, und schon unterbrach sie ihn:

»Ich fühle mich nicht imstande, das alles noch einmal zu erörtern.«

Nach kurzem Schweigen sagte Lincoln: »Wir kommen vom Thema ab. Du möchtest, dass Marion ihre gesetzliche Vormundschaft aufgibt und dir Honoria wieder überlässt. Und ich denke, für sie kommt es vor allem darauf an, ob sie Vertrauen zu dir hat oder nicht.«

»Ich mache Marion keinen Vorwurf«, sagte Charlie langsam, »aber ich glaube, sie kann volles Vertrauen zu mir haben. Bis vor drei Jahren hatte ich einen tadellosen Ruf. Natürlich liegt es im Bereich des Menschenmöglichen, dass ich irgendwann einmal wieder versage. Wenn wir aber noch lange warten, geht mir Honorias Kindheit verloren und damit auch jede Hoffnung auf ein eigenes Heim.« Er schüttelte heftig den Kopf. »Ich verliere sie einfach, begreift ihr das denn nicht?«

»Ja, ich verstehe«, sagte Lincoln.

»Warum hast du dir darüber nicht früher Gedanken gemacht?«, fragte Marion.

»Das habe ich sogar manchmal, aber Helen und ich standen damals zu schlecht miteinander. Als ich meine Zustimmung zu der Vormundschaft gab, lag ich im Sanatorium fest und hatte alles an der Börse verloren. Ich sah ein, dass ich schlecht an Helen gehandelt hatte, und war bereit, allem zuzustimmen, was sie nur irgendwie beruhigen könnte. Heute aber ist die Situation ganz anders. Ich bin wieder in Ordnung, ich benehme mich anständig, verdammt noch mal, soweit man –«

»Ich verbitte mir dein Fluchen«, sagte Marion.

Er sah sie entgeistert an. Mit jedem Wort trat ihre feindselige Haltung deutlicher zutage. Sie hatte ihre ganze Lebensangst wie einen Wall aufgetürmt und als Abwehrfront gegen ihn gerichtet. Den lächerlichen Verweis verdankte er womöglich nur dem Umstand, dass sie sich vorhin über die Köchin geärgert hatte. Der Gedanke, Honoria in dieser ihm feindlichen Atmosphäre zu lassen, beunruhigte Charlie mehr und mehr; früher oder später würde es ans Licht kommen, in Form eines anzüglichen Worts oder eines Kopfschüttelns, und schon würde etwas von diesem Misstrauen sich unwiderruflich in Honoria festsetzen. Dennoch beherrschte er sich und verriet seinen Unmut mit keiner Regung. Er konnte ein Plus verbuchen, denn Lincoln, der Marions Bemerkung als absurd empfand, fragte sie leichthin, seit wann sie etwas gegen das Wörtchen »verdammt« habe.

»Es kommt hinzu«, sagte Charlie, »dass ich jetzt in der Lage bin, ihr mancherlei zu bieten. Ich nehme eine französische Gouvernante mit nach Prag; außerdem habe ich eine neue Wohnung gemietet …«

Er merkte seinen Fehler und verstummte. Die Tatsache, dass er schon wieder doppelt so viel verdiente wie sie, konnte sie nicht gleichgültig lassen.

»Ich glaube gern, dass du ihr mehr Luxus bieten kannst als wir«, sagte Marion. »Als du damals das Geld nur so zum Fenster rauswarfst, mussten wir jeden Zehnfrancschein umdrehen … Wahrscheinlich bist du bald wieder so weit.«

»O nein«, sagte er. »Ich bin jetzt klüger. Ihr wisst ja, ich hatte zehn Jahre hart gearbeitet – bis ich, wie so viele, an der Börse Glück hatte. Unverschämtes Glück. Damals erschien es unsinnig weiterzuarbeiten, also hörte ich auf. So etwas wird nicht wieder passieren.«

Es trat eine lange Pause ein. Sie fühlten alle drei, wie ihre Nerven gespannt waren, und zum ersten Mal seit einem Jahr verspürte Charlie das Bedürfnis nach einem Schnaps. Er war sich nun sicher: Lincoln Peters wollte, dass er sein Kind wiederbekam.

Marion begann plötzlich zu zittern; etwas in ihr erkannte, dass Charlie jetzt mit beiden Füßen fest auf der Erde stand, und ihre eigenen Muttergefühle sagten ihr, dass sein Wunsch nur natürlich sei. Aber zu lange hatte sie ein Vorurteil gehegt – ein Vorurteil, das in einem merkwürdigen Misstrauen gegen das Lebensglück ihrer Schwester wurzelte und das sich, unter dem Schock jener entsetzlichen Nacht, in Hass gegen ihn verwandelt hatte. Die Ereignisse hatten sie zu einem Zeitpunkt getroffen, als sie von Krankheit und anderen widrigen Lebensumständen niedergedrückt war und ihre Zwangsvorstellung von der Gemeinheit der Welt geradezu persönliche Gestalt annahm.

»Ich kann gegen meine Gedanken nicht an!«, rief sie plötzlich unter Tränen. »Wie weit du für Helens Tod verantwortlich bist, weiß ich nicht. Das musst du mit deinem eigenen Gewissen ausmachen.«

Es traf ihn wie ein tödlicher elektrischer Schlag. Fast wäre er mit einem unartikulierten Laut in der Kehle aufgesprungen. Er hielt sich mühsam zurück, einen Augenblick, dann noch einen Augenblick.

»Nun aber genug«, sagte Lincoln peinlich berührt. »Der Gedanke, dass du daran schuld sein könntest, ist mir nie gekommen.«

»Helen starb an einem Herzleiden«, sagte Charlie dumpf.

»Allerdings, an einem Herzleiden.« Marion sagte es so, als habe der Satz für sie eine andere Bedeutung.

In der Ernüchterung, die ihrem Ausbruch folgte, erkannte sie jetzt klar, dass er irgendwie Herr der Lage geworden war. Vergeblich blickte sie ihren Gatten noch einmal hilfesuchend an und gab dann so plötzlich, als messe sie der Sache überhaupt keine Bedeutung bei, den Kampf auf.

»Mach, was du willst!«, rief sie schluchzend und sprang auf. »Es ist schließlich dein Kind, und ich denke nicht daran, mich dir in den Weg zu stellen. Wenn es sich um mein Kind handelte, dann würde ich lieber ...« Sie beherrschte sich mühsam. »Macht ihr das untereinander ab. Ich kann nicht mehr. Mir ist schlecht. Ich gehe zu Bett.«

Damit rannte sie aus dem Zimmer.

Nach einer Weile sagte Lincoln: »Das war ein schwerer Tag für sie. Du weißt, wie sehr sie sich alles zu Herzen nimmt ...« Es klang fast wie eine Entschuldigung. »Wenn Frauen sich einmal auf etwas versteifen ...«

»Natürlich, ich verstehe.«

»Es kommt schon alles in Ordnung. Ich glaube, sie sieht jetzt ein, dass du für das Kind ... aufkommen kannst. Wir können dir nicht gut länger im Wege stehen oder Honoria im Wege stehen.«

»Ich danke dir, Lincoln.«

»Es ist besser, ich geh jetzt und sehe mal nach ihr.«

»Ich werde auch gehen.«

Unten auf der Straße zitterte er noch vor Erregung, aber der Gang die Rue Bonaparte hinab zu den Quais gab ihm sein Gleichgewicht wieder, und als er die Seine überquerte, frisch und neu im Widerschein der Uferlaternen, frohlockte er innerlich. In seinem Hotelzimmer dann konnte er keinen Schlaf finden. Helens Bild verfolgte ihn. Helen, die er so sehr geliebt hatte, bis sie beide törichterweise angefangen hatten, diese Liebe mit Füßen zu treten und kaputtzumachen. An jenem entsetzlichen Abend im Februar, der Marion so lebhaft vor Augen stand, hatten sie sich stundenlang einen zermürbenden Streit geliefert. Im Florida hatte es eine Szene gegeben; danach hatte er versucht, sie zum Nachhausegehen zu bewegen, dann hatte sie den jungen Webb am Tisch geküsst, und schließlich folgte ihr hysterischer Ausbruch. Als er alleine nach Hause kam, hatte er in wilder Wut die Tür abgeschlossen. Wie konnte er ahnen, dass sie eine Stunde später ganz allein heimkommen würde, dass es einen Schneesturm geben würde, in dem sie in ihren Tanzpantöffelchen umherirren würde, zu verstört, um ein Taxi ausfindig zu machen? Und dann das Nachspiel, wie sie nur durch ein Wunder eine Lungenentzündung überstand, und der ganze dazugehörige Schrecken. Sie hatten sich wieder »ausgesöhnt«, aber das war nur der Anfang vom Ende, und Marion, die es aus nächster Nähe miterlebt hatte und darin nur eine Etappe in dem langen Martyrium ihrer Schwester vermutete, konnte es nie vergessen.

Seine Grübeleien brachten ihm Helen wieder nahe, und in dem bleichen, milden Licht, das sich gegen Morgen in den Halbschlaf zu schleichen pflegt, hielt er auf einmal mit ihr Zwiesprache. Sie sagte, er habe, was Honoria betreffe, vollkommen recht; es sei auch ihr Wunsch, dass Honoria wieder zu ihm zurückkehre. Sie freue sich über seine Besserung und über sein Vorwärtskommen. Sie sagte noch vieles andere – lauter Freundlichkeiten –, aber sie saß in einem weißen Gewand auf einer Schaukel und schwang immer schneller hin und her, so dass er am Ende nicht mehr genau verstehen konnte, was sie sagte.

IV

Beim Aufwachen fühlte er sich glücklich. Das Tor zur Welt stand ihm wieder offen. Er fasste Vorsätze, entwarf Pläne und malte sich seine und Honorias Zukunft aus. Doch plötzlich wurde er wieder schwermütig, als ihm all die Pläne einfielen, die er und Helen gemeinsam geschmiedet hatten. Ihr Tod war darin nicht vorgesehen. Jetzt forderte die Gegenwart ihr Recht – arbeiten hieß es und jemanden liebhaben. Doch nicht zu sehr, denn er wusste, wie schädlich es sein konnte, wenn ein Vater die Tochter oder eine Mutter den Sohn zu fest an sich band: Solche Kinder suchten später im Leben beim Ehepartner die gleiche blinde Zärtlichkeit, wurden vermutlich darin enttäuscht und fassten einen Widerwillen gegen Liebe und Leben.

Wieder war es ein frischer, strahlender Tag. Er rief Lincoln Peters in der Bank an, wo er arbeitete, und fragte ihn, ob er nun damit rechnen könne, Honoria bei seiner Abreise mit nach Prag zu nehmen. Lincoln stimmte zu, es bestehe kein Grund, die Sache aufzuschieben. Nur eins – die gesetzliche Vormundschaft. Marion wünsche sie noch eine Zeitlang aufrechtzuerhalten. Sie sei sehr aufgewühlt durch die ganze Angelegenheit, und das Bewusstsein, auf ein weiteres Jahr die Dinge formell in der Hand zu behalten, würde ihr den Entschluss erleichtern. Charlie fügte sich, er wollte sein leibhaftiges Kind haben, nichts weiter.

Als Nächstes war die Frage der Gouvernante zu klären. Charlie saß in einem düsteren Vermittlungsbüro und sprach mit einer verschrobenen Person aus dem Béarnais und einer derben Bretonin vom Land, die er beide nie und nimmer hätte um sich haben mögen. Andere wollten sich am nächsten Tag vorstellen.

Er aß mit Lincoln Peters im Griffons zu Mittag und versuchte, sich seinen Triumph nicht anmerken zu lassen.

»Es geht eben nichts über das eigene Kind«, sagte

Lincoln. »Doch du musst auch Marions Gefühle verstehen.«

»Sie vergisst, dass ich sieben Jahre lang hart gearbeitet habe«, sagte Charlie. »Sie denkt immer nur an diese eine Nacht.«

»Es gibt noch etwas anderes.« Lincoln zögerte. »Während ihr, du und Helen, in Saus und Braus Europa durchstreift habt, hatten wir nur gerade unser Auskommen. Von dem Aufschwung habe ich nichts gehabt, weil es bei mir nur dazu reichte, meine Lebensversicherung weiterzuführen. Ich glaube, Marion sieht darin eine Art von Ungerechtigkeit – dass du schließlich überhaupt nicht mehr gearbeitet hast und dabei immer reicher wurdest.«

»Das zerrann ebenso schnell, wie es gekommen war«, sagte Charlie.

»Ja, und das meiste davon rann in die offenen Hände von Hotelpagen, Saxophonisten und Oberkellnern – na, der Rummel ist ja nun vorbei. Ich habe das auch nur gesagt, um dir zu erklären, wie Marion über jene verrückte Zeit denkt. Wenn du heute Abend gegen sechs vorbeikommst, ehe Marion zu müde ist, können wir die Einzelheiten regeln.«

Im Hotel fand Charlie einen Rohrpostbrief vor, der aus der Ritz-Bar an ihn geschickt worden war. Dort hatte er ja seine Adresse hinterlassen, um für einen gewissen Mann erreichbar zu sein.

Lieber Charlie,

als wir uns gestern trafen, warst Du so sonderbar, dass ich mich schon fragte, ob ich Dich irgendwie beleidigt haben könnte. Wenn ja, dann ist es jedenfalls ohne jede Absicht geschehen. Im Gegenteil: Ich habe das ganze Jahr über immer wieder an Dich denken müssen und im Hinterkopf geahnt, dass ich Dich womöglich hier wiedersehen würde. Was haben wir doch für Spaß gehabt in jenem verrückten Frühling, z. B. in der Nacht, als wir beide das Dreirad des Fleischers stahlen, oder als wir beim Präsidenten vorsprechen wollten, und Du trugst immer diesen alten Homburg und Deinen drahtigen Spazierstock. In letzter Zeit scheint mir alle Welt gealtert, aber ich fühle mich nicht die Spur alt. Können wir heute nicht ein bisschen zusammen sein und von vergangenen Tagen schwärmen? Im Augenblick bin ich grässlich verkatert, doch am Nachmittag wird's besser sein; dann will ich im ollen Wucherladen von Ritz nach Dir Ausschau halten.

Immer die Deine,
Lorraine

Seine erste Reaktion war ein ehrfürchtiges Staunen, dass er tatsächlich als erwachsener Mann ein Dreirad gestohlen hatte und mit Lorraine in später Nachtstunde rund um die Place d'Etoile geradelt war. Jetzt nahm sich das wie ein Alptraum aus. Dass er Helen ausgesperrt hatte, passte so gar nicht zu seinem sonstigen Leben, aber die Geschichte mit dem Dreirad durchaus – sie war nur eines von vielen ähnlichen Abenteuern. Wie viele Wochen oder Monate an ausschweifendem Leben waren nötig gewesen, um jenes äußerste Stadium unverantwortlichen Leichtsinns zu erreichen?

Er versuchte sich auszumalen, wie Lorraine ihm damals erschienen war – zweifellos sehr anziehend. Helen war darüber unglücklich gewesen, wenn sie auch nichts gesagt hatte. Doch gestern im Restaurant kam sie ihm banal, aufgedunsen und verlebt vor. Er wollte sie um keinen Preis sehen und war erleichtert, dass Alix ihr nicht seine Hoteladresse gegeben hatte. Wie tröstlich dagegen, an Honoria zu denken, an Sonntage mit ihr, ans Guten-Morgen-Sagen und das Gefühl, sie nachts im Haus zu wissen mit ihren kleinen Atemzügen im dunklen Zimmer.

Um fünf nahm er sich ein Taxi und kaufte Geschenke für die ganze Familie Peters eine aparte Stoffpuppe, eine Schachtel Bleisoldaten, Blumen für Marion und für Lincoln große Leinentaschentücher.

Bei seiner Ankunft spürte er sogleich, dass Marion

sich in das Unvermeidliche gefügt hatte. Sie begrüßte ihn eher wie ein etwas schwieriges Familienmitglied und nicht wie einen bedrohlichen Eindringling. Honoria war schon informiert, und Charlie stellte mit Befriedigung fest, dass sie ihr überschwengliches Glück taktvoll zu verbergen wusste. Erst als sie auf seinem Schoß saß, gab sie flüsternd ihrer Freude Ausdruck und fragte: »Wann fahren wir?« Danach schlüpfte sie mit den beiden anderen hinaus.

Einen Augenblick blieb er mit Marion allein im Zimmer. Einem plötzlichen Impuls folgend, sagte er kühn:

»Familienzwist ist eine bittere Sache. Er verläuft nicht nach irgendwelchen Regeln. Es ist nicht wie eine Wunde oder ein Schmerz, die vorübergehen, sondern mehr wie ein klaffender Riss in der Haut, der nicht heilen will, weil nicht genug Haut nachwächst. Ich wünschte, wir beide würden uns besser verstehen.«

»Über manches kommt man schwer hinweg«, antwortete sie. »Es ist eine Frage des Vertrauens.« Darauf war nichts zu sagen, und so fragte sie: »Wann gedenkst du sie von hier mitzunehmen?«

»Sobald ich eine Gouvernante habe. Ich hoffe, übermorgen.«

»Das ist unmöglich. Ich muss erst noch ihre Sachen in Ordnung bringen. Vor Samstag geht's nicht.«

Er gab nach. Dann kam Lincoln wieder ins Zimmer und bot ihm einen Drink an.

»Gut, meinen täglichen Whiskey«, sagte er.

Es war warm im Raum, es war ein richtiges Heim, Menschen, die gemeinsam vor einem Kaminfeuer saßen. Die Kinder fühlten sich geborgen und ernst genommen, Mutter und Vater waren verlässlich und aufmerksam. Gemessen am Wohl und Wehe der Kinder war sein Besuch nur von zweitrangiger Bedeutung, und die Verabfolgung eines Löffels Medizin war im Grunde wichtiger als die gespannten Beziehungen zwischen Marion und ihm. Sie waren nicht gerade Spießer, aber das tägliche Einerlei und die Umstände beanspruchten sie ganz und gar. Er überlegte, ob er nicht etwas tun könnte, damit Lincoln aus seinem Trott als Bankangestellter herauskam.

Ein langes Klingeln an der Haustür; das Dienstmädchen ging durchs Zimmer und hinaus in den Korridor. Auf ein neues anhaltendes Klingeln wurde die Tür geöffnet, man hörte Stimmen, und die drei im Salon blickten erwartungsvoll auf. Lincoln reckte sich, um einen Blick auf den Korridor zu erhaschen, und Marion erhob sich. Dann kam das Mädchen zurück durch den Flur und gleich hinter ihr die Stimmen, die sich bei Licht als die von Duncan Schaeffer und Lorraine Quarries entpuppten.

Die beiden waren heiter, geradezu ausgelassen,

und kamen aus dem Lachen gar nicht heraus. Einen Augenblick war Charlie platt; er begriff nicht, wie sie die Adresse der Peters herausbekommen hatten.

»Ei ei ei!« Duncan drohte Charlie schelmisch mit dem Finger. »Ei ei!«

Beide stimmten eine neue Lachsalve an. Bestürzt und verlegen begrüßte Charlie sie flüchtig und stellte sie Lincoln und Marion vor. Marion nickte nur, sagte kaum etwas. Sie war einen Schritt zurückgetreten und stand jetzt am Kamin; ihre Tochter war an ihrer Seite, und Marion legte den Arm um ihre Schulter.

Mit wachsender Verärgerung über ihr freches Eindringen wartete Charlie auf eine Erklärung. Nach angestrengtem Nachdenken sagte Duncan schließlich:

»Wir wollten dich zum Abendessen einladen. Lorraine und ich bestehen darauf, dass diese alberne Geheimnistuerei mit deiner Adresse aufhört.«

Charlie trat näher an sie heran, als wollte er sie wieder auf den Gang hinausdrängen.

»Bedaure, aber ich kann nicht. Sagt mir, wo ihr hingeht, und ich rufe euch in einer halben Stunde an.«

Das machte keinerlei Eindruck auf sie. Lorraine ließ sich plötzlich auf einer Sessellehne nieder, richtete ihren Blick auf Richard und rief aus: »Oh, was für ein reizender Junge! Komm einmal her, mein Kleiner.« Richard schielte nach seiner Mutter, rührte sich aber nicht. Mit ostentativem Achselzucken wandte Lorraine sich wieder Charlie zu:

»Komm schon mit. Deine Verwandten ha'm sicher nix dagegen. Wann sieht man dich schon, du steifer Patron!«

»Ich kann nicht«, sagte Charlie scharf. »Esst ihr beiden zusammen, und ich rufe euch an.«

Plötzlich schlug sie einen unangenehmen Ton an.

»Schön, wir gehen. Aber ich weiß noch, wie du frühmorgens um vier an meine Zimmertür getrommelt hast und noch einen Drink wolltest. Dafür war ich dir gut genug! Los, Dunc, komm.«

Immer noch in Zeitlupe und mit verschwiemelten, zorngeröteten Gesichtern verschwanden sie auf unsicheren Beinen hinaus in den Gang.

»Gute Nacht«, sagte Charlie.

»Gute Nacht!«, gab Lorraine patzig zurück.

Als er wieder ins Zimmer trat, hatte Marion sich nicht von der Stelle gerührt, nur hatte sie nun ihren anderen Arm um ihren Sohn geschlungen. Lincoln schaukelte immer noch Honoria hin und her, wie ein Uhrpendel.

»So eine Unverschämtheit!«, entrüstete sich Charlie. »So eine ausgemachte Unverschämtheit!«

Keiner antwortete ihm. Charlie ließ sich in einen Sessel fallen, nahm sein Glas auf, setzte es aber sogleich wieder ab und sagte: »Leute, die ich zwei Jahre nicht gesehen habe – und besitzen die kolossale Frechheit…«

Er brach ab. Marion hatte ein einziges wütendes »Oh!« ausgestoßen, sich mit einem Ruck von ihm abgewandt und das Zimmer verlassen.

Lincoln ließ Honoria behutsam zu Boden.

»Geht mal, Kinder, und fangt schon mit eurer Suppe an«, sagte er, und als sie draußen waren, wandte er sich an Charlie:

»Marion geht's nicht gut; sie kann keine Aufregungen vertragen. Diese Sorte von Menschen macht sie buchstäblich krank.«

»Ich habe sie nicht herbestellt. Sie müssen von irgendjemandem eure Adresse herausbekommen haben und absichtlich –«

»Ja, scheußlich. Macht aber die Sache nicht besser. Entschuldige mich einen Moment.«

Allein gelassen, saß Charlie angespannt in seinem Stuhl. Aus dem Nebenzimmer hörte er die Kinder beim Essen kindlich plappern; offenbar hatten sie die Szene zwischen den Erwachsenen längst vergessen. Aus einem entfernteren Raum drang undeutlich ein Gespräch an sein Ohr, dann das leise Klingeln, als ein Telefonhörer abgenommen wurde. In panischer Angst flüchtete er sich in eine Ecke des Zimmers außer Hörweite.

Im nächsten Augenblick kam Lincoln wieder zurück. »Hör mal, Charlie. Ich glaube, wir verzichten lieber auf das gemeinsame Abendessen. Marion ist in schlechter Verfassung.«

»Ist sie mir böse?«

»Irgendwie schon«, sagte er fast rauh. »Sie ist nicht die Stärkste und …«

»Heißt das, sie hat ihre Absichten, was Honoria betrifft, geändert?«

»Sie ist jetzt gerade sehr verbittert. Ich weiß noch nicht. Ruf mich morgen in der Bank an.«

»Mach ihr doch bitte klar, dass ich nicht im Traum daran gedacht habe, diese Leute könnten hier erscheinen. Ich bin darüber nicht weniger aufgebracht als ihr.«

»Ich kann ihr jetzt gar nichts klarmachen.«

Charlie stand auf. Er nahm Mantel und Hut und ging auf den Korridor hinaus. Dann öffnete er die Tür zum Speisezimmer und sagte mit einer unnatürlichen Stimme: »Gute Nacht, Kinder.«

Honoria sprang auf, kam um den Tisch gerannt und schmiegte sich an ihn.

»Gute Nacht, Liebling«, sagte er zerstreut und dann, indem er versuchte, mehr Zärtlichkeit in seine Stimme zu legen, als müsse er etwas wiedergutmachen: »Gute Nacht, ihr lieben Kinder.«

V

Charlie ging auf dem schnellsten Weg in die Ritz-Bar, um in seinem ersten Zorn Lorraine und Duncan zu suchen; sie waren aber nicht dort, und er sah ein, dass da ohnehin nicht viel zu machen war. Bei den Peters hatte er seinen Drink nicht angerührt; jetzt bestellte er sich einen Whiskey-Soda. Paul kam herbei, um ihn zu begrüßen.

»Hat sich viel verändert«, sagte er bekümmert. »Wir setzen nur noch halb so viel um wie früher. Von vielen Stammgästen höre ich, dass sie in den Staaten alles verloren haben, wenn nicht beim ersten Krach, dann beim zweiten. Ihr Freund George Hardt besitzt, soviel ich weiß, keinen Penny mehr. Leben Sie auch wieder drüben?«

»Nein, ich habe eine Arbeit in Prag.«

»Es heißt, Sie hätten auch viel verloren.«

»Ja«, und grimmig setzte er hinzu: »Aber ich hatte meinen entscheidenden Verlust schon während des Booms.«

»Zu billig verkauft?«

»So ungefähr.«

Wieder überkam ihn wie ein Alpdruck die Erinnerung an jene Tage – Menschen, Reisebekanntschaften, Leute, die nicht imstande waren, zwei Zahlen zu addieren oder einen zusammenhängenden

Satz zu sprechen. Und jener Bursche, von dem Helen sich beim Bordfest zum Tanzen hatte auffordern lassen und der sie dann ein paar Schritte vom Tisch entfernt beleidigt hatte. Und Frauen und Mädchen, die, im Alkohol- oder Drogenrausch lärmend, aus öffentlichen Lokalen herausgetragen werden mussten …

… Männer, die ihre Frauen im Schnee vor verschlossener Tür stehen ließen, weil ja der Schnee von 1929 gar kein richtiger Schnee war. Mit etwas Geld war es zu machen, dass Schnee kein Schnee mehr war, wenn es einem nicht passte.

Er ging zum Telefon und rief bei den Peters an; Lincoln meldete sich.

»Ich rufe an, weil mir die Sache nicht aus dem Kopf geht. Hat Marion sich schon definitiv geäußert?«

»Marion ist krank«, antwortete Lincoln kurz. »Natürlich trifft dich keine wirkliche Schuld, aber ich kann wegen dieser Sache nicht ihre Gesundheit aufs Spiel setzen. Ich fürchte, wir müssen das Ganze noch ein halbes Jahr in der Schwebe lassen. Das Risiko, sie noch einmal so aufzurcgcn, kann ich nicht übernehmen.«

»Ich verstehe.«

»Tut mir leid, Charlie.«

Er ging an seinen Tisch zurück. Sein Glas war leer,

aber auf einen fragenden Blick von Alix schüttelte er nur den Kopf. Da war nun nicht mehr viel zu machen, außer dass er Honoria noch ein paar Geschenke kaufen konnte; gleich morgen würde er ihr eine Menge Sachen schicken lassen. Es erbitterte ihn, dass auch das wieder nur Geld war – wem hatte er nicht schon alles Geld gegeben …

»Nein, keinen mehr«, sagte er zu einem anderen Kellner. »Was bin ich Ihnen schuldig?«

Eines Tages würde er wiederkommen; sie konnten ihn nicht ewig zahlen lassen. Aber er wollte endlich sein Kind haben; ohne das konnte nichts gut werden. Er war kein junger Mann mehr mit lauter netten Ideen und Zukunftsträumen. Er war fest überzeugt: Helen hätte nicht gewollt, dass er so einsam sei.

Verrückter Sonntag

I

Es war Sonntag – kein richtiger Tag, sondern eher eine Lücke zwischen zwei anderen Tagen. Alle hatten das Gleiche hinter sich: Proben und Drehtage, das endlose Warten unter dem Mikrophongalgen, die täglichen hundert Meilen im Auto hierhin und dorthin, das heftige Konkurrieren um originelle Einfälle in den Konferenzräumen, die ewigen Kompromisse, das Aufeinanderprallen und die Reibung so vieler Menschen im Existenzkampf. Und nun war der Sonntag gekommen, an dem das Private wieder auflebte und Augen, die noch am vorigen Nachmittag in Monotonie erstarrt waren, einen freundlichen Schimmer bekamen. Während sich der Tag langsam neigte, erwachten sie einer nach dem anderen zum Leben wie die Puppen in der *Puppenfee*: Hier entspann sich ein lebhaftes Gespräch in einer Ecke, dort verzog sich ein Liebespaar zum Küssen auf den Gang. Und dann das bekannte Gefühl: »Schnell, noch ist Zeit, aber um Himmels willen beeilen, ehe diese gesegneten vierzig Stunden des Müßiggangs wieder vorbei sind.«

Joel Coles war als Drehbuchautor für die Szenenanschlüsse zuständig. Er war achtundzwanzig und noch nicht von Hollywood verbraucht. In den sechs Monaten seit seiner Ankunft hatte man ihm lauter sogenannte bessere Sachen übertragen, und er lieferte seine Szenen und Folgen zuverlässig und mit wirklichem Eifer. Er selbst nannte sich bescheiden einen Schmieranten, doch in Wahrheit dachte er von seiner Arbeit nicht so gering. Seine Mutter war eine bekannte Schauspielerin gewesen; Joel hatte seine Kindheit zwischen London und New York verbracht und sich immer bemüht, zwischen Schein und Sein zu unterscheiden oder wenigstens etwas eher dahinterzukommen als andere. Er war ein gutaussehender junger Mann und hatte die gleichen rehbraunen Augen, mit denen seine Mutter schon 1913 das Broadwaypublikum bezaubert hatte.

Als er die Einladung erhielt, war er sich sicher, dass er auf dem richtigen Weg war. Im Allgemeinen ging er sonntags nicht aus und trank nichts, sondern nahm sich Arbeit mit nach Hause. Vor kurzem hatte man ihm ein Stück von O'Neill gegeben, mit einer sehr prominenten Hauptdarstellerin. All seine bisherigen Arbeiten hatten den Beifall von Miles Calman gefunden, und Miles Calman war im Studio der einzige Regisseur, der nicht unter einem Vorgesetzten arbeitete, sondern den Geldgebern unmittelbar verantwortlich war. Alles in Joels Karriere klappte ausgezeichnet. (»Hier spricht die Sekretärin von Mr. Calman. Wollen Sie am Sonntag von vier bis sechs zum Tee kommen ... bei ihm zu Hause, Beverly Hills, Nummer ...«)

Joel fühlte sich geschmeichelt. Das war eine Einladung erster Ordnung, ein Achtungsbeweis für ihn als einen vielversprechenden jungen Mann. Der Kreis um Marion Davies, die hochgestochenen Leute, die dickbezahlten Stars, vielleicht sogar die Dietrich, die Garbo und die Marquise, Leute, die sich sonst rarmachten, würden bei den Calmans sein.

›Ich werde dort überhaupt nichts trinken‹, nahm er sich fest vor. Calman machte keinen Hehl daraus, dass er die versoffenen Genies satthatte und sie nur als ein notwendiges Übel beim Film betrachtete.

Auch Joel war der Ansicht, dass die Schriftsteller zu viel tranken – er selbst tat es auch, aber an diesem Nachmittag würde er sich bezwingen. Er wünschte sich Miles in Hörweite, wenn die Cocktails gereicht würden und er höflich, aber bestimmt sein »Danke, nein« sagen würde.

Miles Calmans Haus war wie geschaffen für große Gelegenheiten. Man fühlte sich immer wie auf einer Bühne, als verberge sich hinter der weiträumigen Stille seiner Zimmerfluchten ein Publikum; an diesem Nachmittag aber herrschte eine solche Menschenfülle, als habe man nicht bestimmte Leute eingeladen, sondern aller Welt freigestellt zu erscheinen. Joel vermerkte mit Genugtuung, dass außer ihm nur zwei von der Schreibergilde des Studios da waren: ein geadelter Brite und, zu seiner gelinden Überraschung, Nat Keogh, ebenjener, der Calman zu seiner abfälligen Bemerkung über Trunkenbolde veranlasst hatte.

Stella Calman (natürlich die berühmte Stella Walker) widmete sich, nachdem sie Joel begrüßt hatte, nicht weiter ihren übrigen Gästen. Sie blieb eine Weile bei ihm stehen und sah ihn mit einem jener unwiderstehlichen Blicke an, die irgendeine Art von Erkenntlichkeit herausfordern, und Joel machte sofort von seinem Improvisationstalent Gebrauch, das er von seiner Mutter geerbt hatte:

»Nein wirklich! Sie sehen aus wie sechzehn. Wo ist Ihr Spielauto?«

Sie war sichtlich erfreut und blieb weiter bei ihm. Er spürte, dass er jetzt etwas mehr sagen sollte, etwas Vertrauliches, Unformelles. Er hatte sie damals in New York kennengelernt, als sie sich noch durchschlagen musste. In diesem Augenblick schwebte ein Tablett heran, und Stella drückte ihm ein Cocktailglas in die Hand.

»Alle haben Angst, nicht wahr?«, sagte er mit einem zerstreuten Blick auf das Glas in seiner Hand. »Jeder lauert darauf, dass der andere einen Fauxpas macht, oder bemüht sich jedenfalls, nur mit Leuten zu sprechen, mit denen er Eindruck schinden kann. Natürlich gilt das nicht in Ihrem Haus«, sicherte er sich hastig ab. »Ich meine nur ganz allgemein in Hollywood.«

Stella pflichtete ihm bei. Sie stellte Joel verschiedene Leute vor, als wäre er ein sehr bedeutender Mann. Nachdem Joel sich überzeugt hatte, dass Miles am anderen Ende des Raums stand, trank er seinen Cocktail.

»Sie haben also ein Kind?«, sagte er. »Da heißt es aufpassen. Wenn eine schöne Frau ihr erstes Kind bekommen hat, ist sie sehr empfindlich, denn sie wünscht, sich in ihren Reizen bestätigt zu sehen. Sie braucht von anderer männlicher Seite eine rückhaltlose Huldigung, um sich zu beweisen, dass sie nichts eingebüßt hat.«

»Mir huldigt niemand rückhaltlos«, sagte Stella bitter.

»Wohl aus Angst vor Ihrem Mann.«

»Glauben Sie, daran liegt's?« Sie runzelte die Stirn bei dem Gedanken; dann wurde das Gespräch unterbrochen, was für Joel genau zum passenden Zeitpunkt geschah.

Er fühlte sich durch ihre Aufmerksamkeit in seinem Selbstvertrauen bestärkt. Er hatte es nicht nötig, sich irgendwo anzubiedern oder sich unter die Fittiche von Bekannten zu flüchten, von denen er einige im Raum erblickte. Er ging zum Fenster hinüber und sah auf den Pazifik hinaus, der unter der träge untergehenden Sonne farblos dalag. Hier ließ sich gut leben: die amerikanische Riviera und all das – wenn man nur einmal dazu käme, es zu genießen; die blendend aussehenden, gutgekleideten Leute hier drinnen, die hübschen Frauen und … nun ja, die hübschen Frauen. Man konnte nicht alles zugleich haben.

Er sah Stellas jugendlich knabenhaftes Gesicht hier und da zwischen ihren Gästen auftauchen; ein Augenlid hielt sie, gleichsam ermüdet, immer etwas gesenkt. Gern hätte er bei ihr gesessen und sich lange mit ihr unterhalten, als wäre sie einfach nur eine junge Frau und nicht ein bekannter Name. Er folgte ihr von weitem, um zu sehen, ob sie sonst einem so viel Aufmerksamkeit widmete wie ihm. Er trank noch einen Cocktail, nicht um sich Mut zu machen, sondern weil sie ihm so viel Selbstsicherheit gegeben hatte. Dann setzte er sich neben die Mutter des Regisseurs.

»Ihr Sohn ist schon eine Legende, Mrs. Calman – wenn man an *Orakel* denkt und *Mann des Schick-*

sals und so weiter. Persönlich stimme ich nicht mit ihm überein, aber ich bin in der Minderheit. Was halten denn Sie von ihm? Sind Sie beeindruckt oder überrascht, wie weit er's gebracht hat?«

»Nein, überrascht nicht«, sagte sie gelassen. »Wir haben uns schon immer viel von Miles erhofft.«

»Sieh an, das ist ungewöhnlich«, versetzte Joel. »Ich dachte immer, alle Mütter sind wie Napoleons Mutter. Meine jedenfalls wollte nie, dass ich etwas mit der Filmbranche zu tun hätte. Sie hätte mich lieber in West Point gesehen, in sicheren Verhältnissen.«

»Nein, wir haben stets unser ganzes Vertrauen in Miles gesetzt.«

Dann stand er an der eingebauten Bar im Speisezimmer und unterhielt sich mit dem ewig gutgelaunten, ewig trinkfreudigen Schwerverdiener Nat Keogh.

»... ich habe letztes Jahr hunderttausend gemacht und vierzigtausend beim Wetten verloren; darum halte ich mir jetzt einen Manager.«

»Sie meinen einen Agenten«, vermutete Joel.

»Nein, den habe ich auch. Ich meine einen Manager. Ich überschreibe alles meiner Frau, dann setzt er sich mit ihr zusammen, und sie händigen mir mein Taschengeld aus. Ich zahle ihm fünftausend im Jahr, damit er mir mein Geld aushändigt.«

»Sie meinen Ihren Agenten.«

»Nicht doch, meinen Manager! Und ich bin nicht sein einziger Fall – viele leichtsinnige Leute engagieren ihn.«

»Hm, wenn Sie so leichtsinnig sind, woher haben Sie dann so viel Verantwortungsgefühl, sich einen Manager zu nehmen?«

»Leichtsinnig bin ich nur im Wetten. Sehn Sie mal …«

Ein Sänger trat auf; Joel und Nat schoben sich mit den anderen nach vorne, um zuzuhören.

II

Der Gesang drang nur von fern an Joels Ohr. Er fühlte sich glücklich und all den Leuten, die da versammelt waren, wohlgesinnt – lauter unternehmungslustige und betriebsame Leute; sie waren der Bourgeoisie überlegen, die ignoranter und leichtlebiger war als sie, und sie waren zur höchsten Prominenz aufgestiegen in einem Land, das seit einem Jahrzehnt nur unterhalten werden wollte. Er mochte diese Leute gern – liebte sie geradezu.

Als der Sänger geendet hatte und die Leute schon auf die Gastgeberin zuströmten, um sich zu verabschieden, hatte Joel einen Einfall. Er wollte ihnen »So wird's gemacht« vorführen, eine selbsterdachte

Szene. Es war seine einzige Solonummer; er hatte schon mehrere Gesellschaften damit zum Lachen gebracht, vielleicht würde auch Stella Walker daran Gefallen finden. Besessen von seinem eitlen Vorhaben, machte er sich auf die Suche nach ihr, während in seinen Adern schon die roten Blutkörperchen der Geltungssucht pochten.

»Aber natürlich«, rief sie aus. »Bitte gern! Brauchen Sie etwas dazu?«

»Jemand muss die Sekretärin spielen, der ich zu diktieren vorgebe.«

»Die werde ich sein.«

Als sich die Neuigkeit verbreitete, strömten die Gäste aus dem Flur zurück, wo sie schon beim Mantelanziehen gewesen waren, und Joel sah sich auf einmal vielen fremden Gesichtern gegenüber. Er hatte eine ungute Vorahnung, als er sich bewusst wurde, dass der Mann, der sich gerade vor ihm produziert hatte, ein berühmter Radio-Entertainer war. Dann machte jemand »psst!«, und er stand mit Stella allein inmitten eines Halbkreises aus gleichsam indianisch finsteren Mienen. Stella lächelte ihm erwartungsvoll zu – und er begann.

Seine Burleske bezog ihre Komik hauptsächlich aus der Unbildung eines Mr. David Silberstein, eines unabhängigen Filmproduzenten. Silberstein hatte einen Brief zu diktieren, in dem er das Treatment einer Filmgeschichte entwickelte, die er angekauft hatte.

»... es geht um eine Scheidung, um jüngere Eltern und die Dings, wie heißt das, Fremdenlegion«, hörte er sich im Tonfall von Mr. Silberstein sagen. »Aber wir müssen das richtig aufziehen, verstehense?«

Plötzlich durchzuckte ihn mit stechendem Schmerz der Zweifel. Die Gesichter in dem gedämpften Licht ringsum blickten gespannt und neugierig, doch nirgends zeigte sich auch nur der Anflug eines Lächelns. Direkt vor ihm starrte ihn der Große Liebesheld der Leinwand an, mit Augen so interessiert wie eine Kartoffel. Nur Stella Walker sah mit unbeirrbar strahlendem Lächeln zu ihm auf.

»Wenn wir einen Menjou-Typ aus ihm machen, bekommen wir so was wie Michael Arlen mit einem Schuss Honolulu.«

Immer noch verzog sich kein Mund, aber im Hintergrund raschelte es; eine Bewegung nach links, zum Ausgang, machte sich bemerkbar.

»... dann sagt sie, sie empfinde einen starken Sexappeal für ihn, und er braust völlig über und sagt: ›Oh, mach nur so weiter und richte dich zugrunde‹...«

An einer Stelle hörte er Nat Keogh kichern, und hier und da gab es ein beifälliges Schmunzeln, aber am Ende hatte er den peinvollen Eindruck, sich vor einer Gruppe gewichtiger Filmleute, von deren Gunst seine Karriere abhing, unsterblich blamiert zu haben.

Einen Augenblick stand er so inmitten eines ratlosen Schweigens, dem ein allgemeiner Aufbruch folgte. Aus dem müßigen Geplauder glaubte er, einen spöttischen Unterton herauszuhören; dann – es waren kaum zehn Sekunden vergangen – rief der Große Liebesheld, dessen Augen so hart und ausdruckslos wie Stecknadelköpfe waren, »Buh! Buh!«, und das mit so übertriebener Betonung, dass Joel es nur als Ausdruck der allgemeinen Stimmung deuten konnte. Es war das Ressentiment der Berufskünstler gegen den Dilettanten, der Eingesessenen gegen den Fremdling – das Todesurteil eines ganzen Stammes.

Nur Stella Walker stand immer noch in seiner Nähe und dankte ihm, als hätte er einen unvergleichlichen Erfolg gehabt und als hätte sie gar nicht wahrgenommen, dass es keinem gefallen hatte. Als Nat Keogh ihm in den Mantel half, schlug eine Woge der Selbstverachtung über ihm zusammen, und er klammerte sich verzweifelt an seinen Vorsatz, jede niedere Emotion nach außen hin zu verbergen, bis sie vergangen war.

»Schöner Reinfall«, sagte er leichthin zu Stella.

»Macht nichts. Ist 'ne gute Nummer, wenn sie richtig ankommt. Vielen Dank für Ihre Mitwirkung.«

Das Lächeln schwand nicht von ihrem Gesicht. Er verbeugte sich fast wie ein Betrunkener, und Nat zog ihn zur Tür hinaus...

Als ihm am nächsten Morgen das Frühstück gebracht wurde, erwachte er in einer elenden, zertrümmerten Welt. Gestern noch war er ganz er selbst gewesen, ein feuriger Streiter gegen eine ganze Branche; heute fühlte er sich gewaltig im Hintertreffen gegenüber jenen Gesichtern, gegenüber der Welle persönlicher Verachtung und allgemeinen Naserümpfens. Zu allem Übel war er für Miles Calman jetzt einer jener haltlosen Gesellen, die der Regisseur nur widerwillig als Mitarbeiter um sich duldete. Was aber Stella Walker anging, der er das Martyrium aufgezwungen hatte, als Gastgeberin gute Miene zu machen, so wagte er sich gar nicht auszumalen, wie sie über ihn denken mochte. Seine Magensäfte stockten, und er schob seine pochierten Eier beiseite auf das Telefontischchen. Er schrieb:

Lieber Miles!

Sie können sich meine tiefe Zerknirschung vorstellen. Ich bekenne mich eines Anfalls von Exhibitionismus schuldig, und das am helllichten

Tag, nachmittags um sechs! Großer Gott! Ich
lasse Ihre Frau vielmals um Verzeihung bitten.

Immer Ihr
Joel Coles

Joel wagte sich aus seinem Büro auf dem Filmge-
lände nur hervor, um sich wie ein Missetäter zum
Tabakladen zu schleichen. Dabei benahm er sich so
verdächtig, dass einer der Wachmänner des Studios
seinen Ausweis verlangte. Er hatte sich gerade entschlossen, außerhalb zu Mittag zu essen, als Nat
Keogh, heiter wie immer, ihn überholte.

»Was soll das? Wollen Sie sich überhaupt nicht
mehr blicken lassen? Was macht das schon, wenn
dieser dreiteilige Anzug Sie mal ausgebuht hat? –
Na, hören Sie sich das mal an«, fuhr er fort, indem
er Joel in das Studiorestaurant zog. »Nach einer
seiner Premieren bei Grauman hat Joe Squires ihm
von hinten einen Tritt verpasst, während er sich vor
dem Publikum verbeugte. Der Schmierenkomö-
diant sagte darauf, Joe werde noch von ihm hören,
aber als Joe ihn am nächsten Morgen um acht anrief
und sagte: ›Ich dachte, ich solle noch von Ihnen
hören‹, hängte er den Hörer auf.«

Die komische Geschichte heiterte Joel etwas
auf, und er starrte mit düsterer Genugtuung auf die
Gruppe am Nachbartisch, die traurigen und anmu-

tigen siamesischen Zwillinge, die armseligen Lili-
putaner, den stolzen Riesen aus dem Zirkusfilm.
Als aber seine Blicke weiter über die braungepuder-
ten Gesichter hübscher Frauen schweiften, deren
melancholische Augen von Wimperntusche starrten und deren Ballkleider im Tageslicht entsetzlich
grell wirkten, sah er auch eine Gruppe von Leuten,
die bei den Calmans gewesen waren, und fuhr zusammen.

»Nie wieder«, rief er aus, »mein unwiderruflich
letztes Auftreten in der Hollywooder Gesellschaft!«

Am nächsten Morgen erwartete ihn ein Telegramm in seinem Büro:

SIE WAREN EINER DER LIEBENSWÜRDIGSTEN
GÄSTE AUF UNSERER GESELLSCHAFT. ERWARTE
SIE BEI MEINER SCHWESTER JUNE ZUM KALTEN
BUFFET NÄCHSTEN SONNTAGABEND. STELLA
WALKER CALMAN.

Eine Minute lang pulsierte sein Blut fieberhaft in
den Adern. Ungläubig las er das Telegramm noch
einmal.

»Hm, das ist das Entzückendste, was ich je erlebt habe!«

III

Wieder so ein verrückter Sonntag. Joel schlief bis
elf; dann las er Zeitung, um die Ereignisse der Woche
nachzuholen. Mittags aß er zu Hause Forelle mit
Avocadosalat und trank dazu eine halbe Flasche kali-
fornischen Weins. Beim Ankleiden für die Abend-
gesellschaft wählte er einen Anzug mit kleinen Karos,
ein blaues Hemd und eine kupferfarbene Krawatte.
Unter seinen Augen lagen dunkle Schatten von Über-
müdung. Er fuhr in seinem Gebrauchtwagen zu den
Apartmenthäusern an der Riviera. Als er sich gerade
mit Stellas Schwester bekannt machte, erschienen
Miles und Stella im Reitdress – sie hatten sich fast
den ganzen Nachmittag auf den schmutzigen Feld-
wegen hinter Beverly Hills heftig gestritten. Miles
Calman, groß und nervös, mit einem Galgenhumor
und den unglücklichsten Augen, die Joel je gesehen
hatte, war Künstler vom Scheitel seines merkwürdig
geformten Kopfes bis zur Sohle seiner länglichen
Füße. Auf diesen aber stand er fest und sicher – er
hatte noch nie einen minderwertigen Reißer gedreht,
sich hingegen mehr als einmal den kostspieligen
Luxus missglückter Experimente geleistet. Obwohl
er ein ausgezeichneter Gesellschafter war, konnte man
sich auf die Dauer nicht des Eindrucks erwehren,
dass er sich nicht wohl in seiner Haut fühlte.

Vom Moment ihres Erscheinens an verwickelte sich Joels Tag unentwirrbar mit dem ihren. Als er zu ihrer Gruppe trat, wandte sich Stella gerade mit einem unwilligen Zungenschnalzen ab, und Miles sagte zu dem Mann, der neben ihm stand:

»Gehen Sie behutsam mit Eva Goebel um. Ihretwegen ist zu Hause die Hölle los.« Dann wandte er sich an Joel: »Bedaure, Sie gestern im Büro nicht gesprochen zu haben. Ich war den ganzen Nachmittag beim Analytiker.«

»Sie lassen sich psychoanalytisch behandeln?«

»Schon seit Monaten. Erst ging ich wegen meiner Platzangst hin, und jetzt versuche ich, mein ganzes Leben in Ordnung zu bringen. Es soll über ein Jahr dauern.«

»In Ihrem Leben ist doch nichts Anomales«, beruhigte ihn Joel.

»Nein? Aber Stella glaubt es. Fragen Sie, wen Sie nur wollen, da werden Sie's schon hören«, sagte er bitter.

Eine junge Frau setzte sich zu Miles auf die Sessellehne; Joel ging zu Stella hinüber, die bekümmert am Kamin stand.

»Danke Ihnen für das Telegramm«, sagte er. »Das war verflucht nett von Ihnen. Ich wüsste keine Frau, die so gut aussieht und dabei so großmütig ist.«

Sie war heute noch etwas reizvoller, als er sie je

gesehen hatte, und wahrscheinlich war es die offene Bewunderung in seinem Blick, die sie veranlasste, vor ihm auszupacken. Es bedurfte keines langen Anlaufs, denn offenbar war sie mit ihrer Erregung schon auf dem Siedepunkt angelangt.

»…und Miles hat das nun schon zwei Jahre so getrieben, und ich habe nichts bemerkt. Schließlich war sie eine meiner besten Freundinnen und ging bei uns ein und aus. Als die Leute dann anfingen, auch mit mir darüber zu reden, musste Miles es eingestehen.«

Sie setzte sich mit einer leidenschaftlichen Bewegung auf die Lehne von Joels Sessel. Ihre Reithosen passten farblich genau zum Bezug, und Joel bemerkte, dass ihr volles Haar teils rötlich golden, teils blassgolden war, es konnte also nicht gefärbt sein, und sie war auch nicht geschminkt. So einen guten Teint hatte sie.

Stella bebte noch vor Zorn über ihre Entdeckung, und der Anblick einer weiteren Frau, die sich an Miles heranmachte, war ihr unerträglich. Sie führte Joel in eines der Schlafzimmer, wo sie, jeder an einem Ende des breiten Bettes sitzend, ihr Gespräch fortführten. Wenn Leute auf dem Weg zum Badezimmer vorbeikamen, lugten sie herein und machten scherzhafte Bemerkungen, aber Stella, einmal dabei, ihre ganze Geschichte zu erzählen, achtete nicht darauf. Nach einer Weile steckte auch Miles den Kopf zur Tür herein und sagte: »Wie willst du Joel in einer halben Stunde erklären, was ich selbst nicht einmal begreife und wozu der Analytiker ein ganzes Jahr braucht?«

Sie sprach weiter, als wenn Miles gar nicht anwesend wäre. Sie sagte, sie liebe Miles und sei ihm unter erheblichen Schwierigkeiten immer treu gewesen.

»Der Psychoanalytiker hat Miles gesagt, er habe einen Mutterkomplex. In seiner ersten Ehe übertrug er den auf seine Frau, verstehen Sie, und sein Sexus wandte sich mir zu. Als wir dann heirateten, wiederholte sich die Sache – er übertrug den Mutterkomplex auf mich und ging mit seiner Libido zu dieser anderen Frau.«

Das klang recht verworren, aber Joel sagte sich, dass womöglich etwas Wahres daran sei. Er kannte Eva Goebel; sie hatte etwas Mütterliches in ihrem Wesen, war älter und wahrscheinlich weiser als Stella, die ein großes Kind war.

Miles verlor die Geduld und schlug vor, Joel solle doch mit zu ihnen kommen, wenn Stella ihm so viel zu sagen habe, und so fuhren sie denn hinaus nach Beverly Hills. In den hohen Räumen dort bekam die Situation mehr Würde und Tragik. Es war eine gespenstisch klare Nacht, die Dunkelheit stand nackt vor den Fenstern – und drinnen Stella, golden und zorngerötet, die weinend und schreiend durch das Zimmer tobte. Joel glaubte nicht recht an den persönlichen Kummer von Filmschauspielerinnen. Anderes nahm sie zu sehr in Anspruch. Sie waren prächtige vergoldete Figuren, denen die Drehbuchschreiber und die Regisseure Leben einbliesen, und nach Feierabend saßen sie dann herum, flüsterten miteinander und machten kichernd spitze Andeutungen, und die Fäden vieler fremder Schicksale schlangen sich durch sie hindurch.

Manchmal tat er so, als hörte er zu, und musste doch immer denken, wie gut sie aussah – die untadeligen Beine in den enganliegenden Reithosen, der grünweißrote Pullover mit einem kleinen Rollkragen und die kurze braune Reitjacke aus Chamoisleder. Sie sah aus wie eine englische Lady, und er konnte nicht entscheiden, ob sie nur eine gute Nachahmung oder das Original war. Sie schwebte irgendwo zwischen der echtesten Wirklichkeit und dem eklatantesten Rollenspiel.

»Miles ist so eifersüchtig, dass er jeden meiner Schritte argwöhnisch verfolgt«, rief sie wütend aus. »Als ich in New York war, schrieb ich ihm, ich sei mit Eddie Baker im Theater gewesen, und Miles rief mich in seiner Eifersucht zehnmal am Tag an.«

»Ich war eben verrückt«, sagte Miles und zog heftig die Nase hoch, was bei ihm ein Zeichen von

Überanstrengung war. »Der Analytiker hat diese ganze Woche nichts herausbekommen.«

Stella schüttelte verzweifelt den Kopf. »Hast du erwartet, ich würde drei Wochen nur in meinem Hotelzimmer sitzen?«

»Ich erwarte überhaupt nichts. Zugegeben, ich bin eifersüchtig. Ich kämpfe dagegen an. Ich habe mit Dr. Bridgebane daran gearbeitet, aber es ist nicht besser geworden. Sogar heute Nachmittag war ich eifersüchtig, als ich dich auf Joels Armlehne sitzen sah.«

»So?«, fuhr sie auf. »Du warst eifersüchtig! Und saß nicht auch jemand auf deiner Armlehne? Und hast du mich nicht zwei Stunden lang vernachlässigt?«

»Du warst ja mit Joel im Schlafzimmer und hast ihm dein Herz ausgeschüttet.«

»Wenn ich mir vorstelle, dass diese Frau« – indem sie den Namen vermied, glaubte sie wohl, Eva Goebel weniger real zu machen –, »dass diese Frau hier ins Haus kam…«

»Ich weiß… ich weiß«, sagte Miles müde. »Ich habe ja alles zugegeben, und es quält mich ebenso wie dich.« Er wandte sich Joel zu und fing an, über Filme zu reden, während Stella, die Hände in den Hosentaschen, rastlos die weiten Wände abschritt.

»Man hat Miles übel mitgespielt«, schaltete sie sich

plötzlich in das Gespräch ein, als wenn nie von ihren persönlichen Angelegenheiten die Rede gewesen wäre. »Erzähl ihm doch, mein Lieber, wie der alte Beltzer versucht hat, deine Idee zu verfälschen.«

Als sie nun schützend über Miles gebeugt dastand und ihre Augen blitzten, weil sie sich seinetwegen entrüstete, da wurde Joel klar, dass er sie liebte. Die Erregung raubte ihm den Atem, und er stand auf und verabschiedete sich.

Mit dem Montag bekam die Woche wieder den Rhythmus des Arbeitslebens, der sich scharf von den theoretischen Diskussionen, dem Klatsch und den Skandalgeschichten des Sonntags abhob. Da war die endlose Kleinarbeit am Drehbuch – »Statt der miesen Überblendung können wir auch ihre Stimme auf der Tonspur lassen und mit einem Schnitt zu einer halbnahen Aufnahme des Taxis aus Bells Sicht kommen, oder wir können einfach mit der Kamera zurückgehen, den Bahnhof einbeziehen, eine Minute lang, und dann hinüberschwenken zu der Taxischlange« –, und am Montagnachmittag dachte Joel schon nicht mehr daran, dass die Leute, die von Berufs wegen und zur Unterhaltung anderer Gefühle herstellten, selbst auch ein Anrecht darauf hatten. Am Abend rief er bei den Calmans an. Er fragte nach Miles, aber Stella kam ans Telefon.

»Stehen die Dinge etwas besser?«

»Nicht besonders. Was haben Sie am Samstagabend vor?«

»Nichts.«

»Die Perrys geben ein Essen mit anschließendem Theaterbesuch, und Miles wird nicht da sein – er fliegt nach South Bend zu dem Spiel Notre Dame – Kalifornien. Ich dachte, vielleicht könnten Sie mich an seiner Stelle begleiten.«

Nach langem Zögern sagte Joel: »Hm… natürlich. Falls noch eine Besprechung dazwischenkommt, wird's mit dem Essen nichts, aber ich kann ins Theater kommen.«

»Dann werde ich für uns zusagen.«

Joel ging in seinem Büro auf und ab. Würde das Miles in Anbetracht der gespannten ehelichen Beziehungen angenehm sein, oder wollte sie, dass Miles nichts davon erfuhr? Das kam natürlich nicht in Frage. Wenn Miles nichts erwähnte, würde er es ihm sagen. Dennoch verging eine Stunde oder mehr, bis er sich wieder auf seine Arbeit konzentrieren konnte.

Am Mittwoch gab es eine vierstündige stürmische Regiebesprechung in einem Konferenzraum voller Planeten und Nebelfelder aus Zigarettenrauch. Drei Männer und eine Frau gingen abwechselnd auf dem Teppich hin und her, machten Vorschläge oder verwarfen etwas, sprachen in scharfen oder beschwörenden, zuversichtlichen oder verzweifelnden Tönen. Am Ende blieb Joel noch da, um mit Miles zu sprechen.

Der Mann mit den schlaffen Augenlidern und dem buschigen Schnurrbart über den tief eingefallenen Mundwinkeln war erschöpft – nicht von der Anstrengung, sondern vom Leben schlechthin.

»Ich höre, Sie wollen zum Notre-Dame-Spiel fliegen.«

Miles sah über ihn hinweg und schüttelte den Kopf.

»Ich habe die Idee fallenlassen.«

»Weshalb?«

»Ihretwegen.« Er sah Joel immer noch nicht an.

»Was ist denn los, Miles?«

»Sie wollen wissen, weshalb?« Er stimmte ein gekünsteltes Gelächter über sich selbst an. »Ich weiß nicht, wozu Stella fähig ist, aus purem Trotz. Sie hat Sie eingeladen, mit ihr zu den Perrys zu gehen, nicht wahr? Da macht mir das Footballspiel keinen Spaß mehr.«

Dieser feinfühlige Mann, der so rasch und sicher am Set arbeitete, stümperte sich schwach und hilflos durch sein Privatleben.

»Sehn Sie mal, Miles«, sagte Joel stirnrunzelnd, »ich habe Stella nicht die geringsten Avancen gemacht. Wenn Sie allen Ernstes meinetwegen Ihre Reise aufgeben, werde ich nicht mit ihr zu den Perrys gehen. Ich werde sie überhaupt nicht sehen. Da können Sie sich ganz auf mich verlassen.«

Miles blickte ihn jetzt aufmerksam an.

»Mag sein.« Er zuckte die Achseln. »Aber wie auch immer, dann käme eben jemand anders, und mir wäre der Spaß verdorben.«

»Sie scheinen nicht viel Vertrauen zu Stella zu haben. Mir hat sie gesagt, sie sei Ihnen immer treu gewesen.«

»Mag sein.« In den letzten Minuten waren die Muskeln um Miles' Mund noch schlaffer geworden. »Aber wie kann ich nach dem, was geschehen ist, noch irgendetwas von ihr verlangen? Wie kann ich erwarten, dass sie…« Er brach ab, und sein Gesicht verhärtete sich, als er fortfuhr: »Ich werde Ihnen etwas sagen: Recht oder unrecht, und egal, was ich getan habe – wenn ich je irgendetwas über sie herausfände, würde ich mich scheiden lassen. Mein Stolz lässt das nicht zu – da hört's bei mir auf.«

Sein Ton ärgerte Joel, aber er sagte:

»Ist sie denn über die Affäre mit Eva Goebel nicht hinweggekommen?«

»Nein.« Miles zog pessimistisch die Nase hoch. »Und ich kann's auch nicht.«

»Ich dachte, es wäre vorbei.«

»Ich versuche ja auch, Eva nicht wiederzusehen, aber wissen Sie, es ist nicht leicht, so etwas einfach abzubrechen – es handelt sich ja nicht um ein beliebiges Mädchen, mit dem ich mich gestern Abend im Taxi geküsst hätte. Mein Analytiker sagt –«

»Ich weiß«, unterbrach ihn Joel. »Stella hat's mir erzählt.« Es war hoffnungslos. »Schön, also was mich betrifft, so werde ich Stella nicht sehen, wenn Sie zu dem Spiel fahren. Und ich bin sicher, dass Stella sich auch sonst nichts vorzuwerfen hat.«

»Mag sein«, wiederholte Miles matt. »Trotzdem werde ich dableiben und mit ihr auf die Party gehen. Hören Sie«, sagte er unvermittelt, »ich möchte, dass Sie auch hinkommen. Ich brauche jemand Verständnisvolles, mit dem ich reden kann. Das ist's ja eben – ich habe Stella in allem beeinflusst; mein Einfluss geht so weit, dass sie alle Männer gern mag, die ich schätze … es ist sehr kompliziert.«

»Das ist es wohl«, stimmte Joel zu.

IV

Joel konnte nicht zu dem Abendessen gehen. Er wartete vor dem Hollywood Theatre auf die anderen und fühlte sich höchst unbehaglich, als er mit seinem Zylinder müßig dastand und in das abendliche Treiben blickte: kümmerliche Imitationen dieses oder jenes strahlenden Filmstars, krummbeinige Männer in Polojacken, ein hinkender Derwisch mit einem langen Bart und einem Stab wie ein Apostel, ein Paar eleganter Filippinos in Collegekleidung, was daran erinnerte, dass dieser Winkel der Republik sich den sieben Weltmeeren öffnete, und ein lärmender bunter Zug junger Leute, die ein neues Mitglied ihrer Studentenverbindung feierten. Dann teilte sich die Menge und ließ zwei schnittige Limousinen durch, die an der Bordsteinkante hielten.

Da war sie: in einem blassblauen Kleid, das wie Eiswasser tausendfach gebrochen schimmerte, und mit einem Halsschmuck aus lauter tropfenden Eiszapfen. Er trat auf sie zu.

»Gefällt Ihnen mein Kleid?«

»Wo ist Miles?«

»Er ist doch noch zu dem Spiel geflogen, gestern früh – wenigstens nehme ich das an –« Sie unterbrach sich. »Eben bekam ich ein Telegramm aus South Bend, dass er sich jetzt auf die Rückreise machen wird. Ach, ich vergaß ganz, Sie vorzustellen. Kennen Sie diese Leute?«

Die achtköpfige Gesellschaft begab sich ins Theater.

Miles war also trotz allem geflogen, und Joel zweifelte, ob er recht daran getan hatte zu kommen. Doch während der Vorstellung, als er Stellas Profil unter dem reinen Gold ihres blonden Haars neben sich wusste, dachte er nicht mehr an Miles. Einmal wandte er den Kopf und sah sie an. Sie blickte lächelnd zurück und wich seinem Blick nicht aus. In der Pause rauchten sie im Foyer eine Zigarette; sie sagte leise:

»Nachher gehen alle zur Eröffnung von Jack Johnsons Nachtclub, ich möchte aber nicht hin, Sie?«

»Müssen wir?«

»Ich glaube nicht.« Sie zögerte. »Ich möchte gern mit Ihnen sprechen. Vielleicht können wir zu uns gehen, wenn ich nur sicher wäre...«

Wieder stockte sie, und Joel fragte: »Wessen sicher?«

»Nun, dass – oh, ich bin völlig durchgedreht, ich weiß, aber wie kann ich sicher sein, dass Miles zu dem Spiel gefahren ist?«

»Heißt das, Sie glauben, er ist mit Eva Goebel zusammen?«

»Nein, das nicht gerade – aber sich vorzustellen, dass er hier war und jeden meiner Schritte überwacht hat... Wissen Sie, Miles kommt manchmal auf komische Ideen. Einmal wollte er unbedingt mit einem langbärtigen Mann Tee trinken. Da ließ er sich vom Castingbüro einen kommen und saß den ganzen Nachmittag mit ihm beim Tee.«

»Das ist doch etwas anderes. Er hat Ihnen von South Bend telegraphiert – das beweist, dass er dort beim Footballspiel ist.«

Nach der Vorstellung verabschiedeten sie sich draußen von den anderen, was mit augenzwinkernden Blicken beantwortet wurde. Sie fuhren davon, durch die grellerleuchtete Hauptstraße und die Menschenmenge, die sich Stellas wegen angesammelt hatte.

»Sehen Sie, die Telegramme hätte er auch von hier aus veranlassen können«, sagte Stella, »das ist sehr einfach.«

Das stimmte. Bei der Vorstellung, dass ihr Argwohn vielleicht berechtigt wäre, wurde Joel ärgerlich. Falls Miles einen Kameramann auf sie angesetzt hatte, fühlte er sich auch ihm gegenüber zu nichts verpflichtet. Laut sagte er:

»Unsinn.«

In den Schaufenstern standen schon Weihnachtsbäume, und der Vollmond über dem Boulevard wirkte wie eine Attrappe, ebenso bühnenmäßig wie die riesigen Boudoirlampen an den Straßenecken. Weiter nach Beverly Hills zu, unter dem dunklen Blätterdach, das bei Tag wie Eukalyptus glänzte, sah Joel nur noch das weiße Gesicht unter seinem schimmern und die Biegung ihrer Schulter. Plötzlich rückte sie ab und blickte zu ihm auf.

»Sie haben die gleichen Augen wie Ihre Mutter«, sagte sie. »Ich besaß früher ein Sammelalbum mit lauter Bildern von ihr.«

»Und Ihre Augen sind ganz Sie selbst und mit keinen anderen Augen zu vergleichen«, antwortete er.

Als sie ins Haus gingen, fühlte Joel sich veranlasst umherzuspähen, als lauere Miles irgendwo im Gebüsch. Auf dem Tisch in der Halle lag wieder ein Telegramm. Sie las es laut vor:

CHICAGO.
MORGEN ABEND ZU HAUSE. DENKE AN DICH.
ALLES LIEBE
MILES.

»Sehen Sie«, sagte sie, indem sie es auf den Tisch warf, »das kann leicht alles gefälscht sein.« Sie bestellte Drinks und Sandwiches beim Butler und lief hinauf, während Joel in die leeren Empfangsräume ging. Er wanderte umher und kam auch an den Flügel, wo er zwei Sonntage zuvor gestanden und sich blamiert hatte.

»Wir werden das richtig aufziehen«, sagte er laut, »eine Scheidungsgeschichte, jüngere Generationen und Dings, die Fremdenlegion.«

Seine Gedanken schweiften hinüber zu einem anderen Telegramm.

»Sie waren einer der liebenswürdigsten Gäste auf unserer Gesellschaft ...«

Etwas anderes fiel ihm ein. Wenn Stellas Telegramm nur eine höfliche Geste gewesen war, dann hatte wahrscheinlich Miles sie dazu veranlasst, denn er hatte ihn ja eingeladen. Vermutlich hatte Miles gesagt:

»Schick ihm 'n Telegramm. Er ist unglücklich – denkt, er habe sich zum Narren gemacht.«

Das passte genau zu seinem »Ich habe Stella in allem beeinflusst; mein Einfluss geht so weit, dass sie alle Männer gern mag, die ich schätze«. Eine Frau tut so etwas leicht aus Mitgefühl, und nur ein Mann tut es, weil er es auch wirklich meint.

Als Stella ins Zimmer zurückkam, nahm er ihre beiden Hände in seine.

»Ich habe das komische Gefühl, ich bin nur so eine Art Schachfigur, mit der Sie Miles aus Trotz eins auswischen wollen«, sagte er.

»Nehmen Sie sich lieber einen Drink.«

»Das Verrückte ist nur, dass ich obendrein in Sie verliebt bin.«

Das Telefon klingelte, und sie machte sich los.

»Wieder ein Telegramm von Miles«, verkündete sie. »Er hat es vom Flughafen in Kansas City abgeschickt – oder gibt das jedenfalls vor.«

»Vermutlich will er sich mir in Erinnerung bringen.«

»Nein, es heißt darin nur, dass er mich liebt. Das glaube ich ihm auch. Er hat ein so weiches Gemüt.«

»Kommen Sie, setzen Sie sich zu mir«, drängte Joel.

Es war noch früh. Und eine halbe Stunde später waren es immer noch ein paar Minuten bis Mitternacht, als Joel an den erloschenen Kamin trat und geradeheraus sagte:

»Heißt das, Sie interessieren sich überhaupt nicht für mich?«

»Keineswegs. Ich finde Sie sehr anziehend, das wissen Sie auch. Es ist nur, ich glaube, ich liebe Miles wirklich.«

»Das scheint mir auch so.«

»Und heute Abend beunruhigt mich alles und jedes.«

Er war nicht böse darüber, fühlte sich sogar ein wenig erleichtert, dass mögliche Komplikationen vermieden worden waren. Dennoch – als er sie so ansah, wie ihr eisblaues Gewand an der weichen Wärme ihres Körpers gleichsam auftaute, da wusste er, sie gehörte zu den Dingen in seinem Leben, um die es ihm immer leidtun würde.

»Ich muss gehen«, sagte er. »Ich werde nach einem Taxi telefonieren.«

»Nicht nötig – mein Chauffeur ist noch auf.«

Er zuckte zusammen, weil sie so schnell bereit war, ihn gehen zu lassen. Sie merkte es, küsste ihn zart und sagte: »Sie sind entzückend, Joel.« Dann ereignete sich plötzlich dreierlei: Er kippte seinen Drink hinunter, das Telefon schellte laut durchs Haus, und in der Halle schlug dröhnend eine Uhr.

Neun – zehn – elf – zwölf –

V

Wieder war es Sonntag. Joel musste daran denken, wie er an diesem Abend ins Theater gekommen war, die Arbeit der Woche hinter sich herschleppend wie ein Leichengewand. Er hatte Stella eine Liebeserklärung gemacht, wie man eine Sache anging, die noch rasch vor Tagesschluss erledigt werden muss. Jetzt aber war es Sonntag. Die verlockende Aussicht auf die Muße der nächsten vierundzwanzig Stunden tat sich vor ihm auf; jede Minute war etwas, das man mit sanfter Lässigkeit genießen musste, jeder Augenblick barg unendlich vielfältige Möglichkeiten. Nichts war ausgeschlossen, alles fing eben erst an. Er goss sich einen neuen Drink ein.

Mit einem schneidenden Schmerzenslaut sank Stella am Telefon hilflos zusammen. Joel nahm sie rasch auf seine Arme und legte sie auf das Sofa. Er spritzte Sodawasser auf ein Taschentuch und klatschte es ihr aufs Gesicht. Im Telefon knackte es noch, und er nahm den Hörer ans Ohr.

»… die Maschine stürzte gleich hinter Kansas City ab. Die Leiche von Miles Calman wurde identifiziert und …«

Er legte den Hörer auf.

»Liegen Sie ganz still«, sagte er, um Zeit zu gewinnen, als Stella die Augen aufschlug.

»Was ist geschehen?«, flüsterte sie. »Fragen Sie noch mal nach. Oh, was ist geschehen?«

»Ich werde gleich wieder anrufen. Wer ist Ihr Arzt?«

»Haben die gesagt, Miles sei tot?«

»Liegen Sie still – ist einer von den Dienstboten noch auf?«

»Halten Sie mich … ich fürchte mich so.«

Er legte den Arm um sie.

»Ich muss den Namen Ihres Arztes wissen«, sagte er streng. »Vielleicht handelt es sich um einen Irrtum, aber ich möchte trotzdem, dass jemand nach Ihnen sieht.«

»Es ist Doktor … O Gott, ist Miles tot?«

Joel lief nach oben und durchsuchte die ihm fremden Medizinschränkchen nach Salmiakgeist. Als er wieder herunterkam, schluchzte Stella:

»Er kann nicht tot sein – ich weiß es bestimmt. Es ist nur eine weitere Hinterlist. Er will mich quälen. Ich weiß, er lebt. Ich fühle es.«

»Ich möchte eine gute Freundin von Ihnen kommen lassen, Stella. Sie können hier nicht die ganze Nacht allein bleiben.«

»Nein, nein«, rief sie. »Ich will niemanden sehen. Bleiben Sie. Ich hab keine einzige Freundin.« Tränenüberströmt erhob sie sich. »Oh, Miles ist mein einziger Freund. Er ist nicht tot – es kann nicht sein. Ich will sofort hin und selbst sehen. Suchen Sie einen Zug raus. Sie müssen mitkommen.«

»Sie können nicht fahren. Heute Nacht ist nichts mehr zu tun. Nennen Sie mir irgendeine Frau, die ich anrufen kann: Lois? Joan? Carmel? Gibt's denn niemanden?«

Stella starrte ihn mit leerem Blick an.

»Eva Goebel war meine beste Freundin«, sagte sie.

Joel musste an Miles denken, an sein traurig verzweifeltes Gesicht vor zwei Tagen im Büro. In dem fürchterlichen Schweigen seines Todes trat seine Person ganz deutlich zutage. Miles war der einzige amerikanische Filmregisseur mit einem eigenwilligen Temperament und einem künstlerischen Gewissen. In die Fänge der Branche verstrickt, hatte er mit seinen ruinierten Nerven dafür bezahlt, dass er keine Widerstandskraft besaß, keinen gesunden Zynismus, keine Rückzugsmöglichkeit – nur eine jämmerliche Flucht ins Ungewisse.

Draußen hörte man jemanden an der Haustür.

Plötzlich tat sie sich auf, und dann waren Schritte in der Halle.

»Miles!«, schrie Stella auf. »Bist du's, Miles? Oh, es ist Miles.«

Ein Depeschenbote erschien im Türrahmen.

»Ich habe die Klingel nicht gefunden und hörte hier drinnen Stimmen.«

Das Telegramm war ein Duplikat der telefonischen Durchsage. Während Stella es wieder und wieder las, als wäre alles bösartig erlogen, ging Joel zum Telefon. Es war noch früh, und er hatte Schwierigkeiten, jemanden zu erreichen. Als es ihm schließlich gelungen war, einige Freunde anzurufen, mixte er Stella einen starken Drink.

»Sie bleiben bei mir, Joel«, flüsterte sie wie im Halbschlaf. »Sie werden nicht weggehen. Miles mochte Sie gern – er sagte, Sie …« Ein heftiges Zittern befiel sie. »O Gott, Sie wissen nicht, wie verlassen ich mich fühle.« Sie schloss die Augen. »Legen Sie Ihre Arme um mich. Miles hatte genau so einen Anzug.« Sie richtete sich jäh auf. »Wie muss ihm zumute gewesen sein. Er fürchtete sich ohnehin schon vor fast allem.«

Wie benommen schüttelte sie den Kopf. Plötzlich nahm sie Joels Gesicht in ihre Hände und zog es nahe an sich.

»Sie gehen nicht. Sie mögen mich gern – lieben

mich, nicht wahr? Rufen Sie niemanden an. Morgen ist Zeit genug. Sie bleiben heute Nacht bei mir.«

Er starrte sie an, ungläubig erst und dann im Schreck des Begreifens. Aus einem dunklen Drang versuchte Stella, Miles am Leben zu erhalten, indem sie eine Situation verlängerte, an der er beteiligt war – als könne Miles' Geist nicht wirklich sterben, solange eine Möglichkeit, die ihn bekümmert hatte, fortbestand. Es war ein Ablenkungsmanöver, ein qualvolles Bemühen, die Erkenntnis, dass er tot war, von sich wegzuschieben.

Entschlossen ging Joel ans Telefon und rief einen Arzt an.

»Nicht! Oh, rufen Sie doch niemanden an!«, rief Stella. »Kommen Sie, legen Sie Ihre Arme um mich.«

»Ist Dr. Bales zu Hause?«

»Joel«, rief Stella. »Ich dachte, ich könnte auf Sie zählen. Miles hatte Sie gern. Er war eifersüchtig auf Sie – Joel, kommen Sie her.«

Oh ja, wenn er Miles hinterging, würde sie ihn dadurch am Leben erhalten – denn wenn er wirklich tot wäre, wie könnte man ihn dann betrügen?

»…ja, sie hat einen schweren Schock erlitten. Können Sie sofort kommen und eine Pflegerin mitbringen?«

»Joel!«

Jetzt begannen Türglocke und Telefon abwechselnd zu läuten, und draußen fuhren Autos vor.

»Aber Sie gehen nicht fort«, beschwor ihn Stella. »Sie bleiben bei mir, ja?«

»Nein«, sagte er. »Aber ich komme wieder, wenn Sie mich brauchen.«

Er stand auf der Treppe vor dem Haus, in dem sich nun mit verhaltenen Geräuschen jene Aktivität auszubreiten begann, die sich wie schützender Blätterfall über einen Tod senkt, und ein Schluchzen würgte ihn in der Kehle.

›Alles, was er berührte, weckte er wie mit einem Zauberstab‹, dachte er. ›Sogar diese kleine Person hat er zum Leben erweckt und eine Art Meisterstück aus ihr gemacht.‹

Und dann: ›Was für eine Leere hinterlässt er in dieser verdammten Wildnis – viel zu früh!‹

Und dann, mit einem Anflug von Bitterkeit: ›Ja, ja, ich komme wieder … ich werde wiederkommen!‹

Drei Stunden zwischen zwei Flügen

Er musste es einfach auf gut Glück versuchen – Donald, gesund und gelangweilt, hatte das befriedigende Gefühl, eine lästige Pflicht erfüllt zu haben, und war entsprechend in Stimmung. Jetzt würde er sich belohnen. Vielleicht.

Nach der Landung trat er in die Sommernacht des Mittleren Westens hinaus und steuerte den einsamen ländlichen Flughafen an, der wie ein altes rotes Bahnhofsgebäude aussah. Er wusste nicht, ob sie noch lebte, ob sie noch in dieser Stadt wohnte oder wie sie jetzt hieß. Mit wachsender Erregung suchte er im Telefonbuch nach ihrem Vater, der womöglich inzwischen auch gestorben war, es war schließlich zwanzig Jahre her. – Nein. Richter Harmon Holmes – Hillside 3194.

Eine belustigte Frauenstimme beantwortete seine Frage nach Miss Nancy Holmes.

»Nancy ist jetzt Mrs. Walter Gifford. Wer spricht denn da?«

Aber Donald legte auf, ohne zu antworten. Er hatte erfahren, was er hatte wissen wollen, und er hatte nur drei Stunden zur Verfügung. An einen Walter Gifford konnte er sich nicht erinnern, und einen Augenblick war noch einmal alles in der Schwebe, als er erneut das Telefonbuch durchsuchte. Möglich, dass sie nach der Heirat weggezogen war.

Nein. Walter Gifford – Hillside 1191. Das Blut kehrte in seine Fingerspitzen zurück.

»Hallo?«

»Hallo. Ist Mrs. Gifford da? Hier spricht ein alter Freund von ihr.«

»Hier ist Mrs. Gifford.«

Da war der seltsame Zauber in der Stimme, an den er sich erinnerte oder zu erinnern meinte.

»Hier Donald Plant. Ich hab dich zuletzt gesehen, als ich zwölf war.«

»Oh-h-h-h.« Das klang äußerst überrascht und sehr höflich, aber er konnte darin weder Freude ausmachen noch erkennen, ob sie ihn überhaupt noch einzuordnen wusste.

»... Donald«, fügte die Stimme an. Diesmal schwang mehr darin als mühsames Erinnern.

»Seit wann bist du zurück?« Und ausgesprochen herzlich: »Wo bist du überhaupt?«

»Am Flughafen. Nur für ein paar Stunden.«

»Dann komm doch bei mir vorbei.«

»Wenn du nicht gerade ins Bett gehen wolltest?«

»Du lieber Himmel, nein!«, beteuerte sie. »Ich

sitze hier allein vor einem Highball. Sag dem Taxifahrer ...«

Auf der Fahrt ging Donald das Gespräch noch mal durch. Sein »am Flughafen« signalisierte, dass er seine Position im oberen Mittelstand hatte halten können. Dass Nancy allein war, konnte bedeuten, dass sie eine unattraktive Frau ohne Freunde und Bekannte geworden war. Ihr Mann war möglicherweise entweder außer Haus oder im Bett. Und weil sie in seinen Träumen immer noch zehn Jahre alt war, schockierte ihn der Highball. Aber er besann sich mit einem Lächeln: Sie war fast dreißig.

Am Ende einer geschwungenen Auffahrt sah er eine dunkelhaarige kleine Schönheit – ein Glas in der Hand – im Licht stehen, das durch die geöffnete Haustür fiel. Leicht verunsichert, da er sie nun leibhaftig vor sich sah, stieg Donald aus und fragte:

»Mrs. Gifford?«

Sie schaltete die Verandabeleuchtung ein und sah ihn unentschlossen mit großen Augen an. Ein Lächeln durchbrach die Ratlosigkeit.

»Donald ... du bist das ... wir haben uns alle so verändert. Also das ist wirklich erstaunlich.«

Als sie das Haus betraten, redeten beide davon, »wie doch die Zeit vergeht ...«, und Donald hatte plötzlich ein flaues Gefühl im Magen. Ein Grund dafür war das Bild von ihrer letzten Begegnung, das ihm vor Augen stand – als sie auf einem Fahrrad an ihm vorbeigefahren war und ihn wie Luft behandelt hatte –, andererseits befürchtete er, sie könnten sich nichts zu sagen haben. Es war wie bei einem Klassentreffen, dort aber wurde die Unmöglichkeit, die Vergangenheit wiederzufinden, durch Hast und Ausgelassenheit überdeckt. Erschrocken begriff er, dass er womöglich eine lange, leere Stunde vor sich hatte. Mit dem Mut der Verzweiflung stürzte er sich hinein. »Hübsch warst du schon immer. Aber dass du so eine Schönheit geworden bist, wirft mich fast um.«

Es funktionierte. Durch die prompte Anerkennung ihrer veränderten Umstände und das gewagte Kompliment waren aus verlegenen Jugendfreunden interessante Fremde geworden.

»Einen Highball?«, fragte sie. »Nein? Bitte denk nicht, dass ich zur heimlichen Trinkerin geworden bin, ich war heute Abend nur ein bisschen down. Eigentlich hatte ich meinen Mann erwartet, aber er hat telegraphiert, dass er erst in zwei Tagen kommt. Er ist sehr nett, Donald, und sieht gut aus. Ähnlich wie du, auch die Haarfarbe.« Sie zögerte. »…und ich glaube, es gibt da jemanden in New York, aber ich weiß es nicht.«

»Wenn ich dich so sehe, halte ich das für unwahrscheinlich«, beteuerte er. »Ich war sechs Jahre verheiratet, und eine Weile habe ich mich so gequält wie du. Eines Tages habe ich dann die Eifersucht für immer aus meinem Leben verbannt. Nach dem Tod meiner Frau war ich sehr froh darüber. Dadurch blieb eine sehr erfüllte Erinnerung, da gab es nichts, was getrübt oder verpatzt war, nichts, woran man ungern zurückgedacht hätte.«

Sie betrachtete ihn aufmerksam und mit zunehmender Anteilnahme.

»Es tut mir sehr leid«, sagte sie, und nach einer angemessenen Pause: »Du hast dich sehr verändert. Dreh mal den Kopf. Ich weiß noch, dass Vater sagte: ›Der Junge hat Hirn.‹«

»Da hast du vermutlich widersprochen.«

»Es hat mir imponiert. Bis dahin hatte ich gedacht, dass jeder Mensch ein Hirn hat. Deshalb ist es mir in Erinnerung geblieben.«

»Was ist dir noch in Erinnerung geblieben?«, fragte er lächelnd.

Nancy stand unvermittelt auf und tat ein paar rasche Schritte von ihm weg.

»Das ist nicht fair«, sagte sie vorwurfsvoll. »Das klingt, als ob ich ein schlimmes Mädchen gewesen wäre.«

»Warst du nicht«, widersprach er entschieden. »Und jetzt würde ich doch gern was trinken.«

Während sie, immer noch mit abgewandtem Gesicht, den Drink einschenkte, fuhr er fort:

»Bildest du dir ein, dass du das einzige kleine Mädchen warst, das je einen Kuss bekommen hat?«

»Du kommst wohl von dem Thema nicht los.« Dann schmolz der momentane Ärger dahin, und sie sagte: »Was soll's! Wir haben wirklich Spaß gehabt. Wie in dem Song.«

»Beim Schlittenfahren.«

»Genau. Und bei dem Picknick von ... ja, von Trudy James. Und in Frontenac, in jenem – jedem Sommer damals.«

An die Schlittenfahrt erinnerte er sich am deutlichsten – wie er im Stroh, in einer Ecke, ihre kühlen Wangen geküsst hatte, während sie lachend zu den kalten weißen Sternen hochgesehen hatte. Das Pärchen neben ihnen hatte ihnen den Rücken zugewandt, und er hatte ihren kleinen Hals und ihre Ohren geküsst, aber nicht die Lippen.

»Und bei der Party von den Macks, als sie Post gespielt haben und ich nicht hingehen konnte, weil ich Mumps hatte«, sagte er.

»Das weiß ich nicht mehr.«

»Du warst aber da. Und du bist geküsst worden, und ich war so rasend eifersüchtig, wie ich es seitdem nie mehr gewesen bin.«

»Komisch, dass ich das nicht mehr weiß. Vielleicht wollte ich es vergessen.«

»Aber warum?«, fragte er belustigt. »Wir waren

doch zwei unschuldige Kinder. Wenn ich mit meiner Frau über die Vergangenheit sprach, habe ich ihr immer gesagt, dass ich dich fast so sehr geliebt habe wie sie. Aber ich glaube, ich habe dich genauso sehr geliebt. Als wir wegzogen, hab ich dich wie eine Kanonenkugel im Bauch gehabt.«

»Warst du so … aufgewühlt?«

»Mein Gott, natürlich …« Er merkte plötzlich, dass kaum ein halber Meter sie trennte, dass er redete, als liebte er sie jetzt, dass sie ihn mit halbgeöffneten Lippen und verschleiertem Blick betrachtete.

»Sprich weiter«, sagte sie. »Ich muss gestehen, dass ich das gern höre. Dass dich das so mitgenommen hat, wusste ich nicht. Ich dachte immer, dass nur ich darunter gelitten hätte.«

»Du!«, stieß er hervor. »Weißt du nicht, wie du mich im Drugstore hast abblitzen lassen?« Er lachte. »Die Zunge hast du mir rausgestreckt.«

»Das weiß ich nicht mehr. Ich hatte den Eindruck, dass du mich hast abblitzen lassen.« Ihre Hand legte sich leicht, fast tröstend auf seinen Arm. »Ich hab oben ein Fotoalbum, das ich seit Jahren nicht mehr angeschaut habe, das kram ich mal raus.«

In den folgenden fünf Minuten beschäftigte Donald, während er dasaß und wartete, zum einen die absolute Unmöglichkeit, die Erinnerungen zweier Menschen an denselben Abend in Einklang zu bringen, und zum anderen die erschreckende Tatsache, dass Nancy ihn als Frau so anrührte, wie sie es als Kind getan hatte. Binnen einer halben Stunde hatte sich ein Gefühl entwickelt, das er seit dem Tod seiner Frau nicht mehr kannte und das er gehofft hatte, ein für alle Mal los zu sein.

Sie setzten sich nebeneinander auf die Couch und schlugen das Album auf. Nancy sah ihn glücklich lächelnd an.

»Wie schön das ist«, sagte sie. »Wie schön, dass du so nett bist, dass du so – so liebe Erinnerungen an mich hast. Ich wünschte, das hätte ich damals gewusst. Als du fort warst, habe ich dich gehasst.«

»Ein Jammer«, sagte er sanft.

»Aber jetzt nicht«, versicherte sie, und dann platzte sie heraus: »Gib mir einen Kuss. Zur Versöhnung.«

»Eine gute Ehefrau macht so was nicht«, sagte sie nach einer Minute. »Ich glaube, seit meiner Heirat habe ich keine zwei Männer mehr geküsst.«

Er war erregt, vor allem aber verwirrt. Wen hatte er geküsst? Nancy? Oder eine Erinnerung? Oder diese bildhübsche bebende Fremde, die rasch wegsah und eine Albumseite umblätterte?

»Warte«, sagte er. »Ich könnte im Moment kein Foto erkennen.«

»Wir tun das nicht noch mal. Ich bin auch nicht gerade die Ruhe selbst.«

Donald machte eine dieser trivialen Bemerkungen, die so weitreichende Folgen haben können.

»Wäre es nicht schrecklich, wenn wir uns wieder ineinander verlieben würden?«

»Hör auf!« Sie lachte atemlos. »Das ist vorbei. Es war ein Augenblick. Einer, den ich werde vergessen müssen.«

»Sag deinem Mann nichts.«

»Warum nicht? Ich sage ihm sonst alles.«

»Es wird ihm weh tun. Du darfst einem Mann nie solche Sachen sagen.«

»Gut, ich sag's ihm nicht.«

»Küss mich noch einmal«, sagte er gegen die Abmachung, aber Nancy hatte weitergeblättert und zeigte eifrig auf ein Bild.

»Da bist du«, rief sie. »Wie du leibst und lebst.«

Er sah hin. Ein kleiner Junge in Shorts stand auf einem Pier, im Hintergrund war ein Segelboot.

»Ich weiß noch ganz genau, an welchem Tag das entstanden ist«, lachte sie triumphierend. »Kitty hat es gemacht, und ich hab es ihr stibitzt.«

Zunächst konnte Donald sich auf dem Foto nicht erkennen. Er beugte sich tiefer herunter und erkannte sich überhaupt nicht mehr.

»Das bin nicht ich«, sagte er.

»Doch. Es war in Frontenac. In dem Sommer, als wir … als wir immer in die Höhle gegangen sind.«

»Was für eine Höhle? Ich war nur drei Tage in Frontenac.« Wieder bemühte er sich, das leicht vergilbte Foto zu erkennen. »Das bin ich nicht. Das ist Donald *Bowers*. Wir sahen uns wirklich ziemlich ähnlich.«

Jetzt sah sie ihn mit großen Augen an, rückte von ihm weg, schien fast abzuheben.

»Aber du bist doch Donald Bowers!« Ihre Stimme war lauter geworden. »Oder – nein: Du bist Donald *Plant*.«

»Das habe ich dir doch schon am Telefon gesagt.«

Sie sprang auf und machte ein entsetztes Gesicht.

»Plant! Bowers! Ich muss verrückt geworden sein. Oder ist es der Whiskey? Ich war ein bisschen daneben, als ich dich vorhin gesehen habe. Hör mal, was hab ich dir erzählt?«

Er rang um mönchische Ruhe, während er weiter in dem Album blätterte.

»Überhaupt nichts«, sagte er. Fotos, auf denen nicht er zu sehen war, zogen an ihm vorbei – Frontenac – eine Höhle – Donald Bowers – »Du hast *mich* abblitzen lassen!«

»Du wirst diese Geschichte niemandem erzählen«, sagte sie vom anderen Ende des Zimmers her. »So was spricht sich sonst herum.«

»Geschichte? Was für eine Geschichte?«, sagte er zögernd. Aber dann dachte er: Sie war also wirklich ein schlimmes kleines Mädchen.

Und jäh erfüllte ihn rasende Eifersucht auf den kleinen Donald Bowers – ihn, der die Eifersucht für immer aus seinem Leben verbannt hatte. Mit den fünf Schritten, die er durchs Zimmer tat, zertrat er zwanzig Jahre und die Existenz von Walter Gifford.

»Küss mich noch einmal, Nancy.« Er ließ sich vor ihrem Sessel auf ein Knie nieder und legte seine Hand auf ihre Schulter. Aber Nancy machte sich los.

»Du hast gesagt, dass du das Flugzeug kriegen musst.«

»Kein Problem. Den Flug kann ich sausen lassen, das spielt keine Rolle.«

»Bitte geh«, sagte sie frostig. »Und versuch dir bitte vorzustellen, wie mir zumute ist.«

»Aber du tust ja, als würdest du dich nicht an mich erinnern«, empörte er sich. »Als würdest du dich nicht an Donald *Plant* erinnern.«

»Doch, an dich erinnere ich mich auch. Aber das ist alles so lange her.« Und wieder ganz sachlich: »Die Taxinummer ist Crestwood 8484.«

Auf dem Weg zum Flughafen kam Donald aus dem Kopfschütteln nicht heraus. Er hatte sich inzwischen wieder gefangen, verdaut hatte er das Erlebnis aber noch lange nicht. Erst als die Maschine sich donnernd in den dunklen Himmel erhob und die Passagiere eine von der festgefügten Welt dort unten getrennte Einheit bildeten, zog er Parallelen zu ihrem Flug. Fünf funkelnde Minuten lang hatte er wie ein Irrer in zwei Welten zugleich gelebt, waren der zwölfjährige Junge und der zweiunddreißigjährige Mann untrennbar und hoffnungslos miteinander verquickt gewesen.

In diesen Stunden zwischen den Flügen hatte Donald viel verloren – aber da die zweite Lebenshälfte ohnehin ein langer Prozess des Loslassens ist, war das für ihn wahrscheinlich gar nicht weiter von Belang.

Leben und Werk

1896 Am 24. September wird Francis Scott Key Fitzgerald in St. Paul, Minnesota, geboren.

1898–1908 Die Familie lebt in Syracuse und in Buffalo, New York. 1908 kehren die Fitzgeralds nach St. Paul zurück, wo Francis in die St. Paul Academy eintritt.

1909 In der Schulzeitschrift der St. Paul Academy, *Now and Then*, erscheint Fitzgeralds erste Erzählung The Mystery of the Raymond Mortgage.

1911 Fitzgerald wechselt in ein Internat, die Newman School in New Jersey, für deren Schulzeitung er ebenfalls Storys und Theaterstücke verfasst.

1913–1916 Fitzgerald studiert in Princeton und lernt unter anderem Edmund Wilson und John Peale Bishop kennen, die seine Freunde werden. Er schreibt Stücke und Lieder für Aufführungen des ›Princeton Triangle Club‹ und veröffentlicht ab 1914 Stücke, Gedichte und Geschichten im *Princeton Tiger* und im *Nassau Literary Magazine*. Seine vielen Interessen neben dem Studium führen immer wieder zu schlechten Noten. In Princeton beginnt Fitzgerald auch seinen ersten Roman *Diesseits vom Paradies*, der 1918 vom Verlag Scribner's abgelehnt wird.

1917 Fitzgerald meldet sich als Freiwilliger zur Armee. 1918 lernt er in Montgomery, Alabama, wo er stationiert ist, die junge Zelda Sayre kennen.

1919 Fitzgerald tritt aus der Armee aus und jobbt kurze Zeit in einer Werbeagentur in New York. Er überarbeitet seinen Roman und schickt ihn erneut an Scribner's. Diesmal wird er akzeptiert.

1920 *Diesseits vom Paradies* wird zum Bestseller. Fitzgerald und Zelda Sayre heiraten und werden in New York bald zu bekannten Persönlichkeiten. 1921 kommt die Tochter Frances Scott zur Welt. Außerdem erscheint die Kurzgeschichtensammlung *Flappers and Philosophers*.

1922 Der Roman *Die Schönen und Verdammten* und die Storysammlung *Tales of the Jazz Age* erscheinen. Umzug nach Great Neck auf Long Island bei New York.

1924 Scott und Zelda ziehen nach Europa, um Geld zu sparen. Sie halten sich in den nächsten Jahren an der französischen Riviera, in Rom und in Paris auf.

1925 *Der große Gatsby* erscheint. Fitzgerald lernt in Paris Ernest Hemingway kennen.

1926 Die dritte Kurzgeschichtensammlung *All the Sad Young Men* erscheint.

1930 Zelda erleidet in Paris einen Nervenzusammenbruch und verbringt den Sommer in psychiatrischen Kliniken in der Schweiz. Zwei weitere schwere Zusammenbrüche folgen 1932 und 1934.

1931 Die Fitzgeralds kehren nach Amerika zurück. Scott zieht nach Hollywood, wo er für die MGM-Studios Drehbücher schreibt.

1933 Fitzgerald beendet den Roman *Zärtlich ist die Nacht*, der ein Jahr später erscheint.

1935 Die Storysammlung *Taps at Reveille* erscheint.

1936 Mit *The Crack-Up* erscheint im *Esquire* der erste einer Reihe von Artikeln, in denen Fitzgerald seinen eigenen Kollaps beschreibt.

1939 Fitzgerald beginnt den Roman *Die Liebe des letzten Tycoon*, der unvollendet bleibt.

1940 Am 21. Dezember stirbt Fitzgerald nach zwei Herzinfarkten in Hollywood.

1948 Zelda Fitzgerald stirbt beim Brand einer Klinik in Asheville am 10. März.

Nachweis

Die Erzählungen sind chronologisch nach amerikanischer Erstveröffentlichung geordnet, mit Ausnahme des Aufsatzes *Hundert Fehlstarts*, der anstelle eines Vorworts am Anfang des Bandes steht.
AE bedeutet amerikanische Erstveröffentlichung,
DE bedeutet deutsche Erstveröffentlichung.

Hundert Fehlstarts *(One Hundred False Starts)*
AE in *The Saturday Evening Post*, 4. März 1933
Erstmals in Buchform in *Afternoon of an Author*, Princeton 1957
DE in *Drei Stunden zwischen zwei Flügen*, Zürich 2006

Bernice' Bubikopf *(Bernice Bobs Her Hair)*
AE in *The Saturday Evening Post*, 1. Mai 1920
Erstmals in Buchform in *Flappers and Philosophers*, New York 1920
DE in *Der Rest vom Glück*, Zürich 1980

Winterträume *(Winter Dreams)*
AE in *Metropolitan Magazine*, Dezember 1922
Erstmals in Buchform in *All the Sad Young Men*, New York 1926
DE in *Die besten Stories*, Berlin 1954
Neuübersetzung

Die letzte Schöne des Südens *(The Last of the Belles)*
AE in *The Saturday Evening Post*, 2. März 1929
Erstmals in Buchform in *Taps at Reveille*, New York 1935
DE in *Ein Diamant – so groß wie das Ritz*, Berlin 1972
Die Neuübersetzung erschien erstmals in *Drei Stunden zwischen zwei Flügen*, Zürich 2006

Stürmische Überfahrt *(The Rough Crossing)*
AE in *The Saturday Evening Post,* 8. Juni 1929
Erstmals in Buchform in *The Stories of F. Scott Fitzgerald*,
New York 1951
DE in *Die letzte Schöne des Südens*, Zürich 1980
Neuübersetzung

Die Hochzeitsparty *(The Bridal Party)*
AE in *The Saturday Evening Post*, 9. August 1930
Erstmals in Buchform in *The Stories of F. Scott Fitzgerald*,
New York 1951
DE in *Die letzte Schöne des Südens*, Zürich 1980

Wiedersehen mit Babylon *(Babylon Revisited)*
AE in *The Saturday Evening Post*, 21. Februar 1931
Erstmals in Buchform in *Taps at Reveille*, New York 1935
DE in *Die besten Stories*, Berlin 1954

Verrückter Sonntag *(Crazy Sunday)*
AE in *The American Mercury*, Oktober 1932
Erstmals in Buchform in *Taps at Reveille*, New York 1935
DE unter dem Titel *Vertrackter Sonntag* in *Die besten Stories,*
Berlin 1954

Drei Stunden zwischen zwei Flügen *(Three Hours Between
Planes)*
Geschrieben im Frühjahr 1939, AE im *Esquire*, Juli 1941
Erstmals in Buchform in *The Stories of F. Scott Fitzgerald*, New
York 1951
DE in *Ein Diamant – so groß wie das Ritz*, Berlin 1972
Die Neuübersetzung erschien erstmals in *Drei Stunden zwi-
schen zwei Flügen*, Zürich 2006

»To the happy few«
Die Erzählungen von F. Scott Fitzgerald

Er war unglücklich als Princeton-Student, weil er nicht Kapitän der Football-Mannschaft wurde, unglücklich als Leutnant, weil er nicht zum Fronteinsatz nach Europa kam, und unglücklich als Liebhaber. »Ich war in einen Wirbelwind verliebt und musste ein Netz spinnen.« Der Wirbelwind war eine wunderschöne, verwöhnte, kapriziöse Tochter aus gutem Hause, Zelda Sayre. Das einzige Netz, mit dem er sie hätte fangen können, war aus Geld und Ruhm gestrickt. Der junge F. Scott Fitzgerald wollte hoch hinaus und vor allem weg aus St. Paul in Minnesota, wo er am 24. September 1896 geboren worden war. Obwohl das Familienvermögen schon längst aufgebraucht war, hielten sich die Eltern für etwas Besonderes – und taten alles, um auch ihren Sohn in diesem Glauben zu bestärken. Die Familie wohnte standesgemäß an der Summit Avenue, einer der schicksten Straßen der Stadt, aber das Haus befand sich genau an der Stelle, wo die Straße aufhörte, vornehm zu sein. Das Ende der Kindheit musste für den verzogenen Sohn wie die Vertreibung aus dem Paradies gewesen sein. In Princeton, inmitten der reichen Sprösslinge der oberen Zehntausend, merkte Fitzgerald wohl zum ersten Mal, dass er nicht wirklich ›dazugehörte‹. Er fiel durch seine schriftstellerischen Versuche auf, aber auch durch Alkoholexzesse und schlechte Noten. Das Studium schloss er nie ab. Nach einer kurzen militärischen Laufbahn, die wegen des Kriegsendes ohne die erträumten Heldentaten blieb, ging Fitzgerald nach New York, wo er als Werbetexter arbeitete und an seinem ersten Roman schrieb. Er tapezierte sein Zimmer mit 120 Absagebriefen, bis er 1920 sein Ziel endlich erreichte: Der Roman *Diesseits vom Paradies* wurde vom Verlag Scribner's and Sons angenommen, machte ihn mit vierundzwanzig Jahren schlagartig berühmt – und Zelda willigte ein, ihn zu heiraten.

Das Telegramm, das er von New York an seine zukünftige Frau schickte, lautete: »liebling herz stop erkläre dass alles wunderbar stop die welt ist ein spiel und ich bin deiner liebe sicher stop alles ist möglich im land des ehrgeizes und erfolgs ...« Scott und Zelda verkörperten den amerikanischen Traum. Jung, schön und erfolgreich, standen sie im Mittelpunkt von Glanz und Glamour und führten ein Leben mit »tausend Partys und ohne zu arbeiten«. Die Dollars wurden wie Konfetti verschleudert auf

Long Island, in Paris und an der Riviera. Zelda Fitzgerald schrieb über diese Zeit: »Niemand wusste, wessen Party es eigentlich war. Wenn man spürte, dass man nicht noch eine Nacht lebendig überstehen würde, ging man nach Hause und schlief, und wenn man zurückkehrte, hatte sich eine neue Gruppe von Leuten der Aufgabe gewidmet, die Party am Leben zu erhalten.«

Sein zweiter Roman, *Die Schönen und Verdammten*, handelte, wie Fitzgerald seinem Lektor Max Perkins schrieb, von einem Paar, das an seinem »leichtsinnigen Lebenswandel zugrunde geht«. Das Leben holte die Fiktion ein: Alles endete im schrecklichen Kater der Wirtschaftskrise, die dem Wortführer des Golden Age die Gunst des Publikums raubte. Fitzgeralds Kurs als Schriftsteller brach wie der einer Aktie ein. »Ich weiß, wie meine Generation gesprochen hat. Ich habe ihre Sprache zwanzig Jahre lang belauscht... Wie können sie mich derart wegwerfen?« Er schrieb immer seltener und trank immer mehr. Zank und Geldprobleme zerstörten die Ehe mit Zelda, die ab 1934 in Nervenkliniken behandelt wurde. Um die Krankenhausrechnungen und das Schulgeld der Tochter zahlen zu können, ging Fitzgerald 1937 nach Hollywood.

Als die Metro-Goldwyn-Mayer dem Drehbuchautor Schulberg mitteilte, man habe einen neuen Mitarbeiter eingestellt, einen gewissen Fitzgerald, rief jener aus: »Fitzgerald? Ich dachte, er sei tot.« Vier Jahre später war er es. Er steckte noch mitten in der Arbeit an *Die Liebe des letzten Tycoon*, als er am 21. Dezember 1940 im Alter von vierundvierzig Jahren einem Herzinfarkt erlag. Zu Fitzgeralds Begräbnis kamen nur elf Leute, darunter Dorothy Parker, die in der Leichenhalle einen der wenigen Sätze, die in Fitzgeralds berühmtestem Roman an Gatsbys Grab gesprochen werden, flüsternd wiederholte: »The poor son-of-a-bitch.«

»Was wäre die amerikanische Literatur ohne F. Scott Fitzgerald? Die Titanic ohne deren Untergang. Der Literatur würde der Biss fehlen, der selbstmörderische Trieb und besonders die Vorahnung des Unheils«, behauptete einmal Franz-Olivier Giesbert. Wenn es jemanden gibt, der literarisch gültig den amerikanischen Traum ausgedrückt hat, dann Fitzgerald, weil er nicht nur die Kehrseite dieses Traums beschrieben hat, sondern auch die Sehnsucht danach. Fitzgeralds Werk beschreibt nicht nur den Untergang der Titanic, sondern eben auch die Titanic. Eine Mischung aus Glanz und Dekadenz, die man heute am präzisesten mit dem Adjektiv ›fitzgeraldish‹ bezeichnet.

Der kindliche Traum von Geld und Erfolg, das

Streben nach dem persönlichen Glück, die Beschäftigung mit der ›besseren Gesellschaft‹, die Mystifikation der Frau und der Liebe bestimmten nicht nur das Leben, sondern auch das Werk von Fitzgerald, was ihn mit Stendhal verbindet, dessen Bruder im Geiste er war, obwohl er ein Jahrhundert später geboren wurde. »Er lebte, schrieb und liebte«, steht, seinem Wunsch gemäß, auf Stendhals Grabstein. Ein Satz, der auch Fitzgeralds Leben zusammenfasst. Beide stammen aus provinziellen Elternhäusern, deren gesellschaftliche Ambitionen größer waren als der Geldbeutel, beide waren angezogen von der ›großen Welt‹ wie Motten vom Feuer, das sie verbrennt. Stendhal zog es nach Paris und dann nach Italien, in die Welt des Adels, Fitzgerald nach New York zu den Reichen. Als die militärische Laufbahn fehlschlug, versuchten beide, als Schriftsteller zu reüssieren. Ihre Bücher können nicht veralten, weil ihre Themen zeitlos sind. Die Sehnsucht nach der großen Liebe ist heute, bei immer mehr Single-Haushalten und Scheidungen, vielleicht größer denn je, ebenso wie die Sehnsucht nach dem großen Geld bei Arbeitslosigkeit und schlecht bezahlten ›Mc-Jobs‹. Der Glanz von Ruhm und Glamour strahlt so hell wie nie in unserer Zeit, in der jeder Fernsehsender den ›Superstar‹ sucht. Bei Fitzgerald und Stendhal stehen Menschen im Mittelpunkt, die sich nichts mehr wünschen, als ›dazuzugehören‹ – und daran zugrunde gehen: Julien Sorel in *Rot und Schwarz* genauso wie Jay Gatsby. Und sind nicht die größten Geschichten der Literatur, die ergreifendsten, die Geschichten genau dieser ausgestoßenen, tragischen Helden?

Als Zwanzigjähriger notierte Stendhal in sein Tagebuch: »Nicht vergessen, dass das Einzige, wonach man im Stil streben muss, Klarheit ist.« Auch der junge Fitzgerald hätte diesen Satz schreiben können. Und dann ist da noch bei beiden dieser Ton, der fasziniert. »Ich schreibe den Ton auf, den jede Sache erzeugt, die meine Seele in Schwingung versetzt«, hielt Stendhal am 11. September 1811 in seinem Tagebuch fest. »Unabhängig davon, ob etwas vor zwanzig Jahren oder erst gestern passiert ist – ich muss immer von einer Empfindung ausgehen, die mir nahegeht und die ich nachvollziehen kann«, schrieb Fitzgerald. Raymond Chandler sah es richtig: »Fitzgerald hatte eine der seltensten Gaben – Charme. Wer hat das heute noch? Es geht dabei nicht um schöne Worte oder klaren Stil. Es ist eine Art gedämpfte Magie, zurückhaltend und kultiviert, etwas, das wie ein gutes Streichquartett klingt.«

»Im Leben der Amerikaner gibt es keinen zweiten Akt«, notierte Fitzgerald in seinem Notizbuch – und lag damit falsch. »Wenn einmal die Phrase verschwindet, so ist meine Zeit gekommen« und: »Ich werde um 1900 gelesen werden«, hatte Stendhal vorausgesagt – und behielt recht. Im Jahr von Fitzgeralds Tod verkaufte sein Verlag Charles Scribner's and Sons 21 Exemplare seiner Bücher. Heute werden allein in den USA jährlich mehr Bücher von Fitzgerald verkauft als zu seinen Lebzeiten insgesamt. Selten wurde ein Autor, der bei seinem Tod derart vergessen war, so schnell wieder ins literarische Rampenlicht gerückt. Ähnlich wie man in der Schweiz früher ›Dürrenmattianer‹ oder ein Bewunderer von Max Frisch war, teilten sich die Leser von amerikanischer Literatur lange Zeit in Fitzgerald- und Hemingway-Anhänger. Die unausgesprochene literarische Rivalität zwischen den beiden Autoren schien sich lange zu Gunsten von Hemingway entschieden zu haben, der 1954 den Nobelpreis erhielt, während Fitzgeralds Romane als bloße *Period Pieces* des Jazz Age galten.

Heute jedoch schwingt das Pendel in Richtung Fitzgerald. Jüngere Autoren berufen sich auf ihn, Doris Dörrie nennt ihn zum Beispiel »my all time favourite hero«, Haruki Murakami seinen Lieblingsautor. In Peter Handkes *Kurzem Brief zum langen Abschied* von 1972 liest der Held Fitzgerald. Frédéric Beigbeders 2005 erschienener Roman trägt den Titel

Der romantische Egoist – so hätte Fitzgeralds erster Roman ursprünglich heißen sollen. Über den Fragment gebliebenen letzten Roman *Die Liebe des letzten Tycoon* urteilte J. B. Priestley: »Ich hätte lieber diesen unvollendeten Roman geschrieben als das Gesamtwerk manch eines vielgerühmten amerikanischen Romanciers.« Und *Der große Gatsby* gilt heute als Inbegriff des amerikanischen Romans.

Bis heute stehen Fitzgeralds Erzählungen zu Unrecht im Schatten seiner Romane. »Sie wurden als kommerzielle Arbeiten abgetan und dafür verantwortlich gemacht, dass Fitzgerald seine seriöse Arbeit vernachlässigt hat. Die Erzählungen sind sicherlich von unterschiedlicher Qualität; aber Fitzgeralds beste Erzählungen gehören zu den besten der amerikanischen Literatur«, so die Meinung des renommiertesten Fitzgerald-Kenners, Matthew J. Bruccoli. Mitschuld an der lange vorherrschenden Fehleinschätzung trägt Fitzgerald selbst, der sich zeitlebens als Romancier sah und behauptete: »Es ist verdammt noch mal schwieriger, einen langen Seufzer auszustoßen, als nur zu hüsteln.« Aber eben nicht lukrativer. »Das Baby braucht Schuhe!« – formuliert Fitzgerald seine Motivation, eine Story zu schreiben. Für eine Zeitschrift Geschichten zu verfassen sei »huren«, aber Fitzgerald musste es machen, »weil er mit den Magazinen das Geld verdiente, um gute Bücher zu schreiben«, zitiert Ernest Hemingway seinen Kollegen in seinen Erinnerungen *Paris – ein Fest fürs Leben*.

Tatsächlich verdiente Fitzgerald vor allem an seinen Storys. Sein erfolgreichster Roman, *Diesseits vom Paradies*, kam zu Fitzgeralds Lebzeiten nicht über 52000 verkaufte Exemplare hinaus, *Der große Gatsby* und *Zärtlich ist die Nacht* waren Flops. 1929 brachten ihm acht Geschichten 30000 Dollar ein, seine Bücher dagegen lächerliche 31,77 Dollar (einschließlich 5,10 Dollar für *Der große Gatsby*). Wie viele Autoren seiner Zeit profitierte Fitzgerald vom großen Zeitalter der Illustrierten, die sich Anfang des 20. Jahrhunderts zu millionenstarken Massenblättern entwickelten und mit hohen Honoraren die berühmtesten Schriftsteller, wie Willa Cather, Edith Wharton, William Faulkner oder Thomas Wolfe, an sich banden. *The Saturday Evening Post* war mit einer Auflage von 2,75 Millionen Exemplaren das erfolgreichste der *slicks*, der auf Hochglanzpapier gedruckten Magazine, und Fitzgerald wurde einer der profiliertesten und treuesten Mitarbeiter des Blattes. Fünfundsechzig seiner Erzählungen erschienen in der *Saturday Evening Post*, die ihm bis zu 4000 Dollar pro Erzählung zahlte, zu einer Zeit, in der ein Fabrikarbeiter kaum tausend Dollar im Jahr verdiente.

Fitzgerald kannte die Tricks: »Wenn die Frauen hässlich sind, so mache aus ihnen Milliardärinnen oder Nymphomaninnen, sind es Hausfrauen, so zeige sie aufreizend und unwiderstehlich.« Doch es gab gewisse Einschränkungen, Selbstmord war als Thema tabu, und Happy Ends waren erwünscht. Das war für Fitzgerald ein Problem. »Alle Geschichten, die mir durch den Kopf gingen, hatten eine Tendenz zum Verhängnis: Die charmanten, jungen Gestalten meiner Romane richteten sich zugrunde, die Diamantenberge in meinen Erzählungen verflüchtigten sich, meine Millionäre waren ebenso hochmütig und fluchbeladen wie die Bauern von Thomas Hardy.« Daher wurden sogar auf dem Höhepunkt von Fitzgeralds Ruhm einige seiner Geschichten abgelehnt. In einem Brief an seinen Agenten Harold Ober beschwerte er sich: »Es entmutigt mich ziemlich, dass eine billige Geschichte wie *The Popular Girl*, die ich in der Woche schrieb, als das Baby geboren wurde, 1500 Dollar einbringt und eine echt originelle Sache wie *Ein Diamant so groß wie das Ritz*, in die ich drei Wochen wirklichen Enthusiasmus gesteckt habe, nicht einen Cent.«

Ging es beim Storyschreiben wirklich nur ums Geld? »Die besten Geschichten schreibt man in einem Anlauf oder drei, je nach Länge. Diejenigen mit drei Anläufen sollte man in drei Tagen schreiben, dann ungefähr einen Tag zum Überarbeiten, und weg damit. Das ist natürlich der Idealfall.« Die Praxis sah anders aus: »Es bringt mir nichts, mich zu beeilen. Sogar in den Jahren 24, 28, 29 und 30, in denen ich nur Kurzgeschichten schrieb, schaffte ich nicht mehr als acht bis neun Geschichten, die Top-Honorare einbrachten. Es ist einfach unmöglich – alle meine Geschichten sind wie Romane konzipiert, sie erfordern eine gewisse Emotion, eine gewisse Erfahrung.« Die Storys waren für Fitzgerald eben nicht nur für schnelles Geld geschriebene Texte, sondern auch ein Labor für Ideen, Szenen, Dialoge, in dem er sich stilistisch und thematisch seinen Romanen näherte. In seinem ersten Roman baute Fitzgerald so viele Stücke aus frühen Erzählungen ein, dass Freunde (und auch einzelne Kritiker) das Buch spöttelnd *F. Scott Fitzgeralds Gesammelte Werke* nannten. Diese Gewohnheit behielt Fitzgerald auch bei den späteren Romanen bei. Ganze Passagen aus der ersten Version von *Winterträume* wurden zum Beispiel in *Der große Gatsby* verwendet. Fitzgerald überarbeitete jede Story jedoch vor der Veröffentlichung in Buchform, um Überschneidungen mit Romanen zu vermeiden. Von den Redaktionen gestrichene Absätze aus Erzählungen sammelte er in seinem Notizbuch, um sie eventuell später in Romanen zu benutzen.

Matthew J. Bruccoli zählt um die 160 Erzählungen von Fitzgerald. Über die genaue Anzahl lässt sich streiten, wegen der schwierigen Abgrenzung zwischen belletristischen und essayistischen Stücken. Vier Erzählsammlungen erschienen zu Fitzgeralds Lebzeiten: *Flappers and Philosophers* (1920), *Tales of the Jazz Age* (1922), *All the Sad Young Men* (1926) und *Taps at Reveille* (1935). Die Storys können grob in zwei Gruppen eingeteilt werden: einerseits die unbeschwerten ersten Jazz-Age-Erzählungen zusammen mit den Geschichten über ›traurige junge Männer‹, die das Lebensgefühl der ›goldenen‹ zwanziger Jahre beschreiben. Andererseits bestimmt ab Mitte 1930 das Thema der Wirtschaftskrise die Geschichten, die gegen Ende der 30er Jahre stilistisch immer einfacher werden und verstärkt moralische Fragen aufwerfen.

Es ist spannend, diese Entwicklung nachzuvollziehen, indem man alle Erzählungen chronologisch liest. Man kann sich keine schönere Beschäftigung vorstellen, aber es gibt auch kaum eine schwierigere Aufgabe als die, aus allen Erzählungen die besten auszusuchen. Es gibt einfach zu viele gute. Schweren Herzens wurde in dieser Ausgabe – aus Platzgründen – auf bekannte, aber zu umfangreiche Erzählungen wie *Ein Diamant so groß wie das Ritz*, *Erster Mai* oder *Junger Mann aus reichem Haus* verzichtet.

Als Fitzgerald zu schreiben begann, befand sich Amerika, nach der Einschätzung des Autors, »mitten in der längsten, schillerndsten Party seiner Geschichte – und es gab eine Menge zu erzählen«. Es waren die *Roaring Twenties*, eine Zeit, als das Trinken und Tanzen kein Ende hatte (trotz Prohibition und der noch immer starken Stellung der Kirchen). Junge Frauen trugen ihr Haar skandalös kurz (wie in der Erzählung *Bernice' Bubikopf*) und hatten nur eines im Sinn: den Männern den Kopf zu verdrehen und so viel Geld wie möglich durchzubringen. Geld, das an der Börse so leicht und schnell wie nie zuvor zu machen war. Als *Bernice' Bubikopf* 1920 in der *Saturday Evening Post* erschien – es war das erste Mal, dass Fitzgeralds Name auf dem Titelblatt abgedruckt wurde –, war die Mode der kurzen Haare ein nationales Ereignis. *Bernice' Bubikopf* ist eine der besten und charakteristischsten der frühen Erzählungen, die in den zwei Sammelbänden *Flappers and Philosophers* und *Tales of the Jazz Age* versammelt sind.

Der dritte Band mit Erzählungen erschien 1935 und hieß *All the Sad Young Men*. Der Titel benennt den Unterschied zur Ausgelassenheit der frühen Erzählungen. Es kommt nun ein wehmütiger Ton hinzu, mit Themen wie ersehnte und enttäuschte Liebe, die Zerbrechlichkeit des Glücks, die Vergänglichkeit der

Jugend und des Moments, Erinnerung und Nostalgie. *Die letzte Schöne des Südens* ist, wie so oft bei Fitzgerald, der melancholische Schwanengesang auf eine verlorene große Liebe und einen Lebensabschnitt, hier aufgeführt in der stickigen Südstaaten-Atmosphäre in mondlichtgetränkten Nächten. In der kleinen Garnisonsstadt Tarleton werden Offiziere für den Einsatz im Ersten Weltkrieg vorbereitet. Doch die europäischen Kriegsschrecken sind Tausende von Meilen entfernt. Die Offiziersanwärter führen einen ganz anderen Krieg: Sie kämpfen an Gartenfesten, Wassermelonenpartys und im Countryclub um die Herzen der Schönheiten der Stadt. Noch vor Abschluss der Ausbildung ist der Krieg zu Ende. Und den Kampf um das Herz von Ailie Calhoun, einem »typischen Mädchen des amerikanischen Südens«, verliert der Ich-Erzähler – nicht ohne eine Wunde fürs Leben davonzutragen. Anders als in der stark autobiographischen Erzählung hatte Fitzgerald im Leben bekanntlich mehr Glück. Als junger Offiziersanwärter in Montgomery, Alabama, bekam Fitzgerald das Mädchen, das allen den Kopf verdrehte: Zelda Sayre. Die Tochter eines angesehenen Richters wurde derart umschwärmt, dass das Fliegerkommando den jungen Piloten akrobatische Kunststücke über der Villa des Richters verbieten musste.

In *Winterträume* geht für den mittellosen Dexter Green der Traum vom großen Geld in Erfüllung, nicht aber der Traum von der großen Liebe. Fitzgerald selbst hat die Geschichte als Vorstudie zu *Der große Gatsby* bezeichnet. Im Mittelpunkt steht die Sehnsucht nach der einen Frau, die alle Sehnsüchte vereint, und das Streben nach Reichtum, um diese Frau gewinnen zu können. Doch der Traum dauert nur einen Sommer lang. Als Dexter Green, inzwischen ein erfolgreicher Geschäftsmann in New York, von einem Besucher erfährt, dass die von ihm einst so geliebte Judy längst verheiratet ist, Kinder hat und einen Mann, der trinkt und sie betrügt, dass sie also ganz und gar gewöhnlich geworden ist, ist für ihn »der Traum vorbei«. Nach dem Treffen blickt Dexter aus dem Fenster auf die Häuserschluchten Manhattans, er fühlt sich desillusioniert und alt, und weint… Doch die Tränen gelten nicht seiner einstigen Flamme. Dexter weint, weil er weiß, dass er nie mehr lieben wird: »Vor langer Zeit war etwas in mir, doch jetzt ist es nicht mehr da. Es ist nicht mehr da, es ist einfach nichts mehr da. Ich kann nicht weinen. Ich kann nichts empfinden. Es wird nie mehr wiederkommen.« Ein Epitaph, das an die letzten Sätze von *Der große Gatsby* erinnert.

Viele von Fitzgeralds Geschichten haben, wie seine Romane, autobiographische Züge: »Ich habe meinen Gefühlen viel abverlangt – hundertundzwanzig Geschichten«, so Fitzgerald. »Der Preis war hoch, wie bei Kipling, denn in jeder dieser Geschichten war ein Tropfen von etwas – nicht Blut, keine Träne, nicht mein Samen, sondern etwas viel Intimeres – ein Tropfen von mir selbst.« In *Stürmische Überfahrt* spitzt sich die Ehekrise zwischen einem erfolgreichen Theaterautor und seiner Frau während eines Sturms zu. Ein solches Unwetter erlebten die Fitzgeralds bei einer Transatlantikfahrt 1928, und auch ihre Ehe hatte unzählige Stürme zu meistern. In der Erzählung verliebt sich der Mann in eine jüngere Reisebekanntschaft, und seine Frau rächt sich, indem sie mit einem jungen Mann anbändelt. Auf dem Höhepunkt des Sturms und der Krise wirft sie ihre Perlen über Bord – wie Zelda, die ihre Uhr während eines ähnlichen Streits wegschmiss. Wenn man die Geschichte liest, die 1929 geschrieben wurde, sieht man förmlich Zelda und Fitzgerald vor sich, wie sie zum Beispiel im Mai 1924 auf der *Minnewaska* als junges Paar mit ihrer kleinen Tochter Scottie erster Klasse nach Europa übersetzten – mit siebzehn Koffern und der kompletten Encyclopaedia Britannica, die Fitzgerald von A bis Z durchzulesen beabsichtigte.

In *Stürmische Überfahrt* geht es von Amerika nach Europa. Doch auch hier finden die Helden nicht das ersehnte Glück. Zumal als der Börsencrash der Hochstimmung der 20er Jahre ein Ende setzt. *Die Hochzeitsparty*, im August 1930 in der *Saturday Evening Post* erschienen, war die erste von Fitzgeralds Erzählungen über die Wirtschaftskrise. Sie nahm mit der Beschreibung der amerikanischen Kolonie in Paris die Erzählung *Wiedersehen mit Babylon* vorweg, die ein Jahr später erschien. Auch hier thematisiert Fitzgerald die verlorene Liebe, die verlorene Zeit, den Einfluss von Geld auf das Schicksal der Menschen. »Er hatte Caroline Dandy kennengelernt, als sie siebzehn war, hatte ihr junges Herz während ihrer ganzen ersten Ballsaison in New York besessen und es dann langsam auf tragische, sinnlose Weise verloren, weil er kein Geld besaß und nicht zu Geld kommen würde.« Nun muss Michael mitansehen, wie Caroline den wohlhabenden Hamilton Rutherford heiratet. Michael wohnt in einem schäbigen Pariser Hotel, das junge Paar wird standesgemäß im Ritz feiern. Da erbt Michael plötzlich eine Viertelmillion Dollar, sein Kontrahent dagegen verliert an der Börse sein gesamtes Vermögen. Doch das bedeutet nicht – wie Michael es erhofft – das Aus für die Hochzeit. Die Reichen sind anders, sie werden ohne Geld nicht auf einmal arm. Rutherford bekommt einen gutdotierten Posten in einer Bank, und es ist klar: »Schon in einem Jahr wird er wieder zu den Millionären gehören« – und auch Caroline gehört ihm. Michael dagegen wirkt selbst in seinem neuen Smoking wie ein Hochstapler, der sich ins Ritz verirrt hat. Das Ende der Geschichte ist überraschend versöhnlich. Fitzgerald gewährt seinem Helden, der am Anfang der Erzählung noch fragt: »Was geschieht mit Leuten wie mir, die nicht vergessen können?«, genau dieses Privileg. Michael kommt über die verlorene Liebe hinweg und verabredet sich am Ende der Hochzeit sogar mit einer der Brautführerinnen zum Abendessen. »Alle Bitterkeit war plötzlich aus ihm weggeschmolzen, und die Welt formte sich wieder neu aus der Jugend und dem Glück, das ihn verschwenderisch wie der Frühlingssonnenschein überall umgab.«

Was für ein Unterschied zum traurigen Ende von *Wiedersehen mit Babylon*: »Eines Tages würde er wiederkommen; sie konnten ihn nicht ewig zahlen lassen. Aber er wollte endlich sein Kind haben; ohne das konnte nichts gut werden. Er war kein junger Mann mehr mit lauter netten Ideen und Zukunftsträumen. Er war fest überzeugt: Helen hätte nicht gewollt, dass er so einsam sei.« In der Geschichte kehrt der Amerikaner Charlie Wales nach Paris zurück: Sein Vermögen ist verloren, seine Frau tot, seine kleine Tochter will man ihm nicht anvertrauen … und die Ritz-Bar ist leer. Wie bei vielen anderen Geschichten passt hier Fitzgeralds Bekenntnis: »Ich weiß gar nicht, ob ich tatsächlich existiere oder ob ich nicht nur ein Held aus einer meiner Geschichten bin.« Als Fitzgerald die Erzählung schrieb, war Zelda in der Schweiz in einem Sanatorium untergebracht, wo man Symptome einer Schizophrenie diagnostiziert hatte. Zelda sollte bis zu ihrem Tod 1948 beim Brand des Highland Hospitals in Asheville nie mehr wirklich gesund werden. Fitzgerald verzehrte sich in Schuldgefühlen gegenüber seiner Frau und seiner Tochter, die er in Paris bei einer Gouvernante gelassen hatte, und formte daraus die Geschichte, die als seine beste gilt. Yasmina Reza nannte sie ein »Meisterwerk« und fügte hinzu: »Hemingway hat dieses Niveau nie erreicht.« Juan Carlos Onetti, dessen Erzählungen so düster sind wie nur wenige der Weltliteratur, sagte einmal, er könne *Wiedersehen mit Babylon* nicht wieder lesen, weil die Geschichte ihm einfach zu nahe gehe.

Im November 1931 arbeitete Fitzgerald sechs Wochen in Hollywood an einem Drehbuch für einen Film, in dem Jean Harlow die Starrolle übernehmen sollte. Metro-Goldwyn-Mayer hatte ihm dafür 750 Dollar pro Woche geboten. Als das Angebot auf 1200 Dollar angehoben wurde, weil der Produzent Irving Thalberg ihn unbedingt wollte, sagte Fitzgerald zu. An einer sonntäglichen Teaparty der Thalbergs trank

Fitzgerald statt Tee Cocktails und gab, so in Stimmung gebracht, ein selbstgedichtetes Lied zum Besten, wofür er von einigen Gästen ausgebuht wurde. Man musste den angetrunkenen Fitzgerald nach Hause bringen. Am nächsten Tag bekam Fitzgerald von Norma Shearer, Thalbergs Frau, ein Telegramm: »I thought you were one of the most agreeable persons at our tea.« Im Januar 1932 entwickelte Fitzgerald aus dieser für ihn peinlichen Episode die Story *Verrückter Sonntag*, in die er als zweiten Handlungsstrang die Eheprobleme eines berühmten Regisseurs einbaute. Man spürt Fitzgeralds große Bewunderung für Irving Thalberg, der nicht nur für den Regisseur in dieser Erzählung Modell stand, sondern später auch für den Filmmogul in *Die Liebe des letzten Tycoon*.

In einem Brief an Zelda im Oktober 1940, kurz vor seinem Tod, schrieb Fitzgerald: »Es ist komisch, dass mein altes Talent für die Kurzgeschichte verschwunden ist. Die Gründe sind verschieden: Die Zeiten haben sich geändert, Lektoren haben gewechselt, aber ein Teil hing irgendwie mit Dir und mir zusammen – das Happy End. Natürlich endete jede dritte Geschichte anders, aber hauptsächlich habe ich mein Publikum mit Storys über frisch Verliebte gefunden. Ich muss eine gewaltige Phantasie gehabt haben, dies so oft und von so weit aus der Vergangenheit projizieren zu können.« Als Beispiel für Fitzgeralds Spätwerk steht die im Frühjahr oder Sommer 1939 geschriebene Geschichte *Drei Stunden zwischen zwei Flügen*, die normalerweise in den Anthologien mit den besten Geschichten Fitzgeralds fehlt. Durch die Reduktion der Beschreibungen wirkt Fitzgeralds Stil noch klarer und dadurch unglaublich modern. Man müsste nur einige Details in dieser Geschichte anders benennen, und niemand würde merken, dass sie vor fast siebzig Jahren geschrieben worden ist. *Drei Stunden zwischen zwei Flügen* zeigt, wie selbst eine auf eine Pointe hin geschriebene, von der Kritik vernachlässigte Geschichte ein *minor masterpiece* sein kann. Auch hier schafft Fitzgerald es, Stimmungen durch die Handlung selbst auszudrücken und Sentimentalität ohne jede Sentimentalität zu beschreiben. In der Erzählung reichen drei Stunden aus, um einer verflossenen ersten Liebe nach Jahren wieder zu begegnen, das Herz wieder in Schwingung zu versetzen – und für immer zu verletzen. Fitzgeralds Figuren suchen voller Sehnsucht nach etwas, was nie gefunden werden kann, weil die Vergangenheit für immer verloren ist. Und je diffuser die Erinnerung an die einstigen Gefühle wird, desto weniger kann man sie vergessen.

»Meist wiederholen wir Schriftsteller uns – das ist nun einmal so. Wir machen zwei oder drei große, bewegende Erfahrungen im Leben, Erfahrungen, die so groß und bewegend sind, dass uns in diesem Augenblick scheint, kein Mensch habe je zuvor so in der Tinte gesessen, sei so geprügelt und geblendet und überrascht und besiegt und gebrochen und errettet und erleuchtet und belohnt und gedemütigt worden. Dann lernen wir unser Handwerk – ordentlich oder weniger ordentlich – und erzählen unsere zwei oder drei Geschichten – jedes Mal in neuem Gewand – zehnmal, hundertmal, so lange, wie man bereit ist, uns zuzuhören.« Fitzgeralds Erzählungen werden immer wieder gelesen werden, weil sie nach der Lektüre noch lange nachwirken. Sie besitzen eine Qualität, die schwer zu erklären ist, ein ›gewisses Etwas‹, das kein Kritiker je genau definieren konnte – was immer schon das beste Zeichen für große Literatur war.

Fitzgerald zitiert in *Hundert Fehlstarts*, seinem Essay über das Schreiben von Kurzgeschichten, Joseph Conrad: »Meine Aufgabe ist es, euch durch die Macht des geschriebenen Wortes zum Hören zu bringen, zum Fühlen und vor allem zum Sehen.« Wie kaum ein anderer Schriftsteller des 20. Jahrhunderts hat Fitzgerald es seinem großen Vorbild gleichgetan – auch in seinen meisterhaften Erzählungen.

Daniel Kampa